关山情愫

郭进昆◎著

天津出版传媒集团

天津人民出版社

图书在版编目（CIP）数据

关山情愫 / 郭进昆著. -- 天津 ： 天津人民出版社，

2024. 8. -- ISBN 978-7-201-20628-8

Ⅰ．I267

中国国家版本馆 CIP 数据核字第 2024UK4256 号

关山情愫
GUANSHAN QINGSU

出　　版	天津人民出版社	
出 版 人	刘锦泉	
地　　址	天津和平区西康路 35 号康岳大厦	
邮政编码	300051	
邮购电话	（022）23332469	
电子信箱	reader@tjrmcbs.com	

责任编辑　伍绍东
装帧设计　青年作家网

印　　刷	三河市华东印刷有限公司	
经　　销	新华书店	
开　　本	787 毫米×1092 毫米　1/16	
印　　张	21.5	
字　　数	275 千字	
版次印次	2024 年 8 月第 1 版　2024 年 8 月第 1 次印刷	
定　　价	68.00 元	

序一

关山是矗立在大西北陇东地区的一座天然屏障，亦是一座底蕴深厚的文化高峰。生长于关山脚下的郭进昆却在不断超越关山，关山是磨炼他手脚的地方，他用手中的笔不断和苦难的命运抗争，一路写来，对关山和故土的拳拳之情像山溪一样潺潺流出，就有凝结着他半生心血的近二百篇散文积存了下来，如今年过半百的他从中精心遴选了一百一十篇散文结集出版。这是对关山的深情回馈抑或对生命的吟唱，是郭进昆奉献给我们的一篇篇真纯而优美的锦绣文章，其散发出的浓浓的乡愁和对关山故土的情愫像一缕缕山风那般清新，如一朵朵山花那般绚烂。

纵贯于甘肃和陕西之间的陇山，属于著名的六盘山山系。陇山绵延陕、甘、宁，其南段也称小陇山，俗称关山。郭进昆就出生在关山脚下的华亭市山寨回族乡一个叫西街的小山村，那里山清水秀，尤其是莽莽关山原始森林丰茂，风景优美，气候温润。郭进昆童年的生活极其贫穷艰难，但也不乏亲近大自然的乐趣，美丽的田野、葱郁的山峦、潺潺的流水、芳草山花、蜂蝶虫鸣，都让他陶醉其中。他尽情领略了大自然无尽的美，还有乡亲们的纯朴和村伴们的友情。可以说，家乡的关山是郭进昆人生的大课堂，给了他美的熏陶和启迪。在无数次上山砍柴、割竹子、采草药、牧牛放马的晨风夕月中，他以一颗赤子之心在读山，读流泉鸟鸣，读草长莺飞，读风霜雪月。他幼小的心灵就学会了坚强和审美。

郭进昆自小勤奋好学，上学期间就有作品发表在《平凉报》和县办刊物上。在平凉师范求学时，他阅读了大量的古今中外文学名著，年轻时就出版过散文小说集，转行从政后坚持读书写作，至今笔耕不辍，多有散文发表于专业文学杂志和报纸副刊。人生之路的艰难困苦，铸就了他坚强面对、顽强奋斗的性格；多年业余文学创作，慰藉了他寂寞孤独的灵魂，撑起了他精神夜空的灿烂星空。尤其是散文写作，他多写自己熟悉的领地，写悸动灵魂的永恒记忆，写性灵中美的东西，凸显了创作主体的精神高地。

《关山情愫》是表达乡土情怀的散文作品集，文本纯朴，自然，干净。其中"情满关山"一辑中的篇什在叙写关山风物和少时记忆中表达出对养育、磨炼自己的关山的倾情赞美和心灵观照；"美丽家园"中对华亭一方水土的依恋、赞美之情溢于言表；"乡愁记忆"则以切实而鲜活的经验激活的是农耕文明乡村的印记。凡人亲情和人生感悟也在作者笔下有所反映，读书后感或缘事而发的思考均有一定的针对性和启发性。

阅读郭进昆的散文，给我最深的感受是作者为人的真诚和为文的真情。郭进昆是一个性格内向、不善言谈而内心丰富的人，表现在他笔端的是真情实感的流露，他对关山风物的鲜活记忆和倾注的浓烈深情，他对故土家乡的一往情深和淡淡哀愁，他对美丽华亭的放歌赞美和依恋之情，对亲情友情的极为珍视和衷心书写，无不透露出浓浓的情感表达。尤其是《我心之关山》对关山的情感内核已渗入灵魂深处，《母亲的关山》是使人读得要流泪的文字，《华亭赋》极尽丽词华章歌颂家乡之美丽。

正因为郭进昆以虚静的心态和真诚的情怀从事散文创作，他的散文就少了矫饰和做作，在"自然书写"中独抒性灵而蕴藉涵泳。

散文是极为讲究语言的艺术。郭进昆语言文字功底扎实，富有诗性和表现力。《华亭赋》中文言的妙用和《杀年猪》中人物方言土语的说笑，可见其古典文学知识的积淀和方言俚语运用的能力。再如《走进森林》："一汉子嘹亮的歌声从山顶飘过树梢，颤悠悠很磁性地灌进你的耳朵。"在《关山湫池》的开头，作者写道："山是翠翠的绿，水是泠泠的清。湫池是静卧于庄浪关山深处的一颗明珠。"简洁诗性的语言一下子把读者带入情景之中。还有《芬芳月光》里的句子："外婆的月亮是一个悬着的捻线锤儿。冬夜。土炕。油灯。外婆一根长长的旱烟锅明明灭灭，核桃一样的皱纹里埋着一双细细的富有神采的小眼睛。"这些精准而富有弹性的语言在郭进昆的散文里俯拾皆是，值得细细品味。

"高峰依旧在，仍由人超越。"这是当年姚学礼先生作序勉励郭进昆的话，用在这里也十分恰切。已进入知天命之年的郭进昆有了较为丰富的人生历炼和多年的练笔创作，其散文写作可以说正值黄金期。希望郭进昆继续以"关山之子"的执著与顽韧，勤奋耕耘，在散文写作的现代性和创新性方面不断探索，创作出更加有深度有分量的散文佳作。

　　是为序。

王登渤

（甘肃省文联主席）

2023 年 2 月 8 日于兰州

序二

真情是散文的生命，只有直抒胸臆，把真情实感捧给读者，才会赢得读者的喜爱。《关山情愫》顾名思义，文自心出，山水情怀。字里行间凝结着郭进昆对关山的赤诚深情和对故乡风物的咏叹。

辽阔、苍凉、壮美的大西北孕育了西部特有的文化底蕴，西部散文是中国现代文学的重要组成部分，而西部乡土散文写作在新时代散发着独有的魅力。一个作家唯有深深扎根在故土上、人民间，方能挖掘和汲取不竭的文学资源和养分。

读郭进昆的散文，我真切地感到这位从农村成长起来的作家，在自己的散文创作中，并没有抱泥于某种文学作品的形式，而注重作品的内容，没有过分地强调技巧，而着重于表现。他以执著的情怀，朴实的语言，直面生活本源，展露了他对家乡山水纯真的挚爱，或许正是因为有了这种爱的情愫，才使他的作品，具有独到的审美价值，给人健康向上的力量。我觉得他是位有真性情的作家，善与美是永存于他心中的阳光和花朵。他的散文有真切的生活体验和深刻的生命感悟。传统农事和故乡风物的叙写，游记小品和人生感悟的随笔，亲友凡人的倾情抒写，无不透露出作家对故乡的挚爱和对人间万物的悲悯。他的散文乡土气息浓郁，体现出对大自然的热爱和融入其中的赞美，当然在打捞记忆和新旧对比中也可见出时代的进步和巨变。他将半生的人生经验和社会体察凝结成一篇篇真纯而清澈的文字，读来如品乡茗，如沐山风。他的散文质朴简洁，情思隽永，有古典传统散文的神韵和气质，弹性的诗化语言与文言化语言的杂糅，赋予其散文可读性和艺术魅力。

只有真诚的文字，才能指望真诚的回应。好的文学作品总能把深邃的思想、深厚的情感，通过多彩的景物、动人的叙事表现出来，在文学与现实的审美关系上发生一种力量，或似静水深流，或像长河浩荡，成为读者脑海的冲击波，从道德、情感、伦理、行为等方面，给人们以积极的、美学的，充满人文情怀的感染和启迪。郭进昆是土生土长的关山人，是关陇文化的抒写者，他的文笔是他人格的写照，身映关山，他和貌似和静的黄土地一样，笔下散文充满了生命力和创造力，他的这种力度不以浮华技巧为虚笔，而以自然情感流露而呈现，真实景象的隐含去体悟而达到中国西部地域的历史进程的记忆。《关山情愫》倾注了他大半生的心血，也是他散文创作中的一座里程碑。希望在主题的深度挖掘和眼界的开阔性上再努力。季节各有不同，春天鲜花盛开，秋天果实累累，情致则果实丰硕。我相信在他勤奋的笔下，将会有更多、更好的作品问世。

（原甘肃省第四届作家协会副主席、原平凉地区文联主席）

2023 年 9 月 8 日于平凉

目　录

第三辑　美丽家园

第四辑　人生花絮

第一辑　情满关山

才情者，人心之山水；山水者，天地之才情。

关山是我的血地，亦是磨炼我手脚的地方。我心之关山，行行复行行，不管到哪里，关山是我此生剪不断的情愫。

大山的馈赠

我是故乡的大山哺育的。今天，我虽飞出了大山的怀抱，日夜翱翔在他乡的波峰浪谷，然而故乡大山美丽的姿影，却夜夜屹立在我的梦中。

记得第一次进山，我还是一个光着腚的"鼻涕娃"。这以前，每当我倚在自家的柴门前，盯着山林里归来的小伙伴，听他们嘻嘻哈哈地谈论林间的奇花异草，望着他们吞吃采自林间的野果草莓，我就直冒口水，恨不能立时变成孙猴子，一个筋斗扎进大山的怀抱……但是，我进山的愿望每次都被父亲哄了回去。望着遥远的大山，我禁不住流下了失望的眼泪。——呵，大山，我的大山呀！你什么时候才肯拥抱我呢？

盛夏的一天，父亲又要上山去。我急了，便事先藏在离村很远的一棵古槐后，打伏击似的候着父亲的到来。这回，父亲没有再拒绝我进山，我高兴得两个酒窝里盛满了甜甜的笑。

"阿爸，咱山里有没有金钱豹呀？"

"有，有啊！山里什么都有。娃子，你不知道，咱山里人靠的是山，没有山，咱就甭想活旺了！"

"嗯，山真好！我长大一定把山背回来，谁也不许拿走！"

父亲哈哈大笑。

要爬山啦。我和父亲行走在蜿蜒的山崖小径上。早晨的阳光，透过密密的树林，把我瘦小的身影画在了石岩上。远处的树梢绕着轻盈的烟岚。这里，那里，密林的深处传来画眉、山杜鹃一声声醉人的啼唱。一股清澈碧亮的山溪，绸带般悬挂于峭崖林石间……

到了山顶，父亲要去密林深处砍柴。临走，他为我削制了一支竹笛。

坐在山脊上，放牧在草坡上的羊群映入我的眼帘；清脆嘹亮的笛音，伴着山鸟们的歌唱，倾诉着我山溪般流淌的快乐。我忘了周围的一切，好像山就是我，我就是山……蓦地，我又跳进草丛，采撷红玛瑙般晶亮红硕的莓果，摘下大把大把绚烂的山花。高兴时，还在绵软的草滩上打两个滚儿；渴了，便折下一根长的芦管，俯身插进身旁的山泉中，于是，大山那爱的乳汁便缓缓渗入我童稚的心田。

就在这时，山的那边移来了大块豹头恶煞般的黑云，整个山林被罩得昏暗、阴森。粗野的山风好像从脚下生出来似的，呼呼地咆哮着。整个林海发怒了，头顶的林涛声宛若千军万马的嘶吼，几颗雀蛋大的雨点重重地砸在脚下的岩石上。我被吓得大哭起来。突然，我发现手中攥着的竹笛，就像看到了救星似的，小鹿般狂跳的心踏实多了。于是，我便鼓足了劲头，响亮地朝着父亲的方向吹开了。

"阿爸——"我大声呼唤着。

山谷在应，林海在笑，太阳重新露出了笑脸……

从此，我每天进山去，采药、打柴、捡莓果、割牛草……山间小道上录下我跋涉的足音，明澈澄碧的涧溪里摄下一个孩子清瘦的身影……渐渐的，我心的旷野上也矗起了一座大山，这是一首立体的诗，一幅庄严的画，一位沉默的哲人。于是，我变得山岩般开朗、顽强。大山赠给我一双山泉般明澈的眸子，大山赠给我一颗红莓果般晶亮的心，大山赠给我一个充实的人生，使我懂得了什么是爱，什么叫贡献……

涧水叮咚，一路春歌，唱入了村口的古泉，清洌照人，明澈如镜。

1986 年 5 月 10 日

山竹青青

　　我生命的版图上，永远珍藏着一幅美丽动人的画卷：苍苍茫茫的关山，摇曳着一片片密密的毛竹，似绿云，若碧玉；有风拂过，飒飒作响，舞醉一盘山月……好一幅翠竹弄月图！

　　关山毛竹曾为我苦难的生活而流过泪，用它瘦弱的身子支撑了我瘦弱的人生。它的霜重色愈浓的翠绿，它的虚心的节操，它的献身山民的无悔，无不蕴藉成我人生的一道风景。

　　我生于关山脚下一户清贫的农家。和许多山里人一样，靠山吃山，以勤为生成了父母拉扯我们长大的唯一资本。那时，每当冬闲时节，父母亲会不畏严寒，天不亮就夹把镰刀上山去了。他们于夕阳染红山雪之时准会背回一大捆青青的毛竹来。看到喘着粗气、脸上凝结着汗粒的父亲，看到母亲冻僵的双手和硬邦邦的裤管，我幼小的心灵一阵颤动，便默默地整理着绿绿的毛竹。母亲会一把拉过我，摸着我的头，流泪说道："我的乖娃儿，一定要好好念书。看你大和妈多苦哟！你要像山中的竹子一样，不怕苦寒，活出个人样来！"我哽咽着点点头："妈，我也要进山割竹子去！"母亲苦笑着说："那不行啊，你还小。我娃要好好读书才是。"我挣开母亲的怀抱，独自去村头张望白雪皑皑的关山，想象那青青山竹的长势，把自己也凝想成了一株瘦瘦的毛竹！

　　有一次，我见父亲背回的竹捆里有几株带根的竹子，便动手抽出来，想栽在院子里。父亲笑着说："傻娃子，要把山竹移栽到平地，根上还得带上山土哩。"我还是固执地把一束毛竹栽在了院子里，按照母亲的吩咐在竹子周围罩上了荆刺。一冬没过完，院子里的毛竹竟然有了绿意。来年春寒料峭时，毛竹丛中居然爆出了嫩芽。我的心一下子被这青青翠竹点亮，父亲脸上也有了喜色："我娃子栽活了山竹，有出息。你看人活一世，困苦算得了啥，像这竹子一样，不管落脚在哪儿，只要不怕吃苦，冒着往上长，终会有出头的日子啊!"我默默望着从严寒中挤出的抹抹新绿，牢牢记住了父亲的话。

后来，我终于和村里的伙伴一起上山割竹子了。一株株、一丛丛的青青毛竹隐身于山洼涧沟、林莽石罅，用它们生命的绿色渲染白寂的山林，我们的欢声笑语也就脆脆地有了绿意。为了找到更好的毛竹，我们会竞相审密林、攀险峰、下深涧，不惜用汗水换来一捆捆毛竹。

我应该感谢故乡的山炼就了我人生的铮铮铁骨，更应该感谢那山中的青青毛竹给了我生活的勇气和永不褪色的信念。正是凭着这来自山中青青毛竹的坚韧，我终于没有辜负父母的期望，染一身竹绿，走向了山外的世界。

求学的日子，每每接到家中的汇款单，读着山竹染绿的家信，我的眼前总会浮现一片片绿绿的竹林，浮现父母冒严寒或顶酷暑进山割竹子的情景，禁不住泪流满面，我就会暗暗下定决心一定要刻苦学习，回报那青青山竹的深情。

"千磨万击还坚劲，任尔东南西北风"。我生命的版图上将永远珍藏着这青青山竹的风姿。

1994 年 11 月 23 日

采药关山

关山遍布中药材，上山采挖药材是我少年时期的一件乐事。

最先去的是山脚下一道山梁环抱的山弯里，村里人叫"药弯"，大概是野生药材很多的缘故吧。我和村里的伙伴扛着镢头、提着竹笼，沿着川道南边的河沿笑笑闹闹地去药弯采药。八月天气，关山葱茏，山弯里绿草疯长，野花摇曳，蝴蝶翻飞……嗬，药材真不少，青茭、柴胡、升麻、蒲公英，还有叫不上名字的。我们在山弯里主要采挖青茭和柴胡，青茭叶片贴着地面长，挖出根茎可入药；柴胡的秆儿高高瘦瘦，叶片细小，开着黄黄的小花，极易找到，将其连根挖起，束成一把一把的，回家把根茎剪下另晒，茎和秆叶各卖各的价钱。我们跑遍山弯寻药，挖满竹笼，累了就坐在草地上啃干馍，躺下看蓝天白云，山风习习，惬意极了。之后拾来柴火点燃，烧玉米棒子吃，吃得嘴黑黑的，然后踩着夕阳回家。

夏季，我们就去川里的麦子地挖半夏。半夏翠绿的秆柄上挑着两三片叶儿，有淡黄色的小花点缀其间，圆球形灰白的块茎可入药。秋季，我们又去景坪林地里挖升麻，挖出带须的块根，要架火燎一燎，回家晒干后卖了。

最难忘的是去关山深处的水磨沟刨菖蒲。农历五六月，村中的伙伴约好星期天去，由于路途遥远，我们得四五点起来吃饭，挎包里备点干粮就出发了。沿北沟塬上的小路一直走，经车家沟，吃力地爬上大湾口壕，翻过关山前峰，又翻山越岭经过十多里路，才到水磨沟，一算四五十里路哩，得走五六个钟头。水磨沟山大沟深，阴翳蔽日，高大的橡树、白桦树在空中连成一体，风在头顶呜呜直响，脚下涧沟的水也哗哗流淌。我们爬山过沟搜寻菖蒲。这种药叶子很小，开黄绿色小花。刨开黑黑的腐殖质土，黄褐色的茎根就露出来。我们刨一阵比一下谁的多，又摘来河涧的硕大野荷叶顶在头上戏耍。回家把菖蒲根茎晾晒后，再拿到马峡药材收购点去卖，一斤可卖一元五角。

秋季，我们就去关山深处的黑鹰沟割目贼。目贼茎秆可药用，绿绿的有顺纹的茎秆柔韧性极好，用镰刀割下一把一把束好，最后集中起来，用韧树条两头一捆，用绳子从中间绾捆，双肩一套就背回家去。目贼易割价贱，每斤才两毛钱。那时关山最名贵的药材当数猪苓，一斤要卖三四元，村里有人刨到过，可惜我没遇见过。就这样，我去关山采药，一个暑期也能挣不少钱哩，一家人的油盐酱醋不用犯愁了，我和弟弟的学费也够了。

近日回老家去，老母亲为我熬了一罐杏仁茶，特别好喝。我遂想到母亲虽已是七十多岁的人了，身体倒还硬朗，主要是经常熬喝自采草药的结果，我多次见她用茶罐熬喝柴胡、蒲公英等，是关山的草药给了我母亲一个健康的身体。

我长大后离开了关山，采药的情景仍不时闪现。回到老家，年迈的母亲仍去田间或山林中采草药。

一股隐隐的药香自岁月的深处飘来……

2011 年 11 月 5 日

芳草入梦来

"离离原上草，一岁一枯荣。野火烧不尽，春风吹又生。"每当读到白居易的诗句，我的眼前就会浮现出黄土地野草的身影，一股悠悠的草香浸透我梦的原野。

家乡的黄土地少有名花异卉和贵重乔木，多的是漫山遍野的青青野草。只要春风吹到的地方，不管土地如何瘠薄，山崖上，田埂畔，甚至岩石的罅隙里，总会挤出那么一丁点儿绿，星星点点的绿，给荒寂了一个冬天的原野涂上一抹诗意的希冀，给农人苦焦了一个冬天的眼里亮出明丽的惊喜。春雨如酥，最喜"草色遥看近却无"，那是一种春意的萌动，高原在草色的熏染中春意渐浓。

最先感知春意的是我的母亲。她无数次踩过阡陌的脚板磨起了厚厚的老茧，她与草打了一辈子交道的双手枯瘦如柴。可只要土地一苏醒，禾草渐长，她那闲不住的手又会提上竹笼，脚踩绿韵，走向草色青青的田野。在那饥馑的年代里，母亲双脚踏遍埂埂垄垄，沟沟洼洼，遍寻能吃的野草野菜。最先挖到的是苜蓿嫩芽，拿回家用开水一焯，或凉拌或热炒调和入饭，一家人的日子倒也凑合起来。再后来就有荠荠菜、苦苣菜、蒲公英、灰灰菜来填补农人的日子。四五月间，母亲还会提笼在田埂上捋青嫩的茵陈蒿，晾晒后拿到集市上换来油盐钱。

盛夏是万物生机勃发的季节，也是野草恣意葳蕤的时节。蜂舞虫鸣，草长莺飞，那青草覆盖的田埂，那芳草萋萋的山坡，是农人放牧夏日情怀的栖息地，更是山里孩子诗意的家园。

记得收麦子的当儿，母亲总要把一种叫苦芥子的成熟了的穗秆拔下来，拿回家捋了茎秆上面黄熟了的穗子，说是穗子里面的小颗粒可以榨油。割了一天麦子的乡亲们，收工时总不忘要在地边割一背篓牛草，或割一捆蒿草当柴烧。

　　我本是草里生草里长，与草有着不解之缘。很小的时候，给猪拔草成了我人生的第一课。每天放学回家，撂下书本，我就得提上竹笼，走到田间地头，拔猪牙草、苜蓿、蒲公英、灰灰菜，还有那嫩茵陈、紫蔓蔓草……直到拔得一双小手红红的，拔满一笼青嫩的野草提回家喂那头寄托着全家人希望的猪。稍稍长大，我又和村里的伙伴一起去山野放猪、牧牛。一到地头，任凭猪和牛们逐草而食，我们却在开满紫花的苜蓿地里摔跤、打滚儿，花香草香沾满一身。猪们牛们吃得肚子滚圆滚圆，我们玩得忘记了饥饿。

　　那年生产队牲畜集中喂养，正值夏季，精壮劳力都去上工收麦子，饲养员忙不过来，七八十头牲口的夜草供不上来，队里号召不论大人小孩，每给队里割二百斤青草，记一个工。我们这些孩童就在大人的鼓动下，放学后拼命地漫山遍野割青草。为了寻到更青更嫩的好草，我们不畏山高路远，蹿田埂、翻山梁、下河沟、钻树林，跑得气喘吁吁。黑红的脸蛋上爬满了脏兮兮的汗渍，但我们却在笑笑闹闹中挥镰割草，有人为了比别人割得更多一些，竟然手指挂了彩。大人们收工之时，我们每人背着一背篓散发着野香的青草回到饲养室场院。饲养员一一过秤后，场院里就堆起了小山一样的草堆。我们一群小顽童趁饲养员不在的当儿，偷偷钻进草堆里翻寻红红的草莓，一股浓浓的草香扑进鼻孔，沁入肺腑，这是世间一种怎样的香啊，有来自大地母亲乳汁一样的气味。

　　包产到户后，我家分到一头瘦得肋骨突出的栗色骟马，放学后牧马割草的任务就落到了我稚嫩的肩上。每到星期天，父亲和我就要去关山放马割草。拉马爬上那高高的山坡，草色青翠，白云悠悠，任凭栗马咀嚼草香，我和父亲深入草丛中，挥镰割草，草的汁液顺茎而下，沾在手上，香味弥漫。割草的当儿，不远处的草丛里会扑啦啦飞出数只红锦鸡，或于草间蹿出一只野兔，令人无限遐想。当然，草间多的是草莓和野果，乏累之时，斜身卧在草捆上，氤氲在暑气熏蒸的草香中，随手摘吃草莓，草味果味加汗味，劳动的愉悦就在这浓浓的芬芳气息中香到心底。后来我就单独放马割草了，我家那匹瘦马一个夏天就膘肥体壮了。

后来我离开了山里，置身于柏油马路和高楼林立的世界，很少再嗅到那浓浓的草香了。我常想，无草的世界将是一种怎样的景观？国家号召退耕还林还草之后，家乡的草一定更加茂盛了。

夜深了，让我枕着家乡野草的浓香入梦吧。

2003 年 1 月 16 日

关山恋歌

关山，郁郁葱葱的关山，如诗如画的关山，你慈母般的博大胸怀，你严父般刚毅的臂膀，带给我无穷的力量和希冀。今生今世，我注定永远走不出你深情的视线，我心灵的底片上总是映叠着你美丽的雕像。

作为在你怀抱中长大的山里娃，关山，你用甘醇的乳汁喂养着我，用满目的苍翠和绚丽的山花，曾无比热情地点燃一个山村孩子的希望。

任凭春去春回，花开花落，你在风雨中横亘成一道不变的风景线。我曾和小伙伴一路欢歌，在羊肠小道上爬，在洞溪的列石上踩，在山顶放飞"一览众山小"的豪情。溪水淙淙，是人世间最清澈最纯美的音乐；荷叶硕硕，带给我们几许嬉闹几许清凉。投身浓荫蔽日的丛林，寻觅诸如青茇、目贼、菖蒲之类的草药，那是怎样的一种乐趣。谛听鸟鸣，宛如一曲管弦丝竹美妙的合奏，那是天籁，是妙音，令人身心如洗。和树们交谈，你会听到哲思般静默的语言。山崖上挺拔的劲松，山坡上圣洁的白桦林，挂满红色果实的面李子树，还有那椴树，甚至丛生的沙棘，都在季节的变换中诉说着对这片土地的热爱。

据父辈讲，关山早先有野猪、獾和金钱豹。那年生产队饲养员赶着牲畜进山围栏放牧，有一匹枣红马就被豹子咬死了。我小时候还看见过邻居马大叔从山里捕回一头梅花鹿，惹得我们争相观赏。

后来我求学走出了关山，来到喧嚣的城市，而那绿色的梦，却夜夜连着关山。据县志记载，西汉景帝时在关山脚下设呼池苑，是皇家牧马的场所。那万马逐草而奔，牧歌声声，是一幅多么美丽的画卷。多年后我再回故土，山还是那座山，只是绿色已退到山顶，我曾经游过泳的小河变成了细麻绳。更为奇怪的是，那年漫山遍野的毛竹全部干枯死去。我为关山失去青青的毛竹而流泪。

关山，我的关山，不管走到哪里，我都深深地恋着你。但愿能在退耕还林和封山禁牧中遍披绿色，引得春风染山川。

2002 年 12 月 12 日

走进森林

人类从森林中走出，移居平川大野，在城市的森林中栖息、觅食，然后迷惘地回望越来越少的原始森林，叹息一声，然后继续奔走在城市的森林中。森林之于人，永存着绿色家园的情结。

我有幸出生在森林茂密的关山脚下，在无数次和关山打交道的过程中，森林给了我难得的磨炼和乐趣，森林里蕴藏着我许多珍贵的绿色之梦。

有山林的地方实在是一种福气。久居山脚下的一个村庄，抬头见山，低头有树，少了一马平川原上人的空旷和寂寥，春可观山花烂漫，夏有葳蕤绿色的蕴藉，秋可闻山果的香气，冬可沉浸在雪落关山、银染树林的童话境界里，那该是何等的幸事。

要领略山林的妙处，最好是爬上高高的山，走进密密的林。面对横亘在你面前峻峭的山，面对挂在你面前陡陡的路，畏惧是没用的。还是挽起裤管，憋足一股劲，朝山头攀登吧。登上山路，你会发现这路根本不像城市的马路，山路是山民们踏出来的羊肠小道，有的地方较平缓，有的地方直挂如绳，均是窄窄的沟槽一样的形状，间或有大石挡在中间，道旁不时交叉横挡着带刺的荆条，让你不能顺利通行。待连爬带滚登到山腰一个平缓处，你已经是汗流浃背、筋疲力尽了，脸上可能还会留下荆刺划伤的血印。坐在软绵绵的草地上歇一会儿，林中的小鸟送来清脆悦耳的鸣声，花香草香裹在一起直扑鼻孔。望望山巅，蓝天高远，白云悠悠，一个汉子嘹亮的歌声从山顶飘过树梢，颤悠悠很磁性地灌进你的耳朵。你来了劲头，起身又朝山顶攀援。坐在山顶眺望，蓝天上放牧着朵朵白云，村庄静静地伏卧在山下的黄土坳里。转身环顾，三面皆山，群峰竞秀，郁郁葱葱，丰姿展露。

投身到茂密的森林，天空被高大的树木枝条割成了一绺一绺的蓝绸缎，斑斑驳驳的光点散射下来，随着树叶的摇曳而眨着神秘的眼睛。树们不言不语，哲人似的立着。大树的枝干上黑皮皴裂，挂满了苔丝。椴树就显得清俊一点，光滑得多了，野白杨撑起它伟岸的身躯，枝丫横斜不一。最引人注目的该数白桦树了，飘逸洒脱，如白领男子，有裂开的白纸一样的树皮迎风招展……当然，森林这个大家族里也少不了野李子树、五角枫和满身是刺的面李子树，还有攀来绕去挂在大树之间的藤条。树们不分高低贵贱，不论年龄大小，和谐共处，把绿色和希望带给人间。

林中静坐，屁股下是一层厚厚的落叶，有偎身家里土炕上的感觉。随手刨开黑黝黝、绵软软的土层，一股浓浓的腐土味道香香地进入鼻孔。一只松鼠蹿出石缝，两眼警觉地四处打探，又奔来跳去，一会儿咬咬果壳草叶，一会儿嗖地蹿上树去，蹲在枝杈间做鬼脸。起身抚摸一棵棵或高大或矮小的树，粗糙或光滑的都有，直到手上留下了或青或白的印痕，指间挂满树苔，再仰头观树，觉得自己也分明高大了许多，仿佛变成了一棵树。

起风了，呜呜的吼声自遥远的天际滚来，又仿佛来自峡谷里。林中不动，如怒潮涌起的海底一样平静；只听那尖利的吼声一阵一阵滚过头顶，林梢骚动不安，忽聚忽散，不时翻起一个个漩涡。恐惧？不安？是有一点儿。但树们立着，迎风笑着，脚下的松鼠却怡然自乐，无名的野花依然灿烂。

穿行在林间小道，一人多高的蒿草茂盛地绿着，各色各样的野花点缀其间，迎风笑着，红艳艳的莓子玛瑙似的惹人馋，顺手摘一把，吃一口嘴里酸甜酸甜的。一只红锦鸡扑啦啦从草丛中飞起，一大片油松林泼上了染料似的，在阳光下发着绿光。面对旷远的山野林莽，尽可扯开嗓子野声山喊，或吼唱一段秦腔乱弹。

翻山越岭，大森林给我的是安抚和遐想。穿行山涧，但见流水哗哗，清幽见底，水在岩石间蜿蜒流动，人在草石小径上行走，摘一朵大大的荷叶顶在头顶，任凭太阳有多毒，浑身都清凉清凉的。常去森林里走一走，就会领略到柏油马路上不曾体味到的感受，会更加珍惜绿色和生命。

2004 年 6 月 8 日

关山痛

怎么说呢，我与关山有太多的渊缘和纠结，五十年的情结一言难尽啊。关山是我挥之不去、萦绕心头的牵念。

关山学名为小陇山，从六盘山往南绵延几百公里到陕西陇县境内，而我的关山是我从小生长的横亘在华亭市山寨回族乡西边的一段山脉。

仿佛一条脐带连着我，关山是我少年磨炼手脚的地方，是我苦难生活的见证者。时隔三十余年，重回关山，别有一番滋味涌上心头。

娘说她想去关山拾李子，我说我也想爬一回关山。正是农历十月十七日，天刚放晴，我驾车和妻子回山寨，在老家拿上蛇皮袋子和绳索，叫上老娘一起去关山。

几次回老家，见年已七十多岁的老娘在地里忙着掰玉米、挖洋芋，接着就是帮三弟耕拾独活，回家剪独活枝叶，整理摆放根须。还有川地里几分地的药材未挖，娘说等瓦窑上打工的三弟两口子腾出时间了再挖。几年没去关山了，想去拾些李子，打些酸梨。

我也想吃关山的酸梨和面李子，当然更是想看看关山的秋景。

开着车很快经甘河来到水草沟。这使我想起小时候进山时得凌晨四五点起来吃早餐，摸黑从家里步行十多里路才能到关山脚下。

水草沟，一个富有诗意的名字，坐落在关山几面坡的下面，有草有溪。记得是个很穷的村子，村里有几个亲戚。走进村子，娘边走边说这是谁家的新砖房，这是谁家的大门，那又是谁开办的养羊场。在村头，娘指着一户人家说，你大伯家的娃娃就住那一块。我和娃娃小时玩耍过，至今音容笑貌犹在脑海，一个调皮活泼的小子，至我外出求学、工作又到县城生活，三四十年没见过面了，挺想念的。我打听过，说他常年在外打工，碰不上。当年的娃娃如今该和我一样人到中年，也是一脸的沧桑吧，说不定他早已抱上孙子啦。

沿村庄西边的上山小道爬行，地畔荆棘丛里有面李子树，满身是刺，鲜红的面李子果果挂满枝头，晶莹似玛瑙，摘下吃一口，面沙沙的甜。山坡上一群羊在啃食，牧羊人斜卧山坡，衬着关山悠远的背景，颇有草原风味。娘说左手那道墚是殿沟墚，坡缓而长，我们爬的是郭家岭，翻过岭就是小树木沟。缓坡慢行，边看风景，右边红崖河墚峁上层林尽染，黄叶黄得耀眼，红叶红得鲜艳，山梁穿上了斑斓的花衣。

走一段长长的缓坡，边看山景边说话，倒也不觉得累。眼前是一个陡坡，被雨水冲刷成了沟槽，沿沟槽边的草坡吃力地爬行，还得穿过荆棘掩埋的沟槽小道。好在娘身体还硬朗，爬了一辈子山的她时时走在我的前头。

上得陡坡，我们在平缓处的草地上一坐，喝口水歇缓一会儿，顿觉境界开阔，山野景美，空气清爽。

娘说，她几乎跑遍了关山的角角落落，熟悉关山的每一寸肌理。哪里有酸梨，哪里有李子，甚至最好最繁的树在哪里她都知道。娘说，翻过山梁就到小树木沟了，她曾在这一带割竹子扎扫帚，拾李子仁卖钱，一次拾得多了，马儿驮不上，差点儿丢了一大半；多数是把李子的皮肉捣烂褪出核儿，减轻重量再拿回家。

说着话，不觉来到梁顶，松树林里铺满毛茸茸的松针，有蘑菇点缀其间，我们遂采摘起来。转过山弯，行走在铺满五彩斑斓落叶的林间小道，真有幽美静谧之感，妻子的红衣背影被我摄影留念，成为颇有意境的照片。我边走边拍照，竭力想留住关山每一处美的景致。来到山弯地带，我们吃馍喝水，远眺近观山景，真是赏心悦目，美不胜收。

拐过山弯，在对面山坡丛林里搜寻酸梨和李子，极少，可能是今年春季天旱的缘故，树们开花少，结果也少。好不容易在阴湿地带找到一棵结着果子的酸梨树，我们便在树下捡拾起来。又青又黑的野酸梨落在树叶草丛里，刨开树叶，拾起一颗放在嘴里，那个酸呀，涩酸涩酸的，透着山野的清纯，如果拿回家放在袋子或者在麦草里捂上一段时间，会变得绵软香甜一些。至于李子果呢，没有找见。

娘和妻在捡拾酸梨，我则在树林里摄影，高大的白桦树，林间的落叶和绿色的枝叶，横斜生长的树，交叉云天的枝条，包括脚下软绵绵的松针层和树身上龟裂的纹路、伤痕，都被我一一摄进镜头。对于长期蜗居县城的人来说，林间什么都是新鲜的，大自然什么都是美的，我要把这美的事物一一纳入镜头，留作自己或亲朋好友慢慢欣赏、回味。

捡拾的酸梨已有多半袋子，我用绳子捆绑好，套进双肩背在背上，沿原路往回走了。我们边走边说话，还是看不厌的山景。到郭家岭垯上，正是太阳西斜之时，山林在斜射的阳光里变得明亮，左右两边山峦起伏，前方山寨川里轻烟笼浮，东边遥远的地平线隐隐约约。我少年时进山打柴也曾站在这里遥望地平线，心里暗想，山外的世界是什么样子呢？几时能去外面的世界看一看、闯一闯。正是怀着这种朦胧的向往和梦想，我发奋苦读，终于考上了中专学校，走出了关山。

娘似乎也思绪万千。也许她大半辈子的酸楚在面对关山时一起涌上了心头。她的悔，她的怨，她的恨，她的苦和她的泪搅和起来，本来沧桑的脸上被冷风一吹，皱纹抽搐起来，她不住怨艾唠叨，埋怨外公外婆没有给她找个好婆家，怨恨我父亲的懒惰、不会过日子和暴躁的脾气，为了拉扯我们弟兄四人度过艰难的日子，她不住地跑山，用瘦弱的肩膀支撑贫困的家庭……说到山，她记起了一句不知从哪里听来的唱词：

深山去林没有经，家家户户都转到……

接着又唱道：

木中灵感观世音，我在林中苦修行，我家有的难海岸，传下慈水救生灵，能救山寨两年苦……

从来没唱过没笑过的娘面对关山轻轻地吟唱，这唱词也许是她吐露一生苦楚的写照。

下坡走着，听着娘的说和唱，我心里不是滋味，也想起我幼小时钻山林、背柴禾、割竹子、采草药、牧马割草的艰难岁月，苦难的关山啊，每一个褶皱里都藏着我的汗水和泪水，每一个坡道上都有我稚嫩的足迹，然而更多的却是娘痛楚的记忆。

哦，关山，你不是风景如画的关山，你是我们娘儿俩心中抹不去的苦难的印记。

曾经，我的关山我的梦；如今，我的关山我的痛。

2016 年 10 月 23 日

我心之关山

"才情者，人心之山水；山水者，天地之才情。"这是我很喜欢的李渔的一句话，辩证地说出了山水与一个人情操养成的关系。

关山是我的血地，我像熟悉母亲一样熟悉关山。这里的一草一木哺育了我，在耳鬓厮磨的岁月里给了我无尽的滋养。

暌隔了好久的关山因为疫情的原因我不能如期赴约，完成《关山笔记》的写作。

暮春时节倒春寒稍稍消退，正是五一假期天气晴和之时，想起母亲说过她也想去一趟关山，因年迈走不动了，如果我开车她就一起去心仪已久的关山，于是便成行。

红崖山。山峰碧翠，是一种春天里特有的树叶新发的透着嫩绿新鲜的翠色，在阳光下泛着人间少有的略带浅黄的绿。我多想把自己融入这清新可爱的鲜绿中，做一棵树、一株草活在关山里。山沟口的蓄水坝里碧波盈盈，倒映着山的影和我的心思。西北斜坡上朝向羊尾巴林方向的高耸山峰，被油松裹缠着，在蓝天白云下巍峨又壮观。

坝上朝西走的坡地里绿草茵茵，眼前是一方松林，草地，树林，绿荫，真是纳凉避暑的好地方。多想盛夏之时来这里铺毯静坐，那该是人间何等的享受！

我知道红崖山庄口往上南边的山向西依次是小树木沟、大树木沟和短沟子。这是我小时常去的山。沿沟朝西行进，就到深山里去了。以中嘴沟为分水岭，朝南拐进黑鹰沟，进去依次为头道沟，二道沟和三道沟，再就与庄浪的山接上了。听人说深山里还有庄浪人在牧马。中嘴沟分岔处朝北则拐进了光底子河和香炉沟，也就是深山老林了。

想当年我写族谱时，了解到中嘴沟曾是我的祖先居住的地方，也许是我爷爷的爷爷肩背担挑从庄浪韩店翻越关山逃荒来到这里，以石垒墙，搭木成棚，在此聊度饥荒。先人遗迹难寻，我只在南边沟里行行复行行。山水哗哗，清泉石上流，野荷田田，阴翳里是山的清新和草木的清香。爬上北边一面山坡，厚厚的树叶铺满林间，斜躺于树叶杂草铺就的软绵的山坡，仰看被大树枝条分割的天空，山风温柔地掠过面颊，身旁的毛竹柔软而碧绿，草叶下幽黑的腐殖质散发出泥土的芳香。林中小憩，偎身山林，我明显感到我已是大山的一部分，抑或山中之逸人。

山中放逸片刻，胜却人世纷扰烦忧。

母亲、妻子和妻子的朋友割了些毛竹，休整了一会儿，我们翻过山梁，从北边沟里往外走。北边沟里风光又不同，是石壁深涧，一处瀑布状的水流在大石坎上冲流激荡，水声很大，空谷传响，水花飞溅，白浪翻飞。我们只能沿北边半山坡窄道小心移步。渐走渐敞，又到进来时的那条沟谷，就慢慢走出了大山，回到水坝停车场了。

一路上母亲虽没了当年跑山的劲头，但尚可支撑行走，七十多岁的老人只要是和我一起进山，就有心劲。母亲的关山亦是我的关山。我和母亲一起去关山就了却了一桩心愿。

这次进山还使我更加理解了水之于山的重要性。山水，山水，有山无水干枯无魂，有水无山柔软无骨。一路的山谷行进，沟底的溪水在乱石枯木中间穿过，有时急流如瀑，在石上跳荡，有时缓冲如潭，碧澈透亮。听哗哗流水声，仿佛灵魂在水声中被漂洗得通透清亮了许多。

山溪清兮，可以濯我足。草木香兮，可以润我肺。

才情者，人心之山水也。我写作的灵感才情不也是关山激发的吗？我心之关山，是抒不完的情！

"醉翁之意不在酒，在乎山水之间也。山水之乐，得之心而寓之酒也。"我不善饮酒，就当不了醉翁。可在乎山水之间的心一直在跃动，只能把山水之乐得之心而寓之笔也。

山还是那座山，溪还是那条溪。不同的人会遇到不一样的山水。我心中的关山因承载了我过多的苦难和欢乐而永远矗立在我心灵的天地里。与关山的缘是我这辈子不了的情。

这就是我心中的关山。

2022 年 5 月 3 日

关山湫池

山是翠翠的绿，水是泠泠的清。湫池是静卧于庄浪关山深处的一颗明珠。

湫池，我来了，我和你邂逅于蛇年端午节的前一天。

先去"后湫"。半山腰新修建的庙宇威严壮观，山民朝拜的香火渐旺。朝南远眺，一泓漂着草叶的碧水静卧山弯，走近水边，蝌蚪密集，惹得孩童竞相打捞。不远处几位信士站在水边，口中念念有词，一声声"放了、回去吧"，手中丢下几条鱼，伴随着水花和波纹，鱼就被放生了。

看到路旁的一块牌子，上书"护一方净土，留两泓清湫"。读简介，才知湫池也叫"朝那湫"，古称"雷泽"，史书上说帝母姜嫄从成纪（静宁）赴雷泽，踩了圣人的脚印而怀孕，生下了伏羲。因此古代帝王多在这里举行水祭大典，祈求风调雨顺、国泰民安。附近山民也来此祈雨求福。我小时候常听父亲说起村里人来湫池求雨的事。

车子拐过一个弯，就到了"前湫"。三面青山围拱的簸箕弯里，一泓碧水展现眼前，早有随行的内侄奔向水边，戏水，捞蝌蚪。

我沿着左侧的山路徐徐前行，径旁的野丁香散发着诱人的馨香，有钓鱼者撒网在静静等待。我边走边看，天蓝得清爽，水绿得青碧，水天一色中透着纯纯的净。几个山妹子折山蕨归来，笑声溢满山水。山弯处三个小伙子在猜拳喝啤酒，与此情此景极不协调。

我绕行回看，一泓湫水静卧半山，似碧玉，温润极了。青山环拱，山色葱茏。遂想，山因水而增色，水因山而添秀。如此苦焦的黄土高原海拔两千七百米的关山顶，怎么会有这么一处净洁美丽的湫水呢？这是上古传说的神奇抑或天工的造化？关山湫池留给我的是无尽的回味和再次造访的期许。

2013 年 6 月 21 日

雪落关山

窗外是一幅偌大的落雪图，我的思绪又回到了雪染的关山，回到那山坳里银白色的小村……

雪静静地飘落，只有家家火塘里柴禾的噼啪声在和冬天对话。娘刚腌过咸菜的粗糙的手又得捉起那枚闪亮的银针，偎于暖暖的炕角缝补，直补到皱纹悄悄爬上额头，黑发变成白发……而父亲呢，一生未曾停过操劳的双手这会儿又在落雪声中破山竹、编山货，一杆老旱烟锅伴他度日。有山雀落于窗户喳喳鸣叫，噢——原来那是小妹灵巧的双手剪出的戏春图，那花花草草、山山水水，分明是小山村美丽的憧憬。

步出户外，见自家的那只大黄狗突然变白，且胖了许多。三叔牵一头毛驴在泉边饮水，水汽蒸腾，三叔的胡须上挂满了冰。

不远处传来谁家女人喊"银蛋"的声音，接着就有兄妹俩一高一矮在山路上抬水的身影出现。

妹问："哥，啥时咱村能和城里人一样喝上自来水？"

哥答："快啦，听说县上人要到咱村压水管子。到那时，咱就再不为抬水犯愁了。"

小妹的脸蛋上红红的，绽开了两朵山花花。

大雪给苍茫的关山涂上了一层银白色之后，就悄悄溜走了。

耐不住寂寞的村妇又聚到一起，有拉不完关于冬天的话题，关于柴米油盐、儿女婚事和山外的世界。

顽皮的山里孩子堆雪人、打雪仗，喧闹的笑声震落了晶莹的树挂，那是一幅多么美丽的山色图哟！

披雪的山庄炊烟轻绕，好似母亲的手臂召唤外出的儿女。于是，西装革履的小伙子回来了，俏丽如山花的女子进村了，山庄就有了道不完说不尽的山外新鲜故事。

　　窗外雪飘，遥想雪后的关山一定会变得更加迷人，更加壮观。

1997 年 12 月 10 日

走进松树林

关山的坡地林，人工植的松树挨挨挤挤，绿的油松与黄的落叶松夹杂渲染，秋的斑斓与妖娆全在这里了。

我沿着山梁踽踽独行，脚下是草叶的沙沙声，身旁是直立的松树林，落叶松金黄，油松绿茂，夹杂排列伸展在山梁沟岇间，这分明是一部雄浑的交响乐。

有花彩的山鸟飞过树权，"烂皮袄"和面李子树上有红红的果子，路遇一骑摩托车的汉子从山坡下来。我问，这山名叫什么？答，不知道。我愕然，竟有巡山人不知山名的，也许是人家正骑车赶路的缘故吧。

一个人在山梁上走，秋风并不寒冷，在山顶一片松林里逡巡，黄黄的松针铺成毯子，软绵绵，舒爽，金灿灿，养眼。树桩，横斜的枝条，挂在树上的松果，铁似的，似乎摇着铃铛。置身于松树林，你会觉得自己也成了一棵松树，伟岸挺拔起来。

又拐过一道弯，来到对面山梁，金黄色牵着我的脚，踩在厚厚的均匀的软绵绵的松针落叶上，这是我走过的世上最好的地毯。有山鸟的鸣叫声稀疏地传来。孤单吗？一个人的关山。为什么我常常爱亲近山林呢？因为养育我长大的关山是永远的灵魂牵念。爱独处的我只身来到这熟悉的山林，静对秋山，以树为伴，谛听心音，觅得野趣，过滤尘杂，清静喜乐。这关山深秋的苍凉和绚烂，宁静又详和的景致不正适合渐入中老年之境的我吗？

西拐，走出松林。

一片大草坡，开阔，丰饶。秋草欲枯还青，爬满大山坡，风干的牛粪坨和羊粪蛋散落在草间，这使我想起小时候拾粪烧炕的事来，仿佛是远古时候的事。抬眼望去，西边是漫长的郭家岭，半山松林缠腰，色彩斑斓，南边是高高的尖山子，墨绿，凝重，一如苍茫的我。山坡斜缓而悠长，下面是水草沟和甘河社，山里人家，人间烟火。

有人说，人是应该经常去山里转转的，人一走进山就成了仙，这是有道理的。

沿另一面山坡我从松树林里回走，林大，树密，松针绵黄，一边走一边可以听到自己的心声。有风吹过，松针飘扬如雪粒，轻盈地旋向大地。走过一道道山，爬过一道道梁，我于孤寂中品味这关山之秋，在清静中反刍岁月人生，山林之乐之趣就全在心里了。

我为什么要登上这高高的关山走进一片松树林？

书册埋头何日了，不如抛却去寻秋。

照看外孙的日子，不得去山野，就陪他玩耍，或抽空练书法，读书。偶刷抖音看到有人拍西华阳关邓家塬的秋景，绝美！关山层林尽染，山塬金黄的松树，美丽的女子拍抖音视频，沉浸在金秋的喜悦与唯美里，让心情放飞于晚秋的灿烂辉煌。

今天，我也去了一回关山地，领略了松树林绝美的风景。回家，以喜乐的心情继续从事我的读书、写作及书法研习。

2022 年 10 月 5 日

看　水

小雪无雪，却是暖阳晴好。蜗居楼室，沉迷临帖习字，顿觉憋闷烦郁，忽想抖音播关山瀑布者，何不抛却书册，去关山看水一回。

关山有小瀑布，我未曾见过，听说在牛舌堡附近。饭后我一人驱车至水场，见一汉子，遂问路，汉子热情相答："不远，顺着上关山的路再走六里，拐一胳膊弯，五十三号电杆那里左拐步行就到。"

进山道路正在重修扩建，牛舌堡土路坑坑洼洼。开车慢，就看风景，大山苍郁雄奇，树木密实挺拔。这地方为什么叫牛舌堡呢？琢磨不来，又无人请教，大概这里地形或山势像牛的舌头吧，或许有什么美丽的传说呢。

到了五十三号电杆。从路边左拐，下山路极为泥泞湿滑，我只得手挂木棍仄着身子慢慢下移。早早在半山腰我就听到了轰隆隆的流水声，间或哗啦啦，水声清越，穿林而来。我边走边歇，看对面的山势和树木，山峰绵延高峻，郁郁苍苍，密林极有层次，铁青色的是橡树，白色的为桦树，而油绿色的则为松树。山坡上还有毛竹丛，落叶簇簇。阳光在树缝里偷看我，我也就慢慢下得陡坡来。

沟底是一潭清水，我知道瀑布就在附近而不急于看瀑，就坐在水边看这一潭清水。清泉石上流。乱石，响水，哗哗之声盈于耳。水清，清水，水影里我有点眩晕，恍惚我已融入了这水，浑身透亮。细看，阳光反射的光斑在对面石壁上闪烁，石头上、朽木上是绿茸茸的苔藓，给人一种幽远古旧之感。循河上溯，脚下湿滑，山藤条向我伸出手臂。在乱石间拐行，听哗哗的水声，看半明半暗的阳光，一个人的山谷我并不孤寂，因为我也曾是山里人，什么境况没见过。我就是为找一个人的清欢而来的。

嗬，一帘瀑流挂半山！

哗，水声响亮灌耳畔！

瞧，白色银珠落石间！

瀑流并不大，从一处峭立的崖槽里奔流而下，奔流，奔流，义无反顾，硬是把这一溪山水流成了一道风景，这就是山水的风光。

甭急，水是要慢慢看的，我坐在一块苍苔遍身的石头上细细品水。山崖上的缺口处有阳光照射，崖根底是一潭旋流，有风凉飕飕地伴着水星，令人生寒。右边悬崖几乎倒立，为层层石块垒砌状，左边则平缓些，岩石湿滑，有冰挂点缀其间。砸碰到底的水潭旋涡起伏，水回旋清冽，如此清幽的意境使我想起柳宗元的《小石潭记》来。

细细的水珠湿了我的脸，我在阴暗溅雨的崖根看水，潮湿的是我的心境，而对面山上的阳光正明亮着。复踩石向左转悠，从不同角度读山看水，这山水也就装入我心了。

世间千山万水，如贵州黄果树大瀑布我也看过。然独于关山观此小瀑，何者？瀑布不在大小，在于家乡的山水之情也。

"才情者，人心之山水；山水者，天地之才情。"这是李渔的话。这么说来，我就没有了柳宗元在小石潭和《永州八记》里的寂寥与落寞。这山，是我心之关山；这水，是人间少有之清流。我独自来这僻静之地观山看水，不也是得天地之才情吗？

文人喜山水。文章得之于山而悟之于水，不亦雅乎？

有副对联曰"春风大雅能容物，秋水文章不染尘"，横批是"云水襟怀"。此我心境之谓也。

偷得浮生半日闲，观山看水荡胸间。人间清流响耳畔，我心澄明诉笔端。如此，我才可写出像那秋水一样的文章吗？

2022 年 11 月 21 日

第二辑　乡愁记忆

　　泥土。小溪。那山。那草。那树。那月光。甚至一声鸟啼。乡亲们晒得黝黑的脸。乡音乡情，乡关何处？回望故乡，一缕淡淡的乡愁萦绕心头……

怀念庄稼

庄稼是庄稼人的命根子。我是庄稼人的后代，体验过庄稼人是以怎样的情感深爱着庄稼。而今我虽不再与庄稼打交道，可庄稼的身影怎能从我的心里抹去呢？它们年年丰稔的绿韵已深深根植于我的血液之中，那金黄金黄的芬芳自岁月的深处飘来，醉在我怀有庄稼情结的心头。

庄稼成，则社稷稳；五谷丰，则农人笑。只有庄稼人才深谙庄稼对他们意味着什么。春种、夏耘、秋收、冬藏，庄稼人把一年的希冀和辛勤的汗水交给土地，全是为了庄稼的丰收啊。

春光摇醒山庄，土地解冻，庄稼人粗大的脚板就踩响田畴。在脆响的鞭声和吆牛声中，庄稼人躬耕田亩，点瓜种豆，在大好春光里种下了希望。待到这希望在田野里发芽，嫩绿嫩绿的庄稼苗齐刷刷钻出地面，庄稼人眼角漾出抑制不住的喜悦，像看见了自家的娃娃，爱都爱不够呢。

夏日骄阳似火，农人荷锄走向田间，"锄禾日当午，汗滴禾下土"，全然忘却了炎热和极度的疲劳，只有庄稼才是他们唯一的企盼和慰藉。于是，他们擦擦脸上淌成河的汗水，望一望满眼绿油油的庄稼，会心地笑了，继续挥锄劳作。

收获的季节，是庄稼人盛大的节日。金黄金黄的麦穗随风起伏，风里裹着香气，直醉到庄稼人的心头。虎口夺粮的日子，庄稼人在进行一场争夺战，尽管忙累得天昏地暗，可是为了庄稼，他们什么都愿意付出。

嚓，嚓，挥镰割麦子的声音是动听的音乐，农人最爱听。多少年来，每当读到铺展于高原一望无际的黄澄澄的喜悦，我的耳畔就会想起这美妙的挥镰声。

和许多庄稼人一样，我曾感受过青黄不接的焦虑与苦楚。但当一塬随风起伏的锦缎般的麦海渐渐有了黄色，母亲总会舒展眉梢，说："麦子快黄了，咱庄稼人又有了指望。娃他爸，快磨磨镰刀，准备收黄天吧！"父亲这时俨然一位统帅，浑身有使不完的劲头，一天去塬上转悠好几遭，从不错过收听天气预报，磨刃、安镰、修车、备绳，末了还要称二斤青毛茶。

我们这些做孩子的则最盼望放假收麦，因为挥镰的日子不啻农家子弟的节日。成熟的高原，宛若即将分娩的孕妇，安谧而又丰腴。庄稼人个个满脸喜色，条条阡陌播放匆忙的跫音，人人心间绷紧一根弦。这时，瘦了家里，肥了原野，广袤的高原成了人的海洋、草帽的天地。毒毒的骄阳下，银镰闪闪，收割心中的那畦冀盼。

挥镰的日子很苦。没有足够的膂力和耐力，怕被毒毒的日头晒黑白皙的皮肤。你若心存侥幸权当玩儿，刃不利，馍不足，最好甭走进那长长的麦荡子。挥镰割麦仅凭力气是万万不够的，常有瘦弱的农妇挥镰如舞，却总让自己壮壮的男人落在身后。我每每惊叹这些经年劳苦、粗茶淡食的庄稼人，除利用抽一袋烟或磨镰的当儿歇口气外，没有一个叫苦叫累或半晌就收工的。而不时停镰驻望，伸腰歇缓，"哎哟"不止的，则为我等文弱书生了。小时割麦，常因不得法而丢三落四，所束麦捆倒穗很多，经不住挫挪即散开，为此常遭大人数落。于是就看大人的示范，悉心悟练，收割技术方渐渐提高。

挥镰的日子亦是快乐的日子。不信你瞧，有村女送饭到来，一家老小围坐地畔，麦捆为凳，野风拂面，饭香草香花香共餐，说笑声不断，其乐融融也。挥镰的日子，总有火辣的情歌随麦浪滚来，最解人乏。挥镰的日子，忙了大人，乐了孩童。牛尾上拴满了有趣的故事，地埂上缀满了多彩的星星，孩子们会用鲜亮亮的麦秆编织童心的憧憬，逮只绿蚂蚱，吟唱永不寂寞的歌谣。

挥镰的日子，美在黄昏。夕阳衔山，金辉斜照，喧闹了一天的高原静若美妇。镀红的麦穗泛出迷人的色彩，晚风送爽，幽香扑鼻。劳作了一天的农人会伸伸酸困的腰肢，立于田头，把自己长长的身影写在静谧的土地上，让惬意的心做最后的守望。这时，叮当的牛铃也就响起来了，村头树梢的银盘，羞羞地偷看从四面八方归来的庄稼人，家家屋顶的炊烟有抒不完的柔情蜜意，晚饭的香甜便在农家小院愈品愈有味道。

难忘拾麦穗的日子。麦黄时节，好似虎口夺食，庄稼人忙得昏天暗地。看着割到手中一把沉甸甸的麦穗，庄稼人笑了，那笑里有麦穗金黄的影子。

记得小时候缺粮，尤其吃白面的机会很少，那时生产队集体耕种，夏收后麦田里总会遗落零零星星的麦穗。那年放暑假，娘说："你弟兄俩的学费还没着落呢，随娘去地里拾麦穗吧，要学会自强自立。"

于是，我和弟弟每人提一个竹笼，走向塬上的麦田，正在收割和割完后有麦垛的麦田是不允许拾麦穗的，只有麦子拉运完的地块才可拾麦穗。大人们忙着收割拉运打碾，黄澄澄的麦浪只几天工夫就剩满地的麦茬了，在抢收过程中总有人免不了遗落一些麦穗，金灿灿的麦穗，躺在麦茬地里。娘说："这年月粮食金贵，看着这些散落在地里的麦穗，怪心疼的。孩子啊，一把麦穗可够你吃个大馒头。"我说："那不可能吧，娘说得太玄乎了。"娘说："如果把一把麦穗的种子种到地里，来年就可打一大碗麦粒，磨成面就可蒸一个大馒头。"听了娘的话，我会心地笑了。

夏日的高原是一幅风景画，蓝天分外高远，羊群一样的白云飘游在碧空，裹着稔香的夏风徐徐吹来，有蚂蚱在草间尽情吟唱，一群孩子在田间抢着拾麦穗，一只花蝴蝶翩翩飞舞，一个小姑娘掏出花手绢追捕蝴蝶。弟弟不知啥时偷偷溜到地埂摘来一大把草莓，惹得小伙伴们争着抢着吃。弟弟差点哭了，我赶紧把自己拾的一大把麦穗放在了他的竹笼里，弟弟才破涕为笑。

不住地弯腰捡拾，一把把麦穗随小手跳进了竹笼。不一会儿，竹笼满了，我们就束扎成捆，放在田埂，又开始捡拾。尽管腰酸腿软，但一看到不远处有一把麦穗在骄阳下发出金灿灿的光，我们又抢拾起来。最后，瞅瞅身后的麦田，再也看不到一把麦穗，只剩光溜溜直竖的麦茬了。

就这样，我和弟弟早出晚归，边玩边拾，暑期生活就在拾麦穗中度过了。看到摞了一大堆的麦捆，娘高兴得什么似的，把麦穗铺到院子里，抢起连枷甩打，我和弟弟抄起木棍敲打。只一个上午，麦穗只剩光秆秆了，麦秆下却铺了一层厚厚的麦颗颗，滚圆滚圆的，赛珍珠。娘用簸箕和竹筛簸筛掉麦芒穗秆等，把麦颗颗装进一个布袋里，一称，有四十多斤。那时一斤麦子可卖到二角五分钱，毫无疑问，我和弟弟一个暑期挣回十多块钱，而我俩的学费加起来只有五块钱，我和弟弟拿着自己挣来的学费高高兴兴上了学。

听父亲说，民国十八年天大旱，陇东黄土地干焦龟裂，庄稼苗枯萎黄死，我爷爷和其他村民去关山湫池祈雨，整整跪了一天，不住祷告龙王，可还是没有雨。村民们眼看着枯死的庄稼，顿足捶胸，满村一片号啕之声。那是我小时候的一天，夏天的一场鸡蛋大的冰雹猛砸下来，眼看将要收割归仓的麦子被打得颗粒无存，只剩麦秆儿倒伏于地，玉米叶子被打成了线丝丝，成了光秆儿。村民皆哭倒在地头，直喊："我的庄稼，我的庄稼……"

包产到户后，庄稼人遇上了好年头，他们精耕细作，科学种田，庄稼一年比一年苗壮，粮囤一年比一年圆满，他们古铜色的脸上整天笑呵呵的。瞧，淡紫色的洋芋花开了，我就走向田间亲近它，摘一朵花嗅一嗅，一股大地之爱母亲一样朴素无华的芳醇直沁入心底。不久，母亲就会刨开裂了缝口的土包，掏出新鲜的洋芋蛋，切成小块和饭吃，令全家人大饱口福。蚕豆花谢了，青青的豆荚结满绿秆，我会提一个竹篮钻进那蚕豆地，在密不透风的叶秆中间采摘豆荚，一股浓浓的香气直袭鼻孔，回家后煮了剥着吃，香甜可口，别有风味。最爱走进苞谷林，任那宽大的叶片抚摸我，看那红线穗穗越抽越长，苞谷的肚肚越怀越大，终有一天，绿皮开裂处露出了胖娃娃似的脸，玉米棒子渐长渐大，掰下一个烧了吃，香醇无比。庄稼给予我们的是无比纯美的享受啊！

有庄稼，就有庄稼人；乡村不老，庄稼就年年生长，就芬芳在庄稼人的心头。我是庄稼人的后代，与庄稼有着不解之缘，深知庄稼的来之不易和庄稼人的辛劳。在远离庄稼的城市，吃着庄稼人耕种的庄稼，不由怀念起庄稼，又一次嗅到了庄稼的清香，脍甘厌精的胃口或许不再挑剔，一种感恩的情怀油然而生，我想，我应该像庄稼人"营务"庄稼一样"营务"我的人生。

2011 年 10 月 24 日

家乡的田野

我的家乡在关山脚下的山寨回族乡。谁不说俺家乡好,仲夏的家乡最美!不信你瞧——

驱车回山寨真是一路美景。路旁到处有碧绿的行道树,笔直的杨柳,翠绿的云盖,清凉的浓荫,衬着蓝天白云,车子在走,风景在移,人如画里游。

站在广阔的北沟塬上,让身心浸润在夏风及禾香的清爽里,抬眼望,西边是苍翠的关山,如碧玉,优美的曲线勾勒出我熟稔于心的轮廓,这时候的关山是清秀温润的。湛蓝的天空漂浮着几朵淡雅的白云,更衬托出关山的静美和娴雅。塬上的麦子很厚,即将成熟,滚滚麦浪里随风传递着丰稔的香气,收割菜籽的乡亲们笑声爽朗,紫色的洋芋花开得灿烂,成片的中药材长势喜人……一种空旷和辽阔的超拔之感油然而生。这时候我会觉得我的家乡实在是太美了,山清水秀的一方水土是我今生断不了的根!

最爱塬上走。西头社的土塬在中间丘陵上。塬头依然是我家的打麦场,树木依然绿荫翁郁,凉爽的夏风吹得树叶飒飒作响,路旁的牛蒡叶子大而绿,行道树蜿蜒到塬顶去了,行走在树荫下特别凉爽。地里有收割后的油菜籽垛,而麦子已包浆成熟,绿中透黄,沉甸甸的麦穗在风中舞蹈。蓝天白云下,西边的关山如在眼前,葱郁,妩媚,曲线分明,塬上风物有关山做背景,更显得这地方钟灵毓秀。

塬坡湾有一块我家的承包地,不大的梯田地里油菜籽已收割,有三四个垛子立着,地里茎秆茬在阳光下闪亮耀眼。沿着田埂徐行寻觅,只见野草爬满,恣意葳蕤。绿绿的断续草密密地驻扎在地埂上,有野蒿、火燕麦、雪草、臭苔草。红红的草莓似珍珠,如玛瑙,隐在茎叶丛中晶晶发红。我遂采摘起来。边摘边吃,一股香甜的原生野味的气息。沿地埂行走至一沟弯,我被绿色包围,草香也就更浓了。黄蝴蝶、黑蝴蝶在草丛里翩飞,小小的蚂蚱和虫子在轻声吟唱，阳光下臂弯草地里一派生机，我已融入这野草的世界。一个人沉浸在这家乡的田埂上，醉迷在夏日的草花之中，什么也不想，只觉得幸福无比。

小小的黄花散在草丛里美丽着。这里野草莓真多！不一会儿我就采摘了几大把，也吃美了。这是我小时候常来的地方，放牛放猪，拔草割草，采药掐苜蓿。四十多年过去了，田埂上拔草采过草莓的少年郎如今已年过半百，却依然眷恋这方水土，喜欢田间游，地埂走。我不是为给自己摘吃草莓，而是为我两个外孙采摘草莓。想到如果外孙长大，被姥爷领到这田埂采草莓，那该是爷孙多么快乐和富有诗意的时光！亦是让孩子接触大自然，体验自然之美的机会吧。

趄上塬顶田地，视野开阔，关山离我很近，淡云飘在蓝天。对面罗沟的坡地里绿莹莹尽是野草。我多想把自己隐身于这温柔的野草地，与草为伍，甚至死后也葬身于这草与花的世界。

田野之魅盖如此也。

放眼东边，高速公路的高架桥闪闪发亮，犹如一道彩虹横穿家乡的山梁川道。

2022 年 5 月 15 日

菊香淡淡

秋天到了，我又嗅到家乡野菊花淡淡的清香了。

小时候，常随外祖母去一个叫芦子沟的地方采药。见那沟坡上粲然摇曳的黄花，瘦长的茎，叶子并不宽大，遂摘几朵拿在手里把玩。凑到鼻尖深嗅，幽幽地就有一股淡雅的香气渗入鼻腔，沁润肺腑。又一手举起一小把花，在沟底草滩上奔跑，边跑边喊："我的明灯照四方，风儿风儿听我唱。"

直跑得气喘吁吁，筋疲力尽，来到沟深处的一片平地，我被眼前的情景迷住了：一大片黄灿灿的花在秋风中尽情舞蹈，朵朵含笑，连挂在中天的秋阳也染上了黄黄的颜色。

外祖母边采边说："娃儿，你别看这小菊花不起眼，用处可大着呢。用它入药能清热解毒，疏肝明目。"我就帮着外祖母采起来。傍晚回家，外祖母背篓里装满了黄菊花。夕阳下，看到她老人家蹒跚行走在田埂小路上的背影，我想：外祖母不就是一株摇曳在秋风中的老人菊吗？

后来，每天早晨上学，总有一串银铃般的叫声伴着脆脆的鸟鸣声将我从梦中唤醒，我就和同村的一个名叫菊花的小姑娘一同迎着朝阳走向学校。放学后和村中的伙伴捋猪草，总能看到她插在鬓边的黄菊花，我就唱："醉人的笑容你有没有，大雁飞过菊花插满头。"她嫣然一笑，递过一把让我嗅，说秋天的味道都在这里面呢。她的笑灿烂如秋天的菊花。夕阳下，村边小河泛着金黄色的星光。她在下游洗红衣衫，小手红润润的，那小辫一摆一摆的，河中有她清纯的倩影，惹得鱼儿窃窃私语。一个少年放下草笼，蹲于上游，采摘花朵，河里大把大把的菊花漂流、漂流……

二十年后，我再回故乡，关山依旧，小河流淌。外祖母的坟头已长满野菊花，而那个名叫菊花的姑娘，已嫁到山外的人家。只有病弱的母亲常常要去山地河边，采摘那依旧灿烂如星星的菊花，然后用换来的零钱给我的女儿、她的孙女买糖果吃。

我和母亲去河边地里挖洋芋，十岁的女儿也要去。当我们走到河滩时，石缝石堆中挺立着一茎茎黄菊花，惹得女儿如一只蝴蝶，在菊花丛中飞来飞去。不远处是苍黛的关山，母亲依山而立，皱纹已悄悄爬上了她的额头，有一丝丝白发在风中飘散。想我三十好几的人了，在外为生计而不能为母亲分忧，不由喟然长叹。母亲摘一朵菊花给我，笑着说："娘好着哩，别看咱这土地薄，连菊花都年年要开。有这山这花在，娘闲不住，今年光采药就挣了几十块哩！倒是你在外受累大，要时时照顾好自己和孙娃。"临走，她给我装上了炒豌豆、玉米棒子和洋芋，拿来一大把晾干的菊花和柴胡，叮嘱我熬成汤药喝，以后就少感冒了。

回到城里后，每当看到娘带给我的草药，眼前就会幻化出一大片如霞如锦的野菊花，那淡淡的菊香，依旧芬芳在岁月的深处。

2000 年 9 月 12 日

老磨坊

秋天，我领着女儿回到故乡，看到年轻的后生开着四轮拖拉机、三轮车载着粮食去磨面。每村至少有几台自动上料磨面机，只要将粮食倒进磨面机粉碎仓，机声隆隆，只一袋烟工夫，一百斤粮食就变成白生生的面粉，而磨面人袖手旁观，只等着装面，多省事呀。

晚饭后去河滩散步，古老的河道上依然残留着老磨坊的废墟，夕阳下，仿佛印证着那个时代一个老掉牙的故事。

水声哗哗，我依然听到那咣当、咣当的摇箩声和磨盘相咬声。

那是一种怎样的磨坊呀！三间歪歪扭扭的土瓦房横跨在河道的落坎处。进得门来，一头用木板铺成台子，高出平地许多，磨板上靠前窗一侧有两根打木柱，中间有一横挡，两股粗粗的磨绳吊一个三人才能合围的石磨盘，磨盘中间有石孔，插几枝竹棍以调节进粮多少。下面的磨盘由一根直通磨板下水渠的木柱擎着，木柱下端安一横转的小木轮，小木轮又套在一个竖转的大木轮上。那大木轮的直径足有两三米，边缘用木板嵌成齿轮状。渠水跌落，猛击到齿轮上，带动大木轮转动不停，大木轮带动小木轮转动，小木轮中间的木柱带动磨板下面的一个磨盘转动。粮食从磨孔源源不断进入，两个石盘相磨转，周围缝隙里就源源不断落下磨碎的颗粒粉末。

磨板上靠后墙的一侧是木箩。下面是用木板隔成的面仓，一头是敞开的，用以装面揽麦麸。面仓上面长方形的木箩三面用木板隔成边，一面伸出沿儿。木箩的一头用两根麻绳吊在屋顶，一头安上木柄，木柄连在一根木柱上，下端又连着一个有木轴的脚踏板。人坐在木凳上，一手扶木柄，左右掀动，两脚交替踏动，在木柄撞击木柱的咣当、咣当中，带动那木箩前后筛动。倒入木箩里的磨碎了的粮食颗粒就不住跳动翻卷，唰唰落入面仓的是面粉，最后被倒进后仓的是粗颗粒。如此反复研磨，反复筛箩，五至六遍方收面装麸。

我不知道那年月为啥总是挨饿，生产队给每家每户的粮食总是不多。尤其像我家这样只有爹娘两个劳力，又有我们弟兄四张嗷嗷待哺的嘴，秋后分的粮食就更少了。

记得那年夏天我家已靠借粮度日，一家人眼巴巴盼望分粮的日子。秋后我家分到了两麻袋玉米、多半口袋麦子和两架子车洋芋，还有几十斤荞麦、糜子等杂粮。母亲高兴得什么似的，摸着我们的头说："这下可好了，总算分到了粮食。娘这就去给你们磨面，磨来面给我娃擀长面吃。"我们高兴得像进了天堂。

爹去给生产队赶马车，我和娘去磨面。

我是第一次走进那墙皮剥落、粉尘灰吊挂满屋角的磨坊。一个精瘦的老头坐在磨板对面的土炕上，吧嗒、吧嗒地抽着旱烟，又在架着木柴的火盆里"噗、噗"地吹几口，烟熏火燎的，那老头干咳几声，扯起棉袄袖角儿不住地抹眼泪。炕上还坐着好几个人。村上狗蛋他爹正在踏箩哩，咣当、咣当，狗蛋踮起脚尖往磨盘孔里灌粮食，磨缝里流出的粉粒沾满了他的衣襟。

"他五爷，我家已有好几日没面下锅了，用野菜糊糊凑合着，娃儿们还等着我磨面回家做饭哩。你能不能错腾着让我先磨？"娘用哀求的语气向管磨面的赵五爷说。

"郭老四家的，你说啥？你要先磨，你不看那磨板上的磨物一家挨一家吗？炕上的这些人都等半晌了。你家哪要等到后半夜才能磨上。"赵五爷不紧不慢地说。

娘叹口气，只能坐在炕沿上等。我跑到外面水渠处看大木轮被水冲击的水花，那巨大的水声让人害怕。娘怕我不慎跌落水中，一把将我拽进了磨坊。

下午，赵五爷用粗粗的黄面珍子做了一小锅糁饭，每人一碗，佐以白菜腌成的酸菜。那是一顿怎样的美餐呀。

窗外的树叶哗哗啦啦作响，夜里的水声格外大。一盏昏黄的煤油灯下，大人们围着火盆在闲聊，赵五爷不时下炕去磨板上瞧瞧。我靠在娘身旁不住打盹儿。两只小老鼠吱吱叫着蹿过地上，在炕头的粮食袋下争食哩。我吓得把头缩进了娘的怀里。这使我想到大人们常说磨坊里夜晚有厉鬼号叫，常常从磨板的圆孔里伸出长长的手来。我吓得不敢瞅那磨板孔，不一会儿就在炕角睡着了。

"山娃，快起来帮着娘磨面，一个人实在转腾不开。"娘把我从睡梦中叫醒。我揉揉惺忪的双眼，磨磨蹭蹭脱了鞋子，光着脚板走上了那磨板。娘叫我在磨孔里灌粮食，兼着扫拢磨下的颗粒。

水击磨轮的声音响彻野河滩，窗外的几颗星子在眨巴着清冷的睡眼。我一会儿踮起脚跟用手往磨孔里聚拢、灌塞玉米颗粒，一会儿又拿起一把老笤帚扫啊扫，扫拢后娘就用木斗揽倒进木箩里筛箩。随着那有节奏的咣当、咣当声，面仓里的面粉堆在不断增高变大，颗粒变成了细末。而我不知道啥时候竟靠在木柱上睡着了。娘听见磨盘在空转的巨大磨声，急了，赶紧停下箩面，用木斗揽了地板上的粉粒灌进磨孔，一笤帚把儿打在我身上。我又揉揉睡眼，继续边打盹儿边灌孔边扫颗粒。

窗外一阵风吹来，那盏挂在横木档上的煤油灯晃了几晃，灯光明明灭灭，闪烁了几下。又听咣当一声，磨盘停止了转动，原来是赵五爷用一根长木杠插进磨板下的一个孔里，磨轮才停止了转动。我不敢靠近磨盘下中心的木板方孔，害怕水中的厉鬼会从方孔处伸出长长的手。

娘很快装上了细面和麸皮，我在后掀着架子车和娘踏着星光回家去，身后是几声响响狗吠声。

这是儿时印在我记忆深处的一幕，一个关于老磨坊的故事。而今给女儿讲起老磨坊，女儿像听神话似的，似懂非懂。我说，老磨坊的时代已经过去了，你们再也见不到老磨坊了。

2011 年 10 月 27 日

土塬纪事

两条沟夹着隆起的土丘，就是我故乡的塬，塬南边的沟叫罗沟，北边的叫北沟。我家就在塬头小山下的平地里。村里人每每问起去哪里干活儿了，答曰：去塬上割麦子去了，或者干别的什么活儿去了。"塬上"成了村民的口头禅，亦成为我童年的乐园和少年时期磨炼手脚的地方。

我在塬上挖野菜。我出生在1966年，小时候最深的记忆就是饿。大人给生产队修梯田，半夜三更出工，日头落山归家，我们弟兄几个在家，不大一会儿就饥肠辘辘，眼巴巴盼着塬头电线杆上的高音喇叭响，因为我们知道喇叭一响，就到下午六点了，大人也该收工回家做饭吃了。我常跟母亲去塬上挖野菜充饥，后塬种麦子，前塬平地里种洋芋，北沟渠地种玉米。暮春时节，高不盈尺的玉米苗嫩黄可爱，尚未锄过的地里满是苦苣菜——一种有白色汁液的野菜。我用小刀拼命地剜，不一会儿竹笼里就装满青嫩的叶苗，拿回家去挑拣干净，焯过后用凉水冰一阵，过油煎炒后调入黄面疙瘩饭里吃，也可凉拌吃，面香加菜香，一家人吃着香喷喷。一次中午母亲做饭，发现家中没菜，让我和弟弟去塬头剜菜。中午的太阳火红火红，塬上的菜苗青嫩青嫩，剜半笼野菜提回家，正赶上焯了下饭吃。最多的是去塬上拔苜蓿，从掐嫩芽到拔叶片，直到苜蓿开花了，就不吃了。开了花的苜蓿地最好看，绿莹莹的苜蓿草香浓郁，紫色的花耀人眼目，蜜蜂嗡嗡，蝴蝶翻飞，我们一伙孩童在苜蓿地里追逐嬉戏，打滚玩乐，忘了饥饿，忘了烦忧。难忘有一次去塬上拔苜蓿，被队里看护苜蓿的杜大爷发现，提着个木棍撵来大声喝着："你们一伙兔崽子，敢来偷队里的苜蓿，看我不打断你们的腿！"我吓得像丢了魂似的，没命地沿塬上的土路连滚带爬地跑，有的小伙伴把笼子都丢在了地埂上，苜蓿也倒了……

我在塬上放猪牧牛。小时候，家里喂了一头骟公猪、一头母猪和几头猪娃，我要天天赶到塬上放猪，大多在割完麦子的地里放。恰逢阴雨天，我的烂布鞋沾满了泥，更可恨浓雾低垂，罩得人心急死了。一个夏季，公猪母猪肥了，猪娃大了，秋季大人就可把公猪吆到公社生猪收购站"交任务"，把猪娃卖了，换回钱来补贴家用。还有放牛，那是包产到户以后的事。我牵着队里分给我家的一头枣红色母牛去塬上，牛在收完麦子的地埂吃草美餐，我在麦茬地里寻挖半夏，最远的时候我把牛吆到后塬的"长沟"去放，沟南边的山洼上青草萋萋，牛吃得津津有味，我摘吃红红的草莓，追逐一只花色斑纹的蝴蝶，抑或挖柴胡，割牛草，累了掬山泉水润口嗓，躺在草滩上静读蓝天白云。几个月下来，母牛膘色好起来，我的学费也不用愁了。

　　我是农人的后代，从小在塬上劳作。阳春三月在玉米地、洋芋地里挥锄锄草，农历四月天蹲在麦子地里拔杂草，五黄六月挥镰割麦子，流火七月吆牛犁麦田……塬上多沟坎，拉运麦子是件特吃力的活计。架子车能到的地方好办，遇到沟底的麦子地，麦子就得人背畜驮到平地装车运回。当我用绳索捆绑好一摞麦子，勒进双肩吃力地爬行于地埂或山洼。毒毒的太阳烤晒，汗湿衣衫，麦芒扎得脖子隐隐作痛，我理解了粮食的来之不易，体验到了劳动的艰辛。坚持，坚持，再坚持，我咬紧牙把麦子背到了平地。就这样，一回回，一趟趟，运回了麦子，更重要的是磨炼了我的筋骨。

　　塬头的平地是麦场。包产到户前是生产队的大麦场，平展展的场子旁有一排瓦房，其中一间是场房，三间是仓库。麦子收割完毕，拉运到场里，摞成大麦垛，直矗云天，碾场时队上劳力全出动，天麻麻亮摊场，套几对骡马拉着圆柱形碌碡碾轧麦子，吆马声、欢笑声荡漾在塬头。我们孩童不是抽麦秆编蚂蚱笼，就是满场追逐嬉戏，捉迷藏，真是累了大人，欢了孩子。包产到户后，塬头的麦场划分成片，分给了各家各户，大多是几家一个麦场。麦子收割一完，我和弟弟就套上牲口用架子车把麦捆一车车从后塬的沟里拉运到打麦场，土塬中间一条坑坑洼洼的小路留下了我稚嫩的脚印和摔下的汗珠。麦子运到场里晒干后，我就跟父亲学习摞麦垛，用木杈挑麦捆，父亲熟练地压茬码摞，边摞边教给我技巧，不一会儿，一座圆锥形的麦垛就矗在场边，仰看仿佛耸入云端，在蓝天白云衬托下分外壮观，慢慢地我也学会了独自摞麦垛。

该碾场了。在土塬的打麦场，摊场，碾场，抖场，扬场，于烈日暴晒下在尘土飞扬里不住地劳作，我已与土塬融为一体了，成了土塬上长大的庄稼。

如今走出土塬的我，依然怀念土塬的日子。

2011 年 10 月 27 日

流淌在灵魂深处的小河

一

西望是隐隐的青山，那么苍翠，<u>丝丝白云挂天边</u>，飘带似的，川道里的河床弯弯曲曲，被洪水冲下来的石头散乱着，从关山流出的水汇聚成一条小河，自西向东横贯流淌着。那时河水饱满，清澈，水声哗哗，奔流欢唱。河边有一绺一绺的青草滩，开满小花，夹杂牛羊粪坨，蜂蝶自由翻飞。

白天走近听见哗哗的水声。难忘暴雨后的夜晚，我睡在自家土炕上听到的水声简直响彻整个山川，一种震撼灵魂的声音穿透寂静的夜晚，哗，哗……

暴雨后去河边，看汹涌的河水，听震耳的水声，就会感受到浑身有劲。也有村民在河边打捞从山里冲下来的木头和树根，几天后就有人拉着架子车搬运石头，山里人盖房垒院墙用的全是石头。

二

小时候，常去小河边的草滩上刮草衣子。

那是冬天，干枯的地衣子煨炕烧火最好了。怎么刮呢？拿一个木耙子，背一个背篓就行。那木耙子是一个木杆顶端安上一个长方形木条，木条中间凹槽处倒嵌一柄废旧的铁刃子，手持木把在草地上用刀子刮割干草的叶和茎，枯黄枯黄的草叶被刮拉成一堆，拣拾掉里面混杂的土块和小石头，用手掬揽到背篓里，如此我们从上河寻刮到下河，又从下河到上河，不住地刮，有时在结冰的河上打闹一阵，坐个石头溜冰戏耍。又刮，刮满一背篓草衣子背回家，那几天家里的土炕就被烧得暖暖的。

三

那是秋天，我们在河滩放牛。

有预谋的一次野餐。我从家里偷偷拔下小锅装在背篓里带来，栓子偷来了用纸包装的盐，代儿用小玻璃瓶从家里偷来了清油。牛儿在吃草，我们垒灶的垒灶，拾柴的拾柴，不知谁溜进旁边的地里刨来了几个胖大胖大的洋芋，洗净，在木板上剁成条。烟火起了，倒油，炝葱，炒洋芋条，添水，放进十几条老早剥好洗净的小泥鳅，盖住，添火炖煮。不一会儿，一股特别的清香随风钻入鼻孔，香彻肺腑，我们围在锅的周围直流口水。

不知谁喊一声"熟了，快吃"，于是我们个个折根蒿子秆当筷子，几个小脑袋挤在锅子周围狼吞虎咽起来。那个香啊，是世间少有的，尤其是炖过小泥鳅的汤，香甜无比。一顿野餐让我们享受的是人世间何等的美味！

四

河边。白杨树林。一大片青草滩。瘦黄瘦黄的小花缀满地。一群土头土脸的孩子。村学的老师在树下给孩子们讲故事。有风吹过，送来淡淡的花香和草香。小河淌水，唱不尽童年的欢乐。歌声在小树林里飘荡……

夏日，老师带我们来到河边，村民沤麻用的涝池里清水汪汪，我们脱衣精光光下了涝池，在老师的指导下游泳，光腚的我们像一条条光溜溜的小泥鳅，在水中尽情地扑腾，水花溅起，笑声溢满河滩。老师教我们狗刨式、蛙泳式，有时还在水中撩水打水仗。玩累了，从涝池里钻出来，赤条条斜躺在烫烫的石头上晒干，穿衣回家去。

小河给我们的是无尽的欢乐和享受。

五

秋天，小河边的涝池里沤满了大麻。十多天后，满河滩摊满了从涝池里捞出的青色的大麻，晾晒几天，大麻变白，变轻，又捆好，生产队按工分分麻到户。少年的我拉一个架子车，把分到的大麻装车，吃力地拉着架子车拐行在河滩石头路上，有时还在夜里行走。

河水哗哗，河水冰凉。我又拉着一架子车白菜在河边洗菜。我在下游洗菜，一同村小姑娘在上游淘草，顺水里漂着紫色的猪牙草和黄色的小花，我的手被冻得红红的，她的纱巾倒映在水中也是红红的。河水静静地流淌，流走了时光；姑娘呀，把情影留在了小河边……

六

重回故乡，恍如隔世。小河变瘦了，水少了，关山前山的树木不见了，只剩些许的荆棘和茅草。小河的旁边却多了几座楼房，修了水泥的河堤。

往事如风。行走在小河的身旁，只有风的絮语如昨。

2014 年 1 月 19 日

锣鼓声声闹新春

铿铿锵锵，咚咚咚咚，一阵响亮欢快的声音从故乡的黄土地飘来，震人耳膜，撩人情怀。哦，又是一年芳草绿，依然十里鼓声起。锣鼓声声，乡亲们一定用他们粗大的手抡起鼓槌，饱含激情地迎接又一个春天的到来。

故乡的新年是乡亲们在震天的锣鼓声中接来的。一进腊月门，大苦大累了一年的乡亲们终于能舒一口气，欢欢欣欣准备过大年。腊月初八，家家户户熬腊八粥。到了腊月二十三，娘总会用黄面糁一锅搅团，以地耳、洋芋丝加油泼辣子做汤，特别好吃。这天，全家人齐动手，连平时无暇打扫的角角落落都扫得一尘不染，娘恭送灶神，敬一炷香，跪在灶台旁，烧一沓黄裱口中念念有词："上天言好事，下凡降吉祥。"娘说，灶神辛苦一年，也要回到天上转娘家，过年哩。

晚饭后，村里的后生抬出了一面牛皮大鼓，拿出铜锣铜钹，鼓槌上缠裹上红绸缨子，使出浑身的劲儿敲打起来。有老年人领着锣鼓队向村外的山头走去，孩童个个抱一捆柴草，堆在山顶。老者敬香祈愿毕，有人点燃柴堆，孩子们燃放鞭炮，熊熊火光映红半边天空，年轻后生拼命擂鼓敲钹，声声鼓点响彻黄土山坳。村人皆出门观望，火光映红了每个人的脸，滚雷一样的鼓声融入每个人律动的脉管。故乡的人把这叫"炸山头"。

从腊月二十三到正月二十三，几乎天天锣鼓声不断。吃过早饭，大人小孩聚在村子中心地带，几个鼓乐把式组合在一起，按谱点敲打起来，"十样锦"的鼓谱欢快激越，"行香"的鼓点舒缓悠扬，顿挫有致，余音袅袅。你看那擂鼓的汉子鼓槌抡得多欢，高扬起自豪的脸庞，眯着眼，晃头顿脚，身心完全沉浸于鼓乐声中，忘却了生活的忧烦和生命的悲苦。有好此道的年轻后生围在旁边悉心听谱，默记鼓点。年长者过足了擂鼓瘾，年轻人你争我夺，抢着敲打。一听鼓点离谱，鼓把式又抢过去敲打示范。如此轮番敲打，铿铿锵锵，咚咚咚咚，自得其乐，敲打者宣泄了郁积在心中的情感，旁听者听出了生命鼓声的威扬，年的味道也就愈加浓郁了。

除夕，娘会贴上灶神纸画，插香、烧裱、奠酒，恭迎灶神回来。家家上坟祭祖，然后贴春联，燃放鞭炮。这时候，乡村的锣鼓就能敲打一夜。在家家守岁吃年夜饭之际，总有一帮后生抬着锣鼓满庄子游走敲打。当新年的钟声在一阵阵鞭炮声中敲响，同时擂打得更加响亮的是锣鼓声。故乡的人在震天动地的锣鼓声中辞去旧岁，迎接又一个春天的到来。

故乡的人于除夕极尽亲情团聚和美食享受之后，大年初一——大早第一件事就是出门迎喜神了。

尽管大年夜每人睡得不早，可新年第一天却是没人睡懒觉的，勤劳的山里人会揉揉惺忪的睡眼，早早起床。主妇们会把老早擀好的细长面下入锅中，舀到碗里皆黄黄的葱花，汪汪的油花，红红的辣花，全家人吃一顿长长细细的"拉魂面"后，村头的锣鼓就热热闹闹地响了。

于是，家家大小忙出动。后生牵出自家喂饱的牲畜，梳毛打扮，马耳牛角均挽上黄黄的裱花，齐会于村头鼓喧处。老人手持香裱，一脸虔诚。一团团、一簇簇的是女人小孩，花花绿绿，有说有笑。时辰已到，炮手会捐出一门门土炮，于村外的野地立起来。早有庙会会长宣布此年迎接喜神的方位，擂鼓的汉子来了劲头，于是鼓声震天。这时，锣鼓队在前开路，浩浩荡荡的迎神队伍紧随其后。妇女怀中的小孩笑脸甜甜，青年牵着的牲口活蹦乱跳。一路的欢笑，一路的热火。

到了野外的迎接地点，村民们自然会齐齐跪向喜神降临的方向，象征四季平安的四声炮响后，各家把拿的爆竹堆在一起燃放起来。村民随即点裱焚香，齐向此年喜神来临的方向叩首膜拜，虔诚祝祷，以求大吉大利。那场面，丝毫不亚于久旱祈雨时的严肃与神圣。之后，青年人或打马撒欢，或逗牛抵仗，一派欢乐景象。其余人则抢拾干枯的柴禾，带回家，以示"四季来柴（财）"。

正月里来闹新春，家家户户挂红灯。舞彩龙、耍狮子、划旱船、踩高跷、装扮社火走村串巷、晚间还要演唱地摊子小曲，皆离不开锣鼓配乐助威。

　　每到正月，耐不住生命寂寞的山民就会钟情于地摊子社火（曲子戏）这种粗犷的艺术。场子极为方便，街头巷尾，农家小院，接一个大瓦数的灯泡，摆上桌椅，笼几盆旺旺的炭火，谢忱几包饼干或一两条香烟，一场地摊子社火就算演出了。演唱前总有舞狮子、划旱船、跑纸马等项目助兴。之后，数人上场唱一两支陇东小曲，有锣鼓伴以梅花跑舞，煞是激越清扬，曲目常有《放风筝》《扬燕麦》《十月怀胎》等。接着一折折亦庄亦谐、或古或今的剧目就开始上演了。演员均为清一色的男性，年迈的"社火头"偎在主人家炕头的火盆旁，边熬茶边说戏，是导演。上场的多为四五十岁的"社火精"，也有年轻后生嗜好此艺者，整天围着"社火头"学唱不已，他们出场清俊活泼，亦步亦趋。

　　村人看地摊子社火的评价标准主要看谁"载旦"载得好。若有男性旦角入场，碎步柳腰，软腕耍扇，又声似鸣莺，必招来满场喝彩，啧啧夸奖。最热闹的还数那丑角出场，滑稽怪诞的服饰脸面就令人捧腹，再加那山里洼里沟里岔里的尽兴取噱，早早笑软了观者的腰身。

　　漆漆寒夜，有此一乐，演者尽兴，观者意惬，连晚上做梦都是甜的呢！

　　最为壮观者当数正月十五闹元宵，几十家社火队云集乡街道，几十面大鼓齐齐擂响，炮声鼓声喧闹声，声声似春雷，乡村就在锣鼓声中醉意酩酊，乡亲们就在锣鼓声中享受到了生命的大喜大乐。

　　正月十五一过，我家乡还有"贺老爷"的习俗。这里的"老爷"是山里人对"总督神"的一种尊称。其实，这神就是《封神演义》里有名的大将军黄飞虎，其诞辰在农历正月十九。

　　到了这天，先是各路社火队云集殿庙前，上香礼毕，青年人就把"老爷"塑像抬于神轿之中，热热闹闹下了山头，接下来便是各村人争着抬"老爷"。据说，哪村人能争到这"老爷"像，哪村就会更加吉祥平安，故年轻人不惜使出吃奶的气力挤来拥去，争争抢抢。又听说，这位黄将军生性好乐，如此转悠闹腾，更会佑护一方生灵的。你看那前者呼，后者拥，你丢了鞋子，他飞了帽子，刚刚拥抬到这一庄口，又被那村后生抢抬着拐了岔路。"老爷"路过谁家门口，谁家就会鸣炮迎送。如此闹腾，半日方歇，"神"尽了人意，人也有了"神"气。

正月将尽，欢乐之余，这山村于二十三日又会冒出一个"燎疳"的取乐项目。

当淡淡的夜色刚一染黑这村落，急不可耐的孩童就跟前跟后催促大人们抱出柴火，做好燎疳准备。每家秸秆堆里卷进了山毛竹或鞭炮，小孩子会把预先扎制精巧的"干相公""干媳妇"不情愿地插进柴堆，待火送上西天，以保佑小孩来年百病不生，健康成长。

"燎疳喽——"性急的人家已点着了火，火光冲天，门前野外一片亮堂，满耳是噼里啪啦炒豆似的声响。有胆大者已先燎为快，扑跳过烈焰，身后曳带粒粒火星。接着，众人跃跃欲试，竞相跳火而过，有相向扑怀的，有燎着袜子的，有临火而退的，人们的笑声也就"火火"地旺起来。这时家家门前爆竹齐鸣，焰火一片，映红了半边天。好乐的年轻人早蹿向别处去领略跳大火的刺激去了，后跳者多为童叟妇女，小小孩童也在大人们的怀抱下以燎童心，那笑声也被火光映得红红的。当狂热的火焰渐渐熄灭，放花放火又成为人们争相观赏的节目。有人拿起铁锨，扬起灰烬火星，年长者还会从火花的形状判断此年何种作物将喜获丰收呢。

山里人于此夜燎尽了一年的"臊气"后，就心情舒坦地走向二月的田野了。

2013 年 7 月 12 日

麦子，麦子

初夏，绿油油、齐茬茬的麦苗铺展在我家乡的塬上，翠绿的茎叶在夕阳斜照里更有层次感，泛出可爱的金色。

如果说初春的麦苗像胖胖的婴孩惹人爱，那么初夏的麦苗就像苗壮的青年活力无限，青春的气息弥漫在田野。这时候我最爱蹲在地埂，任由这弥漫的浓绿淹没我，清野的禾香浸润肺腑。脚下地埂上蒲公英开出黄灿灿的小花，映衬着满世界的绿，绿里有星星点灯，原野里就有绿的金子，洋溢着青春的活力。

细白的麦花随风飘散，麦子宽大的茎叶包穗显胖，孕妇似的麦子雍容丰腴。因为饥饿的原因，我曾经用火烤麦穗，剥吃灌浆饱满的麦粒，难忘那野生原味的香。

最爱麦黄时节的原野。麦子，麦子，金黄的麦子成熟在炎夏的阳光下，满塬金灿灿的麦穗随风摇摆飘荡，从塬头一直铺到塬尾，那是天地间最生动绚丽的油画。我每每感动于这人世间最美的景象，看弯了头的麦穗在风中舞蹈，我轻抚麦穗，任麦芒的微触在手心痒痒地幸福着。这时候，父亲就会蹲在麦田旁，点上旱烟锅，在吧嗒吧嗒抽烟的悠闲自足里，止不住满脸皱纹里的笑，那笑也被麦子镀成了古铜色。

这使我想到梵高的油画《麦田》，大色块的黄渲染出麦田汹涌成熟的美。美国作家塞林格的长篇小说《麦田里的守望者》，书名很诗意，内容写的却是一个中产阶级出身的中学生霍尔顿苦闷、彷徨的精神世界。麦田的意象出现在很多作家艺术家的笔下。我心中也保留着陇东黄土塬上麦田的珍贵印记。

小麦最早的称呼叫"来"，繁体字为"麥"。"来"似麦穗，后来又在"来"字下面加"夕"，像是麦的根，这才出现繁体字"麥"。明代李时珍在《本草纲目》中说："许氏说文云：天降瑞麦，一来二麰，象芒刺之形，天所来也。

如足行来，故麥字从来从夕。夕音绥，足行也。诗云，贻我来牟是矣。"据《汉字拾趣》解释，来牟是麦的拆音字。所谓拆音，就是把麦字的字音，拆开来读，也可以把来牟两字读快点，就能读出麦字的字音来。由此，来牟又成为古代对小麦的另一称谓。

据说，小麦起源于北非、西亚。先由野生一粒小麦和拟斯卑尔脱山羊草天然传粉，进化成二粒小麦，二粒小麦又与粗山羊草杂交，才得到穗大、籽粒多的普通小麦。

据考证，人类栽培小麦至少有一万年的历史了，而中国最早的小麦栽培距今至少已有五千年。在距今三四千年前，小麦不仅在中国西部已有广泛栽培，而且在南部、东部和中部也有种植。

天降瑞麦，实在是人类的福气。颗粒饱满的金黄色麦穗又是许多诗人充满情感浓度的意象和诗意的表达，麦穗在太阳下金光闪闪，细密的麦芒在夏风中轻轻摆动。麦浪滚滚，饱满而热烈，麦香浸透了塬上的麦田，人间胜似天堂，农人盛大的节日来到。

秋种一粒麦，夏收万颗子。小麦白面是天下最好吃的面了。记得我小时候大多吃黄面、洋芋和杂粮，一年吃不了几顿白面，过年节偶尔吃一半顿，那个香透味蕾的美味，让我品味到人间的至味和醇香，觉得不枉来人世一回。麦面好吃，麦子难种难收，其间付出的辛劳只有农人知道。

白露种高山，秋分种平川。播种小麦的时节到了。那是一家人最忙最累的时候。我也不例外，先跟父亲学耕地，后来就和弟弟独自耕地种麦子了。

种麦时要起得早。母亲会四点钟喊醒我们，洗漱、吃早餐，喂牛，收拾种子和农具。五点多钟天还未亮，我们就在微冷的晨风中吆着牛向塬上的梯田里走去。我掮着木犁，弟弟吆着母牛，渐走渐亮，东边峡口已露出了曙光，云彩散淡地轻浮于天边，塬上已有叮当的牛铃声在清晨里响着，空旷而悠远。

借着熹微的晨光，我把拌了"麦宝"添加剂的种子均匀地撒向田地，套牛扶犁耕地了。一甩鞭，伴随着吆牛声，犁铧前行，土浪翻卷，清晨的风混合着土腥味是一种人间少有的清香之气。得扶稳犁的把手，把步履调整好，扬鞭吆牛来回犁起来。不知不觉太阳已在东山头冒花花了，天地明亮，晨光温煦。看到多半地已被犁过，圆润的麦粒躺在沃土里了，我这个种地人才舒心，擦着脸颊的汗滴，在地头歇缓一会儿，喝口水，吃口馍，继续干活儿。

当耕完一垧地，卸犁后，牛在地埂吃草，我在地埂歇缓，看着一地黑黝黝的泥土覆盖了小麦的种子，土地"怀孕"了，我则惬意了。

秋播的麦子我们称为冬麦子。大雪覆盖的麦田，麦子因经过寒冬的考验而更有营养价值，也更好吃。

那时少有农药。农历三月底，我就和母亲去青青麦田里拔草。草大多为芨芨草、苦芥子和其他杂草。脚不能踩伤麦苗，弯腰在麦苗间隙找杂草，用手拔掉。这也是一项吃力的活儿。不住地抬弯腰背，不一会儿就腰痛胳膊酸。看到一蓬一蓬的杂草被清除掉，被太阳晒死，我就高兴：麦子少了祸害，可以苗壮成长了。

那年月最苦的是青黄不接时，我家人多劳力少，早就断粮挨饿了，好在这时节野菜多，就用不多的黄面凑合挨着日子，只盼望麦子上场的时候。当塬上随风起伏的锦缎般的麦田渐渐有了黄色，金黄金黄的麦穗随风起伏，风里裹着香气，直醉到农人的心头，我们全家都笑哈哈的。

虎口夺粮的日子，男女老幼个个出动，人们涌向田间地头，我家乡的土塬成了人的海洋、草帽的天地，银镰起落，人在弯腰，起身，不住地挥镰割麦，嚓，嚓，嚓嚓，割断的是麦秆，倒伏的是沉甸甸的麦穗。

不住地弯腰、起身，腰腿会酸软困乏，但你得坚持，头顶火辣辣的太阳，汗珠子流下来，满脸一绺一绺裹着灰尘的汗水，得不住地喝水，伸直腰板歇缓一会儿。最难的是捆麦捆，需挑选长而有韧性的半青麦秆拧"腰"，分两股于麦穗下方处斜搭顺时针扭转，麦穗绾结在上形成一个扣儿，顺势平铺于地，割下一把一把的麦子就可码放在"腰"上，一大摞时就两手各拽"腰"梢，用膝盖一顶，使劲拉拽，绾结，打牢。不觉间，身后就是一长溜歪歪斜斜的麦捆了，任凭太阳晒着。

无论怎么小心，麦田里总会遗落零零星星的麦穗。这时候，我就会提只竹笼去拾麦穗。不住地弯腰捡拾，一棵棵麦穗随小手跳进了竹笼。不一会儿，竹笼满了，我们就高高兴兴地提回家，一个暑假能拾来四五十斤麦子呢。

把割下来的麦捆摞成麦垛，先支"三条腿"，然后按照顺逆时针方向来回旋着麦穗朝上压茬码摞成垛。看到夕阳下镀金的麦垛，就可以收工回家了。

从麦田往麦场拉运麦子，用的是架子车。在沟壑地里，必须把麦捆背到平地架子车跟前，我用绳索捆绑好一摞麦捆，勒进双肩吃力地行走于地埂或山洼。

毒毒的太阳烤晒，汗湿衣衫，麦芒扎得脖子隐隐作痛。一趟一趟吃力地背，即使气喘吁吁了，也得咬牙忍耐，直到装满高高的一架子车，勒绳抗辕走在塬上的土路上。

我们将麦子拉运到场里，晒干，摞成高高的大麦垛。

碾场得选一个天气晴好的日子。一家人四五点起床，吃点早饭，匆匆赶往塬头的场里摊场，把绑麦垛的"腰"解开，均匀地散开，从中间一层一层压茬铺开一个圆形。待场摊好，日头也有一竿子高了，晒一阵就套上牲口拉着碌碡碾起来，其间还得把碾过的麦秆翻抖几次。

太阳毒毒的，塬上一丝风也没有，场畔的杨槐树静默着，一直蔫不奔拉的，人也被晒得撑不住了，斜卧在麦垛下乘凉喝水。如果天气一直晴好，下午起场扬场，拉运碾下的麦颗颗回家，如果中间偶遇阵雨，就得草草起场，胡乱堆起来改日晒晒再碾，这叫塌场了。一次我家麦子碾塌场了，父亲叫我和弟弟夜里看场，我俩吃过晚饭夹一床棉被和衣躺在塬头场里的麦草中间，凉风习习，树叶哗哗，我俩从草堆里探出头细数天上的星星……

麦子，麦子！从种下一粒麦子，到轻抚一株麦穗，再到吃一碗大头面片子，麦子给我的是无尽的恩惠；从青青麦田到麦浪滚滚，麦子总给我美好的诗意和幸福。

2022 年 9 月 12 日

门前那棵核桃树

那是一棵奇大无比、足以遮盖住一座瓦房的老核桃树。

那年我家从老院子里搬出来，生产队批给我家一处新宅基地，在偏僻的后渠山台地里，台地边长着一棵不知啥年月栽种的老核桃树。那地本是王叔家的自留地，地是批给我家盖房了，树却是王叔无法搬走的。于是父亲便和王叔商量买下了这棵树，我们弟兄几个高兴得绕着树转圈，看啊看。

核桃树长在我家门前的土崖畔，高耸参天。我和弟弟搭梯子爬到树杈处，便精猴一般往上攀，硕大的树叶擦得人脸唰唰响，间或有一骨碌绿莹莹的核桃蛋蛋在树叶间闪动，遂脚踩树枝使劲摇动，熟了的核桃就嘭嘭落地；核桃若离得远，我们就用长长的木棍敲打。乏累了，我们就骑坐在树杈扮鬼脸。浓密的树叶遮天蔽日，间或有一绺蓝天或白云闪现在枝杈叶缝间。秋风吹来，树叶飒飒作响，随意高喝两声，对面有了山崖的回响，及至下得树来，满地绿莹莹的核桃蛋蛋，引得几个光腚的山童争相捡拾。青皮核桃足足装了几蛇皮袋子。回到屋，我们几个手指和嘴角皆乌黑乌黑的，只露出一排白白的牙齿，嘿嘿发笑。

每到初夏，核桃树结了穗子，绿茸茸地挂满枝条，我和弟弟上树提篮将核桃穗子。娘将穗子摊放在背着阳光的地方晾起来，晾到水分干了，柔柔的，捋掉茸颗粒，把茎秆焯了凉拌着吃，味道鲜美极了。把剩下的核桃装在袋子里贮藏起来，过年的时候再吃。收麦时节，割麦或碾场收工回来之后的傍晚，端一个炕桌，一家人围坐在核桃树下，凉风习习，树叶微响，饭香和着菜园飘来的菽香，真让人惬意。我们听父亲讲封神榜的故事，不知不觉，一轮圆月早躲在核桃树枝后羞怯怯地笑哩。清辉满地，核桃树黑黢黢的轮廓更衬托出夏夜的静美。

秋风吹落叶，我们会把宽大的核桃叶片扫拢，晒干后用于烧炕。初冬霜来的时候，我和村上的伙伴就把树下的干核桃叶拾起，拿到太阳下晒一晒，搓揉成细粉状，扯下作业本上的纸学大人卷烟抽，又呛又辣。

那时一年下来打好几袋子核桃，除一小部分送给亲朋邻居之外，大多自家吃了，从来没想到要拿到集上去卖，变成现钱使用。在我读初二的时候，家里发生了大变故，后渠的人家都挪了地，搬到另外的地方住了，我家也不例外。搬走后过了几年，那棵核桃树也不知被什么人夜里偷砍走了。

2011 年 7 月 22 日

那些有趣而诗意的地名

提起故乡的一个地名，就打开了一段记忆，一方山水草泽、土路田埂、树木花草就浮现在我眼前。那是我人生出发的地方，仿佛脐带，一头连着我，一头连着母亲。一种有趣而温暖的诗意，就在这些地名中泛起……

塬头上

"走，塬头上碾场走。"

就这么一叫，大人孩子都知道塬头上在哪里。这是一个丘陵地带的馒头形的顶端，是我们西头社人家的碾麦场。

顺堡城弯弯曲曲的土路上去就到了塬头上，搭眼西望是麦浪滚滚的土塬，极远处接近蔚蓝的关山，那像是一幅绝好的油画，空气中飘来油菜花浓郁的香。天高，云淡，绿色铺满，给人一种旷远之感。与塬头上对应的就是塬老里了。

最美是盛夏，整个塬上的麦子收割后都运到了塬头上的场里，梯田里是挥舞镰刀的身影，塬路上拉的拉，驮的驮，麦场里晒的晒，摞的摞，不几天就立起了大小不一的麦垛。我家的麦场在拐弯处一块地头那里，三四家共用一场，小小的我就跟着父母收拉打碾，把汗珠子甩在了塬头上的打麦场。运麦摞麦或碾场，又热又累又渴，还不能歇缓，麦屑加尘土呛得人喘不过气来。麦场旁边埂塄下边是小树林，人太热了就坐树下纳会儿凉。站在高高的麦垛上摞麦，这是一幅多么神奇的画面！

那还是生产队时期，塬头上麦场旁边是仓库，得有人值夜看守。父亲有时不想去就支我去，十二岁的我和队里一个青年一起看护。土炕烧得烙烫，我去得早了就一个人在煤油灯下看《东周列国故事》，直到那个青年来到。夜风微凉，塬上的星星豌豆颗似的散落着。那时小小的我并不害怕，还感受到了读书的力量和人生的诗意。

骆驼脖子

这个地名很形象。你不得不佩服村人的形象思维和命名能力。

长长的罗沟，中间部分就是骆驼脖子。后塬的丘陵漫下来就延伸成一弯沟洼的细长地带，后面的塬嘴有驼峰，这里是骆驼的脖颈和头嘴。

这是分给我家的一处承包地。地不平，分两绺在陡洼上，拐弯处有高埝塄，地下面是沟渠，水草倒很丰茂，小时我常去那里给牛割草。驼峰嘴的塬地是苜蓿地，我就常常提个竹笼掐苜蓿供一家人吃。

骆驼脖子的地较好，我娘说是背洼阳山地，冬天驼峰土丘挡风，春夏又有充足的光照，我家这两亩多地的麦子年年收成好。不好处是交通不便，架子车拉不到地里。麦子收了，把架子车放到斜对面塬上的路旁，父亲、我和弟弟就用麻绳捆绑好麦捆，背着麦捆绕过沟壕和别人家的麦田再放到架子车上。麦捆裹得人喘不过气来，那个汗呀，簌簌地流不停。太阳在毒毒地照着，我行走在山沟陡地，一步一挪，摇摇晃晃。我从此明白了劳动的艰辛和生活的不易。

河外傍个

山寨河自西向东流过，我们社坐落在河北边，河南边也有社里的土地，村人就把河南那一片地叫河外傍个。

要去河外傍个，得经过堡子社，要从上面小桥过去，或从下面大列石上过河。我们社的地在王庄的西边，地很平，也较为肥沃，特别适合种玉米。

生产队时近百亩地全种玉米，绿油油的非常茂密。秋熟时金灿灿的棒子特别大，得有人看护，地边搭一个茅草棚，两人一组轮流看护。我小时替父亲看护过一两次，不过都是白天。雨多，珠珠雨下个不停，阴沉沉，雾蒙蒙，即使白天也让人有些害怕，因为阴洼地里坟茔多。草棚漏雨，潮湿难耐，我在草窝里躺一阵，听雨声，想心思，不觉饥肠辘辘。我用麦草笼起火，顿觉温暖，烤个玉米吃，香甜至极。那是我留在河外傍个最美好的记忆。

红崖河

红崖河是关山近山的一个地名。

"走，山里走！"

"去哪里？"

"红崖河呗。"

这样一吆喝，我们这帮山里娃就去山里了。红崖河是离我们最近的浅山，所以小孩子常去。

去干啥？

背柴禾，割毛竹，摘五爪，拾李子，放牛牧马，割草采药……溪流淙淙，掬起渴饮，又可濯足，洗脸。踩过鹅卵石就走上弯弯的山道，山道陡而滑，所以我得学猴子攀缘而上，有时还要手足并用。这是红土的山路，挂在山坡，满山的草木：橡树，椴木，桦树，野柳，藤蔓，野花，野草，还有红红的野果。山顶多蕨菜，我们常去采。翻过山梁的另一座山叫小树木沟，山坡林里多野李子树，我们捡拾落在地上的李子，剥皮淘洗后卖李子仁挣学费。

红崖河，浅山，孩子的山，那赭红色的山崖和山道，如彩绸一样飘荡在我记忆深处。

黑鹰沟

光听这地名，就挺令人惊悚的。这是关山深处的一处远山，我们小孩子不常去。倒是大人们为了生计要割上好的毛竹或采到猪苓之类的中草药，就得不惧路远沟深去那里。

我跟着父亲去过一次，没进山，只在沟底看马。我觉得风景美，好玩儿。沟底多乱石，河水清澈回旋，哗哗作响，河滩溪流蜿蜒曲折，明暗不定。山势峭拔，形似飞鹰，这里树木茂密，毛竹青青。

黑鹰沟有老鹰吗？我没见过，想必有吧，所以先人要起这么个名字。

距黑鹰沟不远有个中嘴沟。据说我的祖先于同治年间遇年馑，一根扁担挑着两个弟弟，和妻子一道从庄浪韩店翻越关山逃荒来到中嘴沟，和另一户人家做伴，垒石搭堋，以茅草屋安家，后来又移居到川道。

桃李沟

春天里，有桃有李，鲜花绽放，满沟飘香，美不胜收。秋天里，红叶挂枝，野李酸甜。

可是，我、岳母和妻子进得沟掐苜蓿，摘五爪，不见一棵桃树、李子树。岳母说之前平田造地时，把满沟的桃李树砍光了。之后我闲转时，则看到北山洼上退耕还林长出的林子环绕着美丽的村庄。

乏牛坡

何以叫这么个地名？

形容山坡极陡，连牛爬上山坡都累倒了。

我常戏谑妻子：你小时背麦子时从乏牛坡上滚下来过吗？

杏树湾

这是曹堡子社的一处风景地。山寨的乡道途经此地，从山寨去马峡或县城都能看到一山弯的杏花。春二月，杏花开得灿烂而热烈，粉红的花色映红了半边天，可谓云蒸霞蔚，壮观美丽，极养人眼目。

时下兴乡村游，正值初春，何不去杏树湾一游？

2021 年 4 月 7 日

青山与旷野

"我见青山多妩媚，料青山、见我应如是。"这是我最喜欢的辛弃疾词《贺新郎》中的句子。试想，眼中净是金钱名利等外物，怎能看见青山的"妩媚"之处呢？以一种平等、开阔、欣赏和审美的眼光看青山，方可看得见青山的"妩媚"和清秀，青山映衬下的"我"也会变得面目不那么可憎，因而可爱起来。

我本山野之人，性本爱丘山，从小看关山，进关山，在关山里摸爬滚打长大。如今偏爱投身山野，步于草径亲近青山，钻进山林体味野趣，有时独坐草滩面对青山痴想，静望蓝天上的浮云聚散无形，谛听山间的群鸟啼鸣清唱，心也就澄明起来。

夏天的山野风景最佳。绿树野草把山丘打扮得新鲜青翠，碧玉似的惹人爱。曲水流觞，坐于溪流旁观山听水，净身洗心，何等美妙！最有趣的是钻进野草堆观看七星瓢虫爬来爬去，蝴蝶翩翩飞舞谈情说爱，大黄蜂飞来飞去，两只小鸟于树杈上梳理羽毛，还有锦鸡嘎嘎地叫。自然界的生物生活得多么自在啊！它们按各自的本性生存，那么纯粹可爱，绝没有肮脏的勾当，一如我眼中的青山那么妩媚可爱！

还是辛弃疾的词好："甚矣吾衰矣。怅平生、交游零落，只今余几。白发空垂三千丈，一笑人间万事。问何物、能令公喜。我见青山多妩媚，料青山、见我应如是。情与貌，略相似。一尊搔首东窗里。想渊明、停云诗就，此时风味。江左沈酣求名者，岂识浊醪妙理。回首叫、云飞风起。不恨古人吾不见，恨古人、不见吾狂耳。知我者，二三子。"

多与青山亲近，就会多一分妩媚和清净，少一分丑陋和肮脏。

盛夏五月，午后太阳正毒，踩着老家宅院后浓浓的树荫，信步安子沟。知了声嘶力竭，树缝洒下斑斑驳驳的光点，渠水唱着清清甜甜的歌，老黄牛眯眼乏乏，反刍着岁月。

山坡地里苜蓿、红豆草密密实实，紫花渲染得山野靓丽起来。远处绿树丛传来一声锦鸡长长的叫声。山台地里一畦洋芋花开得很盛，姹紫嫣红，惹得蝴蝶飞来飞去。尺把高的玉米苗儿壮实哩，翠绿得晶莹透亮，叶片在风中飒飒作响。麦子黄中带绿，齐刷刷地站着，麦穗饱满若孕妇，麦浪翻滚若绿云。今年雨水多，蚕豆绿葱葱的，茁壮成长，繁密的花害羞似的隐匿在枝叶间。整个田野满是嗡嗡嘤嘤的蚊虫声，径旁野草繁茂，蛐蛐鼓翅鸣叫，天地间一种鲜活的声音充盈于耳。

绕山坡斜行至沟底，簸箕湾状的青山环围挡住了去路，山脊的太阳有逆光的环，光耀刺眼。夏云闲散地飘在山顶的蓝天，山谷低洼处立着一丛丛水草，有浅蓝色的水蚊嘤嘤其间。随意坐于一块石头，静静地细看对面的青山，山色翠绿，我又想起古人"我见青山多妩媚，料青山、见我应如是"的诗句。是啊，人只有走进大自然亲近大山的时候，才能感受到大自然的美好和青山的妩媚。而我呢，强烈感受到此时青山的妩媚，青山是否亦认为此时的我很妩媚呢？妩媚，一个多么富有魅力的词，却不是人人任何时候都具有的。因为有田野之魅，也许我也是妩媚的吧。

偏僻的村子，最宜我等亲近。正是冬日，村旁沟渠的树木纵横交叉着，枯干的枝桠伸向天空，枝干裸露，呈铁青色，树上还有残叶和荚角在风中鸣响。小毛驴在树下，乖得很。我与一头花牛犊相遇。它眨巴了一下眼睛。芦花公鸡像个绅士，踱着步在树下觅食。我无意打扰，只是远远地看了看，就离开了。

沿土路上阴洼墚，可以看到树木环绕的村子全貌。远处传来手扶拖拉机突突突的响声。一只喜鹊在地里觅食。"呱、呱、呱"，田埂草丛里飞起几只野鸡。

墚上的土路白而绵软，枯白的细草中有羊粪蛋散落着。山丘连绵，蒿草枯干铁青。山丘是黑色的，嵌着一些白，那是细草干枯的白，还是野棉花和刺盖、毛染染花的白。

关山矗立在西边，仿佛离我很近。山腰透出残雪的白，烟雾朦朦，山形若隐若现。移目北边，车家沟西边的远山勾起我的回忆。那山叫水磨沟，特远，小时候我常去刨菖蒲，那山路能让人跑断腿。真想再走一回，但恐怕已没了少年时的劲头和体力，不禁怅然慨叹。

至中塝，四周的丘峁有的像磨盘，有的像簸箕，有的像罗汉，一律铁青色。一个人在旷野，这时便有念天地之悠悠的怀想，有独怆然而涕下的慨叹。不过独自来到旷野，投身于大自然，方感觉到人之为人的清醒，人之为大自然一部分的亲近，有一种回归的亲切感。

这时有野鸡从埂塄的草丛里扑啦啦飞出，飞到对面山丘上去了。沿山坡斜着往下走，耳边是风的絮语，轻柔得像母亲的絮叨，叫醒了我日渐麻木的神经。沟谷底是一湾溪流，已冻成冰溜子，闪着白光弯曲着，诗意地躺着。

回到村口，几个村民围在一起在拉闲。那小毛驴、花牛犊、大公鸡仍在各想各的心思，好像什么事也没有发生过一样。

2022 年 3 月 27 日

荏子满地香

荏子为何物？恐怕城里人大多不了解，连我这个自小在农村长大的农民的后代也不甚明了。小时候见过，但没有亲密接触，只知道是用来榨油的作物，在我想象中是一种很古老很神奇的作物。

站在长满荏子的地头，内侄问我这是什么，我掏出手机上网一查，方知这种作物的名字怎么写，是一种什么植物。荏，又叫白苏，一年生草本植物，茎方形，叶子卵圆形，小白花。嫩叶可吃，种子通称苏子，可榨油，名为荏子油。荏子油是韩国人的最爱，在韩式料理里，白苏是很常用的一种天然食材，其新鲜的叶子可用来包米饭或烤肉直接食用。另外，荏子还是一种中药，味辛，温，无毒，主咳逆，下气，温中，补体。

下午四点，一到庙洼上的地里，满地的香气直扑鼻孔，那个香呀，混合着荏叶的草香，是一种来自大地的原始的清清纯纯的野香，人一走近，醉了一般，五脏六腑都感受到透彻的酥香。近一亩的荏子长得茁壮繁密，齐刷刷一人多高，在秋风里摇曳，有的叶已黄，茎已枯，籽穗已黑，有的还翠翠的。我和妻弟，岳父和岳母，四人挥镰割砍，妻子束捆，两个侄子往地头扛运。割倒几株，香气浓郁，拦腰捆缚，荏叶柔软。不一会儿，割完的地里铺满黄绿相间的荏叶，香气在微风里氤氲着，加上暖暖的秋阳，惬意极了，劳动的愉悦感油然而生。我们不敢怠慢，想在天黑之前割完运回家。两个侄子刚开始扛得快，不一会儿就怠惰了，扛到地头有意偷懒玩耍一阵，回到地里又靠在荏捆上歇缓一会儿。岳父不住地催他俩，我笑说："你们上学，哪知道农民务做庄农的艰辛啊！干农活儿可不比演算数学题轻松快捷，需要的是毅力和耐力，得扛，得熬，这恰好是锻炼你俩的好机会，快点儿干起来，不能偷懒的。"妻弟也说："看你爷爷都七十多岁的老人了，还在卖力地劳动，你俩有脸偷懒吗？十几岁的少年该是干活儿的年龄了。"两个小子在大人的教育催促之下又搬运起了苲子捆。是啊，现在很多孩子只知玩手机打游戏，哪知道干农活的艰辛和食物的来历。让孩子参加农业劳动是一种很好的教育和锻炼！回想我，像侄子这么大时已经扛着架子车拉运石头和农家肥，吆牛犁地，割麦子，摞草垛。犁地五点钟起床，割麦子晚上才回家。也有干不动呻唤偷懒的时候，但也在是大人的催促之下坚持，锻炼了耐力和恒心，在以后的岁月中，无论读书还是干工作都有这种吃苦耐劳的精神。

割了一大半，我们就喝水歇口气。我往山洼上一瞥，但见草坡地里几只山羊在吃草，奇妙的是有只喜鹊竟然站在羊背上嬉戏跳跃，连羊走动起来也不受惊扰。动物的野趣惹得我们忍俊不禁。看看地里的苲子捆还很多，我和妻弟遂搬运起来，俯身抱起苲子捆，用力甩向肩上，行走的当儿，还得防止地里的苲根戳脚。苲子的茎叶摩擦得脖颈痒痒的，这是植物与人的亲密接触。低头看着铺了满地的苲叶，卵圆形的，可爱极了，往回走时忍不住拾几片绿叶把玩嗅闻，极香，极好看。

经过一个下午的紧张劳作，天擦黑时我们已把满地的苲子割完，拉回到家里的院子，这时候零星的秋雨也飘落起来。我们围坐在土炕上，吃着香香的晚饭，看着电视，拉着话。院子里满是浓郁的香气。

2018 年 10 月 16 日

桑麻之忆

孟浩然有诗云："开轩面场圃，把酒话桑麻。"如今回到老家，已不见了桑麻的影子，亦不见村里人"把酒话桑麻"的悠闲情景。桑树或许有之，大麻种植却大面积减少。一种农事的消失意味着岁月的沧桑巨变。

鲁迅在《从百草园到三味书屋》中描写过"桑葚、覆盆子们……"，就很令人神往。我小时候吃过的桑葚是我三姨家园子里的。她家在一个叫杨坪的村子里，屋后园子里有蔬菜，高大的桑树遮住了大半个菜园子。春天去姨家，桑叶绿莹莹脆亮，表哥摘了喂蚕宝宝，我们满园子追逐嬉闹。夏季去了，表哥搭着梯子上树摘桑葚给我吃，黑里透红的桑葚放到嘴里，甜里带点酸，吃够了，嘴和舌头都变黑了。记得三姨家很穷，姨父姨母辛辛苦苦养活三个儿子，粮食还是不够吃。那年冬季黄鼠狼猖獗，夜夜祸害姨家的鸡，姨父半夜起来追打黄鼠狼，没来得及穿鞋袜，光脚跑出去踩霜了，后来竟腿脚浮肿，医治无效去世了。丢下的三个儿子是姨母含辛茹苦拉扯大的。

我的家乡山寨适于种植桑麻。那时候川道好的地块都种麻，春种夏锄后，几场大雨就浇得麻苗蹿着往高长，我们钻进麻地里拔猪草，密不透风的绿秆秆，麻树的叶片刷着我们的身体沙沙地响。盛夏时节，麻树开始扬花了，随风飘舞的，到处是麻花，细碎的白色麻花在风中飘荡。随后大人们开始挑麻，把结籽少的嫩麻先剁了，稀稀拉拉地留一些粗壮、结籽多且饱满的，让其继续成熟后专门打麻籽，这就是冬麻了。夏天先挑剁的麻树叫伏麻，因为是在三伏天收割的。

一根根剁下的细长麻秆，削掉头上的枝叶，青嫩青嫩的麻秆光溜溜，拧一"麻腰"，两头拦腰一捆，旋起来立于地里。得提前淘好涝池，在临河的草滩地挖一个大池子，把底子用石头和泥土培堵严实，以防漏水。用架子车一车车拉来青麻捆，整整齐齐码在涝池里，码四五层，上面压上大大的石块，从河里挖个小渠引水进来，淹住上层的青麻。其间要防止稠水、脏水进去，不然沤出的麻就不白。如此沤麻十多天，就可以出麻。放掉涝池里的水，捞出麻捆，解开捆绑好的麻腰，均匀地摊开晾晒在河滩石头上，日晒后青麻变白了，收拢，复捆绑，麻捆变轻了，用架子车运回去，立于院子里或屋檐下。该轮到剥麻了，一家大小齐动手，一截一截白花花的麻秆堆满地，手中一丝一丝的白麻攒成一束一束，像老人胡子似的飘逸着，剥麻直到深夜，大人还在灯泡下剥，最后把一家人剥的大麻集中捆住，一大捆一大捆地摞起来，拿到集市上卖掉。那可是一笔不小的收入哩。

农历九月剁冬麻，长满麻籽的枝叶压得麻秆弯了腰，削掉的枝叶和麻籽拉回家，剁掉的麻秆拉到涝池去沤。青的枝叶摊在院子里翻晒，变干变成麻灰色，抡起连枷击打，枝叶破碎，麻籽脱落，银灰色的圆颗颗滚满地，抓一把吹掉叶末和浮土，送入口中"嗑麻籽"，吐出皮壳，嚼食汁瓤，香甜可口，沁人心脾。麻籽还可用来榨油。母亲常常给我们做"麻腐"吃，那可是农家的美餐哩。把滚圆的麻籽放在石碓窝里用木槌撞碎，捞出以水掺和，用木箩筛过，清理掉皮壳渣滓，把其余细末放入锅内用开水煮熟，再把溢出水面的麻腐块团用漏勺捞出，放入提早焯好的萝卜丝上，加入盐、葱等，搅匀成馅，包麻腐饺子，蒸麻腐包子，烙麻腐角角，皆为精美的食品，麻腐馅入口清香四溢，细腻甜美，为人间美食。

可惜现在桑麻种植少了，吃麻腐、嗑麻籽的机会不多了，有关桑与麻的物事都留在记忆里了。

2013 年 10 月 20 日

杀年猪

早在一周前，妻子回了趟娘家，回来告诉我岳父打算在腊月初二杀年猪，叫我夫妻、妻弟等回老家帮忙。我笑笑说，名叫帮忙，实叫吃肉嘛。妻子也会心地笑了。

吃完早餐，急忙准备，叫人，驱车回山寨。岳父岳母生活在一个名叫郭家洼的小山村里，这里树木环合，幽静安闲。进得门来，听说今天请来的屠师傅要连杀几户的四头猪，正在杀别人家的第一头。我们吃罢岳母早已做好的黄面糁饭，安好上房的炉子，着手打水，烧水，找好绳索，套上架子车准备往外拉猪。屠师傅已到，帮忙的人也来了，只见屠师傅进得猪圈，一把拽住大肥猪的尾巴，其他几人拽腿的拽腿，拉耳朵的拉耳朵，把猪控制住。师傅一个铁钩叉子早已伸进猪嘴，钩住牙叉骨，猪大声嘶叫，却早已被师傅牵拉着乖乖走出大门，几人在旁边拽拉着，去房后一片小树林坡地上。案台早已准备好，大家连拉带拽把猪抬到案台上，猪在狂蹦乱蹬，师傅倒是镇定自若，动作麻利。完事后，师傅嘿嘿一笑，叼起了一支烟。我负责提烧开的水，开水得三四大锅，邻家也在烧。开水已倒了多半桶，椭圆形的大木桶。桶边树上斜绑了一根椽子，一头系于猪头，一头两人上下摇摆，猪就在木桶里摆动烫水。几人又抬猪于案台，人手一砂盘砂片，来回挫磨猪身的毛发和积垢，师傅舀水冲洗，如此翻转拔毛挫磨一阵，就露出白森森、肥棱棱、软乎乎的肉身了。

拔猪毛时，一人扳起猪蹄说："哟，这还是一只经常打麻将的手，掌上红滋滋的。"惹得人们大笑，直看旁边一个平时爱打麻将的人。"麻将人"觉得受了笑骂，赶紧扳起猪头说："喂，你们看，这猪还是圈圈胡子呢！"大家又笑前面那个取笑的人，因为他正好一脸络腮胡子。这回，大家笑得前俯后仰。

厨房里，忙坏了岳母和我妻。只见岳母早在盛血的盆里和进了白面和荞面，揉好擀薄，又用水和上白面擀成饼，红白面饼相间，卷成卷，切成一段段，放蒸笼里蒸血馍馍了。看看时间已晚，赶做饸饹面请帮忙的人来吃，因为当天做肉还来不及。忙到晚上，岳母和我妻蒸好了血馍，燎肉，洗肉，煮肉，煮好了萝卜片，泡好粉条，为明天做肉菜做好了准备。

山村的夜静极了，满天的星星簇拥着这个小山村，星光下的我心静如水，偎于热炕写作，是夜通身暖和舒畅。

翌日早起，漱洗罢，岳母已端进了香喷喷、油漉漉的水煮肋条肉。啃骨头，满嘴香，解馋。岳母和我妻炒肉，炖萝卜菜。妻弟和侄子昊昊前往各家请人，岳父先请帮忙杀猪的，再请其他邻居和亲戚。在农村，杀年猪是一家中最重要的活动，也是千百年来传下来的年俗，都要用新杀的猪肉做好吃的，邀请左邻右舍来吃肉喝酒，因忙不能来的，还要盛一大碗送上门去。

不一会儿，帮忙的人和亲邻陆续到了。先抽烟喝茶，共话桑麻，家长里短，说说笑笑。七十岁的窦家六爸说起儿子去城里挣钱的事，大家都围绕这一话题议论不休。一人问："后人今年挣钱咋样，给你钱了吗？"六爸苦笑一声："听说一天能挣二百元，又没给我，昨天下午走时还向我要钱。我也没钱，只给了四十块钱。"大家你一言我一语，有人说："涂料工的活儿不是天天有，再说他们一小家人都在城里，要生活要供娃娃上学，也攒不下钱。"又有人说："你在家里把地种好，把牛喂好就得了，少操年轻人的心，现在年轻人有人家的活法，你看不惯也白搭。"还有人问："你老两口有低保吗？养老保险一月能领多少？"六爸回答说："低保没有，养老保险一月一人一百元。"有人笑着说："你家是精准扶贫户，乡上和村上为你家盖了新房，党的政策好，咱们很知足了！"大家异口同声地说共产党现在对农民确实好，就好好放宽心享福吧。人们又说新农村建设能搞到郭家洼，是全庄人祖祖辈辈没想到的，更没想到的是彭大高速公路经过村子口的下阴洼里，社会变化太大了！

说说笑笑间，肉菜端上桌，一人一大碗，半碗炖萝卜，上盖一勺炒肉片、豆腐、血块和粉条。人们吃得心满意足，胃口满足了，一年也就舒坦了，富足了。炖菜炒肉吃罢，又上凉菜，喝酒，互相祝福，感情又深了一层……

中午回城，岳父岳母忙不迭装这装那，四条猪腿都分装送给城里的儿女和孙子，还有血馍和炖菜。唉，可怜天下父母心！七十多岁的人了，儿女们忙于生计照顾不上他们，前年就反对老人干活儿，不让他们饲养猪和鸡。不料去年正月他们又偷偷买回了两头猪喂起来，还说就是闲不住，杀头猪，儿女和孙娃子有肉吃，老人心里舒坦，比吃肉还好……

2018 年 1 月 19 日

土地的芳香

阳春三月，梨花白了山洼，太阳已是暖烘烘的，爬上人的脊背挠痒痒，田间小路软绵绵的，马莲的衰茎白枯得像病人的脸，野棉花还在枝头摇曳，埂塄上干枯的草蒿间已露出星星点点的绿，麦田里已是满眼的绿，麦苗晶莹可爱。荠荠菜呢，贴在土的表层肥肥胖胖，苗绿得惹人怜。拿一把小刀，蹴于田土，一棵一棵地剜起来。土的味道幽幽地进入鼻孔，有丝丝的香味，荠荠菜绿绿的汁液沾满手指，也透着母亲乳汁一样的香……

农历四月，玉米苗儿胖娃娃似的，翠绿里透着光亮，在春风里尽情舞蹈。尽管农人锄地拔草几次，可只要遇一场雨，小草野菜偷偷又长起来了，这时提一竹笼来到玉米地，挖苦苣菜绝对是一种享受。

苦苣的叶茎嫩绿细长，用铁铲铲断贴近地面的茎部，一股浓白浓白的汁液流出来，多像妈妈的乳汁——大地的乳汁！挖满一笼提回家，用开水焯一下，凉拌吃，别有一种滋味，大地的香通过苦苣菜的茎叶传递给热爱它的人。

在那饥馑的年代，烧吃一粒麦穗麦颗留给我的是一生香甜的回味。每到农历四五月间，家中就缺粮断炊，放牛的时候，肠胃抗议得厉害，我和伙伴就偷偷越过埂塄，在生产队的麦田边拔几棵又大又圆的麦穗，绿中泛黄的麦穗，拾柴架火烤麦穗吃，烧到焦黄未干的程度，剥了穗皮麦芒，一粒粒绿玛瑙一样的麦粒散发着人间少有的香气，略焦的味道里有奶的醇香。那是人间多么珍贵的芳香，那香直沁心脾，香到了灵魂深处。

麦黄六月，是大地之香氤氲勃发之时。山杏散发着诱人的略带酸味的甜，野草莓红得像火灯笼，依然是一种甜中带酸的味道。蒿草疯长，花开满坡，草香花香随风钻入鼻孔，扶犁躬耕于麦田，犁铧翻起的土浪更是散发着泥土特有的芳香。

走进七月的田间，我又体味到土地的另一种香。麦子收割完了，蚕豆依然在田里绿着。有的已露出黑斑，那是将要成熟的样子。摘一竹笼绿角回家煮了吃，酥酥的面味里带着香甜，真是可口的芳香。摘下小豌豆绿角角，剥皮吃，颗粒圆溜溜的，原汁原味的香甜别有一番风味。

深秋之际，家乡的关山层林尽染，我和村中小伙伴去大树木沟打野酸梨，霜后的酸梨树叶子稀稀拉拉。有熟透的酸梨蛋蛋落了满地，黑不溜秋的，捡起来吃，软软的微酸中有甜味；树上未落的打下来吃则太酸。酸梨酸中带甜，是世上少有的美味。寒冬腊月，万物凋敝，大雪覆盖的关山有一种叫"面李子"的树到处都是。它是一种小灌木，灰白的枝条上长满荆刺，上面结满红艳艳的果子，因这果子经霜后吃起来甜丝丝、面沙沙的，乡亲们就叫它"面李子"。

双脚踏上土地，双手劳作于土地，总会嗅到母亲的味道，品尝到人世间最美的芳香。让我们多多亲近自然，贴近大地，也许漂泊的灵魂就有了某种皈依。

2012 年 3 月 4 日

我的马

我属马，命里注定与一匹马有缘。

那是一匹栗色的骟马，父亲从集市上买到牵回家，我们全家人围着看了好久。说实话，它并不是我们孩子想象中关公老爷骑的赤兔宝马。它大骨架，瘦骨嶙峋，毛色不好，更难看的是眼角处横斜着两道黑色的斑纹，尾巴蜷曲，沾着粪土。那时家里穷，人多房少，三个弟弟和父母住在当厨房的三间瓦房里，我则与马住在隔壁一间的马圈里。进门靠窗是窄窄的土炕，是我睡觉的地方；另一头靠后墙根盘一绺土槽，是马的地盘。

从此，割草喂马、野外牧马就成了我放学后的主要活计。那时我读初中，下午四点半一放学，怀揣一疙瘩干馍，喝几口凉水，夹一本书，匆匆牵马到罗沟去放。沿沟底水滩徐徐前移，马啃草的声音清脆极了。一会儿又到了有树无水的沟道，沟底白杨树叶飒飒作响，两边埂塄雪草鲜嫩，马屈起前腿，绷起后腿，伸长脖颈拼命把青草往嘴里揽。我则把缰绳挽在白杨树干上，一任马享受大自然的美味。我在埂塄上的草堆里搜寻红红的草莓吃，边吃边看花里胡哨的蝴蝶飞来飞去，又掏出书来拼命地背诵，直到夕阳挨到西山头，蛙声一片时，马吃得肚子滚圆滚圆，我却饿得肚子咕咕乱叫。一个春天下来，马明显有了膘色，我的考试成绩也明显有了进步，得了全班第一。

难忘牧马关山。平时在村庄附近放马割草，天干草枯，星期天父亲领我去十里外的关山放马割草。高高的山坡上，草木繁茂，正是大暑天，茂密的草丛里蜂蝶乱舞，蚂蚱嘶鸣。父亲挥镰割草，我牵缰看马，青草丰美得让马忘了挪地方，我也找寻能吃的草莓和野果，用树枝树叶编一个凉帽戴在头上，对着对面山林大声吆喝，声震山林，又坐看蓝天白云，激发邈远的神思。待到太阳落山之时，父亲熟练地用绳索捆好草垛，我俩一人一头掮着草垛架到马背上，才长长地舒一口气，打马下山。后来，父亲让我一人去关山放马。

我用长长的缰绳把马拴在树桩上，马吃草我割草，听着马吃草的声音和响鼻声，一个人并不感到害怕，就是把草垛捆好后，一个人怎么架到马背上？确实难煞我了。劳动出智慧，难事锻炼人。几次抱着草垛往上架，不是因我力气小够不着，就是马胡踢乱蹬，草垛始终架不到马背上。眼看一朵蘑菇云飘过头顶，雷声响起了，我急得快哭了，急中生智，就把马牵到一处陡崖边拴住，再把草垛挪到崖上边，抱起草垛慢慢架到马背上，再牵马回家。

整整一个夏天，我的马已是膘肥体壮。父亲夸了我。我知道过了年就要初三统考了，暗暗下定决心要考中专，于是整个冬季我就再也没有放马。下了晚自习，我首先给同室的马添好草料后，就在一盏如豆的煤油灯下痴迷地演算数学题。旁边是马吃草的清脆声、响鼻声和踢踏声，当然还有马粪淡淡的臭味……一盏灯，一本书，在马圈，人不堪其臭，我不改其志，就连那年的大年三十晚上我也是到厨房草草吃了两个馒头，啃了点骨头肉，就钻进马圈苦苦攻读。功夫不负有心人。那年七月，我如愿以偿地拿到了平凉师范的录取通知书，一家人乐得杀了两只鸡庆贺了一下。

正是假期麦收时节，一家人齐上阵割麦子。我牵马，父亲掌辕用架子车套马拉麦子。麦子割完，我还是牵马，父亲扶犁耕地。父亲教我耕过几垧地后，就干其他活儿去了，让我和弟弟去耕地。那真是少年的我最头痛的一件事。少年本来瞌睡多，正当酣睡之际，几声鸡鸣打破了夜的沉寂，父亲就喊醒了我们，他给骟马拌上草料后，就笼火熬罐罐茶去，母亲生火掺成熟面糊糊，我俩喝上两碗，拿着母亲包好的干粮，捎上木犁，乘着熹微的晨光拉着马向塬上地走去。耳畔是树叶唰唰的声响，天上几颗稀疏的星星向我们眨眼哩。风有点凉，可我还是气喘吁吁，一身冷汗。到了地头，我慢慢套好犁具，弟弟在前牵马，我在后拽绳扶犁耕地。总是不熟练之故，我双手使出吃奶的劲头扶着犁把手，犁铧总是脱出犁沟中心。加之用力不均，平衡掌握不好，一犁过去，回看笑死人了，犁沟弯弯曲曲，深一犁浅一犁。耕过半个时辰，东边山峁峁的边上才露出鱼肚白，我和弟弟歇一歇，吃几口干粮，喝点水。太阳冒出了金花，我俩又开始犁地。这回骟马不听话了，不管不顾我的吆喝和弟弟拽的缰绳，偏不走犁沟，尽往歪里拉。大概是天亮了，看见埂塄上的青草了，不听小主人的话，气得我抡起鞭子使劲抽打，结果越打它越调皮，索性拉着犁铧胡乱蹦跶起来。我看没办法，干脆让骟马拖着犁铧吃会儿草再说。果然奏效，马边吃草边歇缓后耕地听话多了。一个夏季，家中十多亩麦地大多是我和弟弟耕过的，锻炼了我俩的筋骨，却累坏了我的马。

　　眼看我去师范上学的日子快到了，父母为凑不上我的学费而发愁。父亲提出要把骟马卖了，说是村上封山禁牧，骟马吃得多，不好喂，马也老了，卖了再买一头毛驴好喂，再者能多出几个钱，供我们上学。一家人再也找不出不卖这匹骟马的理由，只是沉默着。上午一听说要卖马，下午我就和弟弟去罗沟割来一大捆鲜嫩的青草，把马喂得饱饱的。我和弟弟用手抚摸着马的全身，捋顺马的鬃毛，脸贴着马头亲昵着。和马共住最后一个晚上后，第二天父亲就牵马去了集市。我站在院子里，马被父亲拉着出了大门。临别，它回头看了我一眼，我看见我的马眼角溢出一颗大大的浑浊的泪珠……

2011 年 7 月 21 日

西街的街

西街的街，承载着我太多的苦涩、欢乐和慨叹。

这是一条位于关山脚下山寨回族乡一个村子的街道，村名就叫西街。因为这条街道和乡政府所在地的东街相连，位于乡街道的西边，故名。

西街的街并不长，一公里多的样子。我家就在西街最西端一个名叫大寺的地方。每次回家，总要穿过长长的街道，街道两旁大门外的台阶上坐着一簇一团的乡亲，在打牌，在抽烟，在拉闲……迎面碰见邓大叔，他已是背脊佝偻，胡子花白，走路一摇一摆的了，我就问："邓大叔还唱戏吗？"他呵呵一笑："早不唱了，唱不动了。"在我的记忆里，邓大叔早年唱戏唱得特别好，扮演花脸大净的孟良和现代戏《杜鹃山》里的雷刚，威风凛凛，粗喉咙大嗓子，多么威猛。如今岁月催人老啊！远远看见我本家大婶，她头发灰白，皱纹清晰，七十多岁的人了还活得硬朗。那年我家后渠老宅屋后透水，又逢我母亲大病，整得一家人团团转，不得安生，是大婶帮着做饭烙馍，晚上还陪在我母亲身边安慰伺候。这一幕我是永远忘不了。

近几年旧村改造加上新村建设，土坯房改造加上美丽乡村建设，西街的街道旧貌换新颜，两旁是一溜溜一排排的红砖白墙的新房，瓷砖贴面，红漆大门，还有百货门店，街道的路面已是水泥硬化。想当年，小时候的我雨天常在满是泥水的街上光着脚丫踩泥钻水，因为那时穷得没有雨鞋。我家最开始在街道旁边的三间土坯房里，街道就成了我们童年玩耍的场所。吃过晚饭，女娃们聚集在街道中间，映着夕阳的余晖站成一个圈玩丢手绢、打沙包的游戏，我们男娃们大多时间玩捉汉奸、打鬼子的游戏，自制的木手枪一拿，满街道乱跑、乱追、乱打，气得大人们也没办法。还有已上高中的小利给我们讲从书上看来的故事，什么《第一次握手》《小英雄雨来》《梅花Q的故事》，等等，惹得我们在月光下忘记了回家。及至上了学，我每天早晨伴着星光走过街道去学校，晚自习后踏着月光回家，雨天更是踩着泥水来回走，晴天呢，则有飞扬的尘土，路还坑坑洼洼的。当然啦，过年时街道最热闹，大人们坐在门前抽烟拉闲，小伙子和娃娃们则抬出牛皮鼓和铜钹，铿铿锵锵地敲打起来，街道充满了锣鼓声和欢笑声。正月十五那天，街道就成了欢乐的海洋，家家户户老老少少齐出动，来到街道看社火，各社扮演的马社火依次走过街道，花里胡哨，扮相奇特，引得村民啧啧称赞，想当年我还曾拽马走在社火队里。

几十年过去了，街道还是那个街道，只是样子变了，变得我连谁家的门都不认识了，人呢，父字辈的有好多已不在人世，只留他们的名字流传在乡民们的口中。

2014 年 11 月 21 日

小小梅花鹿

多么可爱的一只小鹿，浅棕色毛茸茸的身上有星星点点梅花形的斑纹，稚嫩的鹿角旁竖着两只耳朵，嘴巴憨憨的，山泉一样的眼睛怯怯地打量着围观的人们。

那是三十多年前我见到的一只小鹿。那年邻居马大叔上山打柴，在深山里的黑鹰沟捉住了一只小鹿，用衣襟包着抱了回来。黄昏时，听说马大叔抱回了小鹿，住在后渠的几户人家都来看。早听说关山有鹿，可谁也没见过，我们小孩更觉得稀奇。大婶拿来奶粉冲了喂小鹿，孩童拔来嫩草让它吃。直到天全黑了，马大叔把小鹿抱回家中，人们才谈论着小鹿慢慢回家了。

后来的几天里，我们小孩子时时往马大叔家跑，围着小鹿逗它，有时抱它在怀里亲一亲，它太可爱了。上学后一段时间我再没有去马大叔家，不知小鹿咋样了，一问母亲，母亲说："早被马大叔杀了吃鹿肉了。"听说马大叔家缺粮，女人又害病。我叹气说："多可爱的小鹿，杀了吃了多可惜！"母亲说："这年月连人都吃不饱，拿啥喂小鹿呢？"我为再也看不到美丽的小鹿而惋惜不已。

夜里我梦见了小鹿，临死前的小鹿！

小鹿几天后不吃不喝，想它的妈妈了——

妈妈，那天我迷了路，被怪怪的大虫捉住了，来到没有林子、没有野草、没有泉水的地方，被大虫囚在房子里，我多想偎在妈妈的怀抱，有妈妈的爱抚是件多么美好的事情！妈妈，我哭了，撕心裂肺地哭了，我想你！我求主人放了我，放我重归山林，可他冷冰冰的，没有丝毫怜悯之心。我绝望了，就绝食。眼看主人拿一把明晃晃的刀子向我走来，我浑身发抖，害怕极了。我来到这个世上还没多长时日呢。咔嚓一声，什么都完了。

鹿之殇！

我从梦中惊醒。我也哭了。

小时候听大人说，关山不但有鹿，而且有狼和豹，但更多的是锦鸡。

那是 20 世纪七十年代末，生产队分产到组，冬闲时每组派两三个男人去关山里集中放牧。二三十头牲口白天散在关山坡上吃草，晚间打桩围栏在一起，放牧人笼火守着。听人说，有一天，组里的一匹大黑马夜里被豹子撕去吃了，要知道那可是全队最好的马了。负责放牧的刘大叔被组里扣了工分，罚了钱。父亲说："山里豹子和狼挺多，白天砍柴都能碰见。"我听了很害怕。

寒冬腊月，雪落关山。小小的我站在家门前，总看见一伙一伙的村民捎着木棍，背着褡裢，脚缠毛裢，去关山围打锦鸡。据说，锦鸡在下雪时几天找不到吃食就蔫了，特好打。后来我在上山割草或采药时也不时碰到锦鸡在草丛里觅食，红黑相间的羽毛，漂亮极了。见人一惊诧，扑啦啦飞走了，它是关山的灵物哩！

由于山里人穷，"靠山吃山"的古训使他们无节制地向大山索取，砍树、割草、放牧。关山呻吟了多年，隐忍了多年，一座植物的宝库，动物的天堂，孩子的乐园，变成了只有次森林的山；从关山流出来的河水失去了往日的汹涌状，细细地瘦着，再也听不到有关狼、金钱豹的恐怖而有趣的传说了，再也见不到充满灵动之趣的可爱的小鹿了。呜呼，这是小鹿的悲哀，抑或是人的悲哀？

2011 年 12 月 18 日

记忆中的年味

其实，"年"不是什么好东西，在传说中它是一种害人的怪兽，正是腊月三十晚上，人们用红绸和竹竿爆响吓跑了年，就庆祝过年了。后来人们把红绸演化成了贴鲜红的对联，把竹竿爆响变为燃放鞭炮了。从这个意义上来说，赶跑了怪兽"年"，幸甚至哉，人间安然美好，春天又将来临，是值得开怀庆祝的喜悦时刻；年又与"年龄"相关，意味着时与年驰，又长了一岁，人们总会有岁月蹉跎人易老之慨，如我等年过半百之人更有"头燃如火""岁月不饶人"之叹。好了，这不是又到过年的时候了吗？我还是说说记忆中的年味吧。

年对小孩子来说意味着重大节日的极度欢乐和美食的强烈诱惑，企盼过年，就可放肆玩耍、吃到好东西了。我小时候也是这种心情。只不过那是20世纪七十年代的年——穷年，物资极度匮乏，但那种对过年的热切心情和美好的情愫足以激起一个少年对人世的热爱和对生活的希望。那时还是生产队大集体，我家人口多劳力少，记得每年秋后分两口袋玉米和多半口袋麦子，再就是土豆和少许杂粮。平时顿顿吃玉米面或煮土豆，一年难得吃几顿白面，十天半月偶尔吃一顿大头面片，那简直是爽滑香甜，香透味蕾，大快朵颐。母亲总是抠抠掐掐攒半口袋麦子过年时磨白面吃。我盼望过年，其实是盼望吃到白面。要过年了，母亲会在腊月二十七开始切好并焯好萝卜菜，二十八蒸好白面馒头，压好机子面。腊月三十，我就写春联，贴春联，母亲贴灶神画，迎接灶神。除夕照例是要煮肉吃的，我们叫啃骨头。那时喂的大肥猪交给公家换了钱，无骨头肉可煮，所幸父亲有屠宰生猪的手艺，到每家去宰一头猪就得到一绺无骨肉作为酬劳拿回家，我家除夕就吃肉片。父亲照例是要沾来一瓶白酒喝的，吃肉喝酒，父亲的年就过得极为满足。我们弟兄几个就吃肉解馋，嘴角油油的，吃馒头和凉拌菜，打闹玩耍，用竹篾和红纸糊制一盏闪灯，挑上到处跑。而上房前檐下挂一盏大的方方的用粉红纸和白纸相间糊制的灯笼，用煤油灯在里面点着，照亮大半个院子，有种朦胧温馨的美感。

穷年，年年难过年年过，可那种对美好生活的企盼却不曾泯灭。什么时候能啃到骨头肉，吃上更多的白面饭呢？

好不容易到了八十年代初，包产到户后我家粮食打得多了，吃白面不用愁了，但因经济困难，喂的猪变卖成钱了，父亲会从集上买点肋骨过年吃。集市上也有精制灯笼卖了，可家里没钱买，我就年年动手自制简易灯笼。

最高兴的是打鼓。腊月二十三要"炸山头"，我们这些小小少年会抬出庙里存放的锣鼓，敲鼓打铙满庄转，锣鼓声震天响，年味在锣鼓喧天中就更浓了。傍晚去山头堆好柴禾点燃，火光映红半边天，老年人焚香祝祷，年轻人打闹嬉戏。除夕夜，有粮吃了的农人家家吃年夜饭，啃大块的带骨肉才叫过瘾，吃各种凉拌菜又喝酒，一家人围坐于炕头敬酒、说笑，小辈给长辈磕头拜年，长辈给小辈发年钱祝福，人间之大乐也。有的家族内会互相走动，拜年喝酒；人们看电视春晚熬夜。我等少年则抬着锣鼓满村转，或守在庙内，敲打一个晚上的锣鼓，我家乡的人在除夕夜还有去庙里抢烧头香的风俗，敬神祝祷新年全家人的吉祥顺遂。除夕夜有精力好者能闹腾到天亮，他们喝酒，打牌，说笑。

新年初一早上，山乡人有迎喜神的习俗。一家人提早吃了长面，穿戴一新，出门去卜定的地点迎喜神。我和弟弟会拉上自家的一头黄牛和一头毛驴向田间走去，牲口会被梳理打扮一番，耳朵戴上黄纸折叠成的裱花，男女老幼齐出动，骡马牛羊被牵着，笑声闹声加牛马嘶叫声，浩浩荡荡踏着尘土走向吉利的方位，庙会会长焚香绕裱毕，几门土炮齐声响，鞭炮噼哩啪啦，喜神亦即春神也就被响亮地迎接来了。春临人间，乡亲们满心欢喜，鞭炮放得更响了，放开手中牵的牲口撒欢了。回家时不忘折些田埂的蒿枝柴草，带回家以示"四季来柴（财）"。

正月里来是新年，乡村社火要得欢。每个村总有那么一两个社火头组织带领年轻后生热热闹闹地耍起来，白天扮上马社火走村串户，晚上上演地摊社火，还有舞龙、舞狮子、划旱船、跑纸马、说春官诗等，乡村新年的欢乐都在这些活动中释放了。唱秦腔大戏必不可少。元宵佳节可以说是中国人的狂欢节，我们那的乡村也不例外。各路马社火、车社火齐聚街道，彩妆鲜艳，人潮涌动，锣鼓喧天，乡村变成了欢乐的海洋。这一天，人们似乎释放了内心对春天的所有热情和无限的欢乐，激情充沛，信心满满，心情舒坦地走向春天。

过年还是农村好，有年俗，有年味，有亲情，有欢乐。这无关物质的穷与富，过的是一种精气神。

若干年后我进了县城，县城的过年和乡里不同，商品极为丰富，大型文化活动也多。20 世纪九十年代末，县城还保留着较多的传统年俗：唱大戏、社火汇演、焰火晚会、猜灯谜、燃放鞭炮，初一登上南山敬神、游玩。除夕，我家早早吃点菜或面，在外面给先人烧纸奠酒后，回来坐看一会儿春晚，给女儿压岁钱后就携礼去县城的岳父家拜年，和亲戚们一大家吃肉喝酒看春晚，倒也十分热闹。初二、初三我就领女儿回老家给父母和亲戚们拜年。

不知何时，也不知什么原因，县城也取消了元宵节社火汇演的活动，大戏唱得少了，鞭炮不让放了，过年寡淡了许多。不过新增了县域内自办的电视春节晚会，可那毕竟不是大众化的娱乐项目。

瞅瞅鬓间的白发，我已在人间过了五十多个年。年年岁岁花相似，岁岁年年人不同。岁月沧桑的岂止是我的皱纹和白发，心境，早已在岁月轮替中变得淡然而安详。

常听人说，现在的人不缺衣少食，可是害怕过年，而且觉得年味越来越淡，何哉？

过年过的是一种心情，与物质的丰歉似乎关系不大。追根溯源，远古时的过年就是人们赶跑年这个怪兽时欣喜之情的表露，同时满含着对未来美好生活的憧憬和企盼。现代人可能因对于物质的追逐和世俗生活的负累而失去了单纯的快乐和心境的放松，尤其是中老年人更是快乐不起来。卸下一切心理包袱，看淡名利得失，忘记年岁变老之忧，让心轻松澄明起来，依然对生活充满热望，信心满怀地迎接新春的到来。心情轻松快乐了，或许过年才更有意味吧。

过年过的也是一种氛围，用民俗活动来增加年味是不错的选择。我国年俗活动可谓丰富多样，激活的是民间的欢乐情绪，释放的是全民的精神能量。随着新型文媒载体活动的兴起以及政府扶持引导的缺失，传统年俗活动越来越少，过年的氛围越来越淡，年味也就不那么浓了。是否扶持引导民间社火的表演和大戏的演唱，放开鞭炮的燃放，营造一种全民皆欢甚至全民狂欢的氛围，如宋朝的元宵节一样的境况呢?

过年过的更是一种文化，绝不仅仅是满足口腹之欲。读读书，写写字，唱唱歌，跳跳舞，外出旅游旅游，亲朋好友交流交流，学习文化，调整心态，休养身体，培元固本，以期信心满满、精精神神地投入新的一年的学习、工作和生活。

2022 年 12 月 8 日

老戏骨

秦腔是故乡人的最爱。记得作家陈彦说过："截至目前，我还没有发现哪门艺术能如此酣畅淋漓地表达一个人的生命激情，如此热血奔涌地呼喊一个人的生命渴望，如此深入腠理地宣泄一个人的生命悲苦，想想唯有秦腔。"

正月里，县城大戏上演，我的故乡人又耍起了社火，与几个老戏班人闲聊，说起西街秦腔剧社的昔日辉煌和一些老戏骨的演唱及轶闻趣事，不禁令人赞叹和感叹。

我的故乡在关山脚下的山寨回族乡西街村。故乡人爱戏，西街戏唱得好。那是 20 世纪八十年代，全县民间乡土剧社演唱最硬扎的当属西街的戏和王寨的戏。这是真实的。

小时候我最爱看村人唱戏，山寨乡舞台或三队里的庙台上，挂盏汽灯，戏就开唱了，土言土语、粗喉咙大嗓子的村民演员各尽所能倾情表演，一幕幕或悲或喜的历史剧上演着忠奸分明、善恶对照的故事演义，农民演员用高亢激越的唱腔渲泄着生命的激情和悲苦；十里八乡来看戏的人汇成人海，黝黑的脸上洋溢着会心的微笑，在过足戏瘾的精神享受中满怀希望地迎接春天的到来。

说起西街的戏，不能不使人怀念已故老支书杨清明的带头组织和大力支持。为了组建剧社，西街生产大队专门拿出四千元资金用于购置服装道具，杨支书亲自带人赴西安购买，解决了一些困难问题。故乡人至今仍津津乐道那些老戏骨的表演，他们像神话一样存留在故乡人的记忆和口碑中。每每忆起，我的钦佩和赞叹之情油然而生，今以文谱录于后，以示怀念。

记忆最深的当属我的五爷郭映国了。一个精瘦高个的老头，两颊深陷，嘴唇嗫嚅，嗓音细长，略带沙哑，他演老旦演得太好了，在《辕门斩子》戏中把佘太君一角演活了，挂个龙头拐杖，挪步徐行，活脱脱一个老太婆形象。

他在地摊社火中还载旦，细柳莺声，唱腔委婉，常惹观众一乐。至今郭家洼社人还忆起他在一大粪堆上和村里人表演社火的情景。在他的感染下我的堂叔郭正林也从小学唱秦腔，算是传承了他的遗风。

花脸包拯谁唱得好？属中街社的任忠信了。他嗓音宏厚略带沙哑，韵味十足，一招一式，一腔一调，把一个刚直不阿、忠贞为民的"包爷"形象演绎得正气凛然，活灵活现；那高亢响亮的唱音至今回荡在故乡人的心中。

须生即胡子生。在西街，"王胡子"王建堂的须生堪比易俗社演员。嗓音清亮宏厚，穿透力强，字正腔圆，扮相俊朗，做功亦硬扎。最爱看他演《辕门斩子》中的杨六郎，大段的唱腔让人过瘾，表演、表情让人入戏。

听人说，一次在某社唱戏，戏已开锣，却到处找不见主角"王胡子"，急得团长团团转，临到他出场时，他却从后台上了场，没耽搁剧情，下场后别人问，他笑说饿了，去朋友家吃了碗饸饹面。后来，在一次演出中，因受冻感冒严重，他不幸离开了人世，离开了钟爱一生的舞台。家乡人对他的离去唏嘘不已。

还有王洪恩的须生戏也不差，他肚子里装的戏文多，坐在自家炕头说戏教学生，唱念做打——示范教导，至今山寨有几个演员犹记老一辈戏骨的教诲。

焦赞、孟良出来了，是演花脸的邓志强和唐玉玺，演得确实好，诙谐幽默，生动有趣，惹得台下一片欢笑。岂不知他俩在一个生产队，还是"两挑担"。

在他们的带动培养下，西街剧社涌现出了一大批中青年演员，生、旦、净、丑各行当都有能拿得出手的中坚力量。

那时演出条件极为简陋艰苦，可他们凭着对秦腔艺术的无比热爱，只要有戏唱，管顿饭、笼盆火就成，不畏严寒酷暑，不惧山高路远，搭个简易舞台就开唱了，给十里八乡的乡亲们带来了欢乐和精神享受。

至今我弄不明白，这些农民老戏骨大多没文化又没有经过专业训练，怎么能把秦腔唱得那么好呢？也许是来自骨子里的热爱和灵性的颖悟吧。

上面提到的几位老艺人都已作古，可他们的表演风格、艺术才能和为人风范却留给我最深的印象。忆及西街老一辈秦腔人的演唱，仿佛他们的唱腔依然在这片黄土地上久久回荡。

2023 年 2 月 10 日

第三辑　美丽家园

生于斯，长于斯，沐关山之惠风，饮汭河之洌水。一方水土一方人，读不厌家乡的山，亲不够家乡的水，剪不断一缕泥土芬芳的思绪。谁不说俺家乡好，美丽家园在华亭。

华亭印象

　　初到华亭，便觉这是一个山清水秀的玲珑之地。久居之人若去外地逛上一遭，会惹起更深更浓的乡思之情！足见这块风水宝地的诱人了。

　　县城并不大，坐落在东西走向的川道里。街面宽平，两面均植有绿绿的国槐，与树同样疯长的是楼房，总有隆隆的建筑拔节声传出。几乎是一夜之间，店铺门面如开花似的竞相绽放，华亭人盛大的贸易交流会也更有滋有味。并不显长的街面堆满了各色商品，街道瘦了，城市却肥了，华亭人的日子被几台大戏唱得热热闹闹、红红火火。逢见笑得最欢的，必是满脸古铜色的老人和那雀跃欢呼的孩子。老人携着竹笼山货，孩子则挎一篮野草莓，自寻他们的快活。最俏的该数华亭女子，汭水似的温柔，山花似的俊美，招引无数过路人的眼光。以往华亭人路遇熟人总免不了要问"你吃了吗"，好像吃成了人与人之间最关心的话题，而今华亭人见面热情地拉手曰"恭喜发财""你儿子考上大学了吗"，一改往日不分时刻与场合的呆板问法。富裕后的华亭人是耐不住寂寞的：小小南山一经修葺装点，竟成了城里人理想的去处。你看那晚饭后，前者呼，后者应，老者蹒跚拄拐，孩子拽襟蹦跳，青年男女情意绵绵，皆往南山寻求各自的乐事。不愿去的，早飞向舞厅"卡拉OK"去了。

　　小小华亭能在陇上早先富起来，除托党之福之外，一在煤炭，二靠药材，第三嘛，该是华亭人勤劳的双手了。

　　如果你去外地，人家会赞扬：华亭出好煤！不错，华亭煤炭油黑墨亮，赛似乌金，烧起来红焰烈烈，绝不生烟，余烬白极纯极，无怪乎连外国朋友也爱上了它，言说此煤含有某某稀有矿物而竞相订购了。

　　最值得一去的还是华亭关山脚下的村村舍舍。房子大多是石木结构，偶有一两幢红砖楼房立其间，宣告着华亭人致富的脚步。华亭多石，以石垒墙是华亭人的一大绝活。不分男女老幼，只要往墙基处一站，玩石头如摆积木，横有行，竖有样，那石墙也就随着脚手架在长，耸入云端了，搭眼一望，齐茌茌，端正正，稳如泰山。随便走进哪一家，主人会憨厚地笑着迎你进去，拉你上炕坐坐，那炕也就暖暖如主人热情的心。最先端上来的是核桃和炒蚕豆。主人在炕头用斧盖敲裂核桃，黄亮亮、香酥酥，令吃者贪嘴不停。洋芋又是华亭人经济的一大来源，秋后家家堆如小山，除变卖成大把钞票外，其余则窖藏，贮备一年的吃用。

华亭人吃洋芋可谓极富花样：或煮或烧或炒，或烹为"拉丝洋芋块"，或磨制成白亮亮的粉条，不一而足。若你有幸吃一顿农家抟打的洋芋搅团，更能领略到作为一个山里人的美滋美味。那柔柔的白芋团，那红红的辣子，那酸酸的油香味，早令吃者大开口福而汗流满面了。难怪城里演员下乡总令管饭的老乡一家忙得不可开交，为抟打此物而手软臂麻。

品尝了华亭人的美味，体会过这里的人情味后，厚道的山里人会采撷"五爪子"山菜和鲜蕨送你。待你的包被塞得满满的，主人会依依地说声"关山好物多着呢，下回再来"，令你无限地留恋和遐想。

而今华亭早如一只起飞的山锦鸡，美丽异常。再加宝中铁路的修建、煤田大开发，华亭必以其华美的姿态迎来四方的游客，令陇原大地为之瞩目顾盼，而我这个华亭人也就更加自得其乐了。

1993 年 5 月 21 日

华亭笔记

我的家乡在华亭，生于斯，长于斯，耳鬓厮磨，相依相亲，我的身与心有家乡的烙印和家乡的气味。华亭是怎样的一个地方呢？

县名的由来

古时，县城西北有座华尖山，山顶有一个漂亮的亭子，故取县名为华亭。

地处甘肃省东部、小陇山（关山）东麓的华亭县，隋大业元年（公元605年）置县，至今已有一千四百多年的历史了。

日月轮回，世事沧桑。素有陇上明珠之称的华亭县从筚路蓝缕中一路走来，沐着改革开放的春风雨露日益茁壮。2018年撤县设市。

华亭更是一个山清水秀、气候温润的地方，是一个来了就不想走，住下就不想离去的地方，是一个宜居宜游宜兴业的好地方。

莲花台

车盖冠冕浩浩荡荡，刀形旌旗飘飘扬扬。

秦御道上，逶迤而行的是帝王出巡的队伍——那是公元前221年，秦始皇从咸阳出发西巡，去陇山深处的莲花台祭天。

"上畤、下畤"的发现，让莲花台有了更深厚的文化底蕴。专家认为，华亭县西南陇山的五台山就是古西镇吴山，今五台山南麓莲花台的"上畤""下畤"，正是秦汉帝王所建立五畤中的"上畤""下畤"。"畤"是古代帝王专门用来祭祀天神上帝的地方，指神祇到此的意思。轩辕曾建吴阳武畤，吴阳即吴山之阳。秦在雍所建"五畤"，其中秦灵公在吴阳武畤废址上建起

"上畤""下畤"，"上畤"祭祀黄帝，"下畤"祭祀炎帝，从此中国有了第一座祭祀黄帝的轩辕庙。吴山成了秦汉时举足轻重的宝地，秦皇汉武在这里的祭祀活动更为频繁，还在这里专门扩建了御道、回中道和回中宫。

莲花台深藏在关山深处的莽莽林海之中，它位于华亭县城以西四十公里处五台山南麓的青龙山。景区内群山巍峨，森林茂密，物种繁多，文化遗迹丰富，既有北方名山之雄奇，又有江南水乡之柔美，是一处集奇、险、峻、秀、妙于一身的独特的自然景观。莲花台融文化遗产、自然风貌、天然景观于一体，大小景点一百多处，堪称陇上旅游之胜地。

莲花台自然风景保护区景点遍布整个关山林区。以莲花台为中心可分为南北两部分：北线从华亭市马峡镇燕麦河村穿大、小窑沟到莲花台，全长六点六公里；南线从麻庵的庙滩经铜厂沟至莲花台，全长十二公里。景区内峰回路转，山环水绕，怪石林立，美不胜收。

二十多年前的某一天，我从北线去莲花台，沿崎岖的山路盘旋而上，登上关山顶峰，远望群山耸立，莽莽苍苍，蓝天白云，碧草连天，骏马奔驰，牦牛成群，这就是玄峰牧场（由于种种原因，现在牧场已不复存在）。顺林区小路西行，四面高山环绕，山坡较平缓。在燕麦河村，有零星的茅屋掩映在山林之中，林海莽莽，炊烟袅袅，山民在一片片苍翠的药田里辛勤耕耘，呈现出一派原始古朴的田园风光。

走进大牛窑沟，置身蜿蜒曲折的谷底小道，犹如进入幽深的迷宫。仰视左右群峰，突兀险峻的石崖犹如变化无常的怪兽，随着游人视角的转换而变幻出不同的形态，有"老虎崖""大象观天""佛手崖""林海金字塔""双塔竞秀"等迷人景观。在接近莲花台的小牛窑，有一处古碾台遗址和古房屋遗址。在离碾台不远处，可远远望见两棵大树，分明比周围的树木高出许多。奇妙的是去莲花台的路刚好从两树中间穿过，人们形象地称其为山门。穿过山门，中心风景区莲花台就到了。

在青龙山两边环抱如箕的山弯里，右侧有一座孤峰兀立于深壑之中，高耸如塔，在小石山山顶的石柱上，立着一个两米多高的小石柱，上面偏放着一巨大的石块，石柱边长着两棵苍劲的松树，这就是莲花台。整个石台在阳光下形似莲花盛开，莲花石则被当地群众传为"高耸顶天堂，夜间发毫光"，赋予其神奇的色彩。如果你从平台沿木梯攀上石顶，只见远山如黛，云缠雾绕，阵阵松涛不绝于耳，汤汤水声出自谷底，令人心旷神怡，流连忘返。

千佛洞是莲花台又一迷人的景点。洞内雕塑历经沧桑，残缺不全，但依稀可见雕像之生动，雕塑之精美。最令人惊奇的是，千佛洞附近有一高大的石崖，崖下有一石洞，洞内石缝中流出一股清澈甘美的泉水。据说此泉"十二三人注水水不涨，千万人用水水不减"，饮用此泉水有祛病延年之效，故而被人们称为"神泉"。

沿石峰峭岩登梯直上，宛若登天。这里有灵官台、八仙台、玉皇台、三清台和老君台，分布各台的原寺庙遗址有二十几座。在玉皇殿前，度仙桥南，有一平台，上有一座十几米高的圆锥形石塔拔地而起，顶端的两棵松树苍劲挺拔，似在探问苍天。如果从侧面看，整座石塔五官俱全，宛若人头，这就是莲花台的著名景点——佛爷头。远望，在西南石崖深涧之中，又有一巨大的八角形石柱从谷底凸起，高二三十米，这就是莲花台的又一奇景——八仙台。据碑文记载和道人僧人介绍，莲花台始建于秦汉，兴盛于唐代，佛道儒三教并存。唐宪宗李纯就敕封此山为"西陇之名山"，敕封食粮僧道三千五百人。兴盛时建有不同风格的庙宇宫殿三十六处，现大部分被毁，遗迹尚存。

如果沿南线下山，沿途又可观赏到莲花台景区许多魅力无穷的景观。一面是望不到顶的石崖峭壁，一面是看不见底的深谷迷涧，悬崖上有众多的小石窟，有保存较完好的佛像和石灶等文物。怪石嶙峋、险要无比的"鬼门关"好似山鬼把关，令人毛骨悚然，"仙人桥""大象吸水"则别有一番情趣。

在老庙沟景区，有双双配对的形象石、飞来石，有迷人的仙人洞。蘑菇岩紧紧相依的两块石头状如蘑菇，菩萨头是状如菩萨面孔的两块巨石，形象逼真，犹如人工雕凿的一样。在这两座拔地而起的山崖上，各突出一块惟妙惟肖的兽形岩石。其中的一块像一只乌龟活生生地被压在山下，伸长脖子想从山峰下挣脱出来，这就是镇龟峰。另一座山崖前突出的一块岩石如一只猛虎藏在那里窥视着谷底行人，叫藏虎崖。天王塔与青龙潭，当地群众叫拴马桩和饮马池，传说它们分别是唐朝尉迟恭的拴马桩和饮马池。悬崖上耸立一高大的石笋，顶端长着苍松，由于风雨剥蚀，远远望去犹如三层宝塔；石笋西侧的崖下有一潭水，清澈见底，悬崖上"泽润秦陇"的摩崖石刻碑文清晰可见。不过，近年来华亭市走文旅融合之路，相继实施了很多景区开发建设项目，去莲花台的道路已经硬化到山沟底，可驱车直达了。

吃在华亭

爱我华亭，还在于华亭的风味小吃。华亭盛产洋芋，产出的洋芋个大、皮薄、面饱，深受本地乡民和外地客商喜爱。华亭人吃洋芋可谓花样百出，蒸、炒、煎、炸、煮，做出的食品味道可口。洋芋搅团是当地农民常吃的一种食品。做洋芋搅团要花些功夫，须经过"洗、煮、剥、晾、打、调"等六道工序。把煮熟的洋芋剥皮后晾凉，倒进石碓用木锤不停地捶打，直至松软细柔有粘性。洋芋搅团吃法较多：可蘸汤吃，以葱花炝汤，放入调料，加上炒好的青菜和捣好的蒜泥，搅匀，铲一块搅团放入汤中，由吃者自己夹成小块，蘸足汤汁送入口中，洋芋搅团柔韧爽滑，汤汁香辣可口；也可热汤吃，把搅团切成小块，下入汤中，加入调料，吃起来绵软温热；还可以把吃剩的搅团用衬布裹住，用石头一压，等第二天切成条凉拌着吃，另有一种滋味。

洋芋搅团如此美味，在外奔波的关山儿女，时间久了，就会思念家乡，思念家乡的洋芋搅团，回到家乡，必先饱餐一顿，过过搅团瘾。还有玉米糁饭、黄面鱼鱼、洋芋粉、核桃包子和麻腐饺子。我是个"洋芋头"，最爱吃家乡的洋芋搅团。吃惯了小城的美食，就再也离不开了。

依恋小城

二十多年与小城的耳鬓厮磨，我已与小城融为一体；多次的外出考察或者旅游，见山见水见风光，仍觉还是我的小城华亭好。

记得二十多年前我一家人搬进县城时，那时的县城不大，又土又老旧。街道不长，东大街至西关十字仅三四公里，西关十字以西是老印刷厂，西关村村部，农民的住房，菜园子和农田。我晚饭后常常和家人去菜园子和田埂上散步。2002 年，县上大力实施县城西扩工程，决定修建大型广场。那年，我还以记者身份随团去考察陕西长安县的广场。一年多时间，占地十万多平方米的人民广场如期竣工投用。广场上有浮雕墙、主题雕塑、音乐喷泉，四周绿化亮化得很好，舞台上经常有文艺演出，广场成了人们跳健身舞、交谊舞的好地方，还有秦腔自乐班的演唱。每天晚饭后去广场转一圈，成了小城人的习惯。现在县城街路已延伸到了西华的龚阳村，东西长十多公里，城乡融合的步子加大，又宽又平的皇甫路延伸段、海龙路今年已建成，城市框架拉大，文体民生项目落地，真是让人刮目相看。

早先华亭县市民晚饭后常去散步游转的地方是双凤山公园，现在西城区又新建了莲花湖公园和体育公园，夏季晚饭后人们三三两两游转在湖畔，沉浸于美丽的灯光幻影，晚风凉爽，绿树婆娑，丝竹之声悠扬，跳健身舞的妇女舞姿优美。双休日来这里的孩子更多，他们在沙滩上嬉戏玩耍。当然我最爱爬旁边的雷神山，徐徐而行，杂木茂绿，野花点点，登临山顶，心旷神怡。

华亭山清水秀，绿树成荫，植被是周边县市最好的，这常常让华亭人对外自夸。

小城的人厚道、实诚、知足，热心肠，很好打交道，这也是我爱上小城的原因之一。小小县城，既有乡情乡土味，人们活得闲适自在，又不乏现代商业和交通通信便利的时尚味，少了大都市的喧嚣拥挤和浮躁。依小城而居，与糟糠之妻白头到老，不亦乐乎。

2022 年 2 月 25 日

华亭赋

瑞临关山，生态文化山城展新颜；福降汭水，绿色能源之都迸活力。位处陕甘宁交会之地，融入西兰银经济之圈，西北重要煤炭基地，全省实力首强县市。赖天公造化物阜民丰，幸气候温润山清水秀。古因华尖山有亭而得名，今靠煤电开发而闻世。

陇上华亭，岁月峥嵘。万年之前，先民耕种狩猎生于斯，商末周初，芮卢两国先后辖此地[1]。秦皇祭天五台山，上下两"畤"祀黄炎[2]，汉武帝巡幸经陇山，张骞出使过回中，丝绸之路连华亭，汉景帝专设呼池苑，皇家马场美名传[3]。及至北魏普泰年间，筑城置镇；隋大业元年，始设为县。日月轮回，朝代更替，华亭隶属几经变易。近代以降，县运乖舛，犲狼威凶，土匪横行。华亭人民踔厉奋起，反抗暴政，剿除匪患。长忆李义祥地下播火[4]，举镰刀，扛铁锤，工农革命如潮涌；回想抗日烽火正炽，救国会、救援会，救亡图存报家国，四千男儿奔前线，百名将士陨疆场[5]。艰苦卓绝闹革命，雄鸡一唱迎解放。

美丽华亭，毓秀钟灵。煤炭、陶土、石灰石，皆为富矿；核桃、蕨菜、中药材，颇具盛名。莲花台、米家沟、双凤山，凤鸣仪州绘就如画美景；石拱寺、海龙洞、野狐峡，古迹胜地展现人文景观。

药王洞见证孙思邈撒籽种药之故事，仙姑山讲述三公主拉山聚海之传说。巍巍关山横亘连绵，莽莽森林涵养水源。古有皇甫氏家族文韬武略，今存皇甫山遗址见证历史[6]。赵时春嘉靖年间显才俊[7]，马铭传赴台推洋务[8]，幸邦隆办学倡文明[9]；王有福自创"架子鼓"，三次进京献艺受嘉奖；庄稼汉爱演曲子戏，申报国之"非遗"成美唱。君不见"四馆两中心"书画飘香，人民广场歌声扬；莲花湖畔芳草萋萋喷泉涌，影剧院里开会演出气氛浓。

全国文明县城，宜居宜游宜兴业；国家园林县城，如诗如画如锦绣。开放、包容、创新、争先，彰显华亭人民之性格；东关、西关、上关、下关，关不住华亭满园之春色。

魅力华亭，政通景明。统筹城乡发展，推进转型跨越，建设全国科学发展示范县。君可见，工业基地林立，招鸾引凰。华亭煤业，华能控股，现代化矿区崛起；大型电厂，中水看好，煤电产业如火如荼，中煦公司甲醇项目已见产品，安口古镇电瓷陶瓷远销各地。君可闻，铁路公路交构，连通城乡。上关乡核桃，皮薄瓤甜，马峡中药材，大黄品优。温棚养牛成规模，蔬菜种植科学化，新村建设、移民搬迁，城乡一体，加快发展。

壮哉，华亭！绘建设之蓝图，兴千秋骏业；振腾飞之雄翼，展万里鹏程。干群扬帆奔小康，犹乘势而上；综合实力要增强，正奋力以争。跻月乘云，强县富民，君其待之。

华亭巨变，愧无妙笔；惶作小赋，维祝维颂。

[1] 据《华亭县志》记载，商末周初，华亭属芮国、卢国，后芮并于周。此后华亭为戎那，属义渠。

[2] 公元前 422 年，秦灵公在轩辕氏黄帝祭祀天神的遗址"吴阳武畤"（今五台山之阳的莲花台）建"上畤"以祀黄帝，建"下畤"以祀炎帝。公元 221 年，秦始皇率护卫三千，经秦御道前往关山莲花台的"上下畤"举行声势浩大的祭天活动。

[3] 汉景帝（前 156—前 141 年）刘启继位后，在今华亭所设的"呼池苑"被辟为皇家专用马场，当时境内有马几十万匹之多。

[4] 李义祥（1908—1976）镇原县小砚乡惠家沟门人，1937 年 2 月加入中国共产党，同年冬到安口工矿区开展共产党的秘密工作，来往于平凉、崇信交界的老北山、华亭高山（今上关）、陇县等地向群众宣传共产党的主张和革命道理，发展共产党员。到 1944 年 9 月，平、华、崇、陇地带已建立共产党支部 8 个，有党员 53 人。李义祥是共产党在华亭建立组织的开创人，亦是

中华人民共和国成立后华亭第一任县长。

[5] 据《中国共产党华亭历史（第一卷）》记载，抗日战争期间，华亭县应征参军参战者达 4000 多人，华亭籍阵亡官兵 108 人。

[6] 明统一志载，"朝那古城在平凉府之南"。明《平凉府志》述："隋以前孝秀举士，郡置中正，人取门阀，故凡言皇甫氏者，必归朝那，其圣哲皆属华亭。炀帝病孝秀之伪，唐文皇戒门阀之害，始置科词赋策士，皇甫散居它方，不复重乡里矣。"仪州古城西抵华尖山麓，皇甫山连华尖山，传说系皇甫氏家居之别墅。下有九龙池，为当时著名游览景地，池废九曲址尚存。皇甫家族中列入历代县志人物篇内的有汉度辽将军皇甫棱、度辽将军槐里侯皇甫规，晋朝议郎、著作郎皇甫谧，南北朝太尉、镇西将军皇甫真等 20 余人。

[7] 赵时春（1509－1568）字景仁，号浚谷先生，出生于华亭县砚峡乡雨亭沟。14 岁应童子试为第一，嘉靖五年（公元 1526 年）中进士，进入翰林院，后授户部和兵部主事。仕途上"三起三落"，解官回家乡后协助县令兴修了惠民渠等水利。一生写下了数以千计歌咏陇东山河的诗篇，描写华亭的就有百十篇，历时七年撰就《平凉府志》。

[8] 马铭传，清代华亭县马峡人。1884 年 7 月以福建巡抚幕僚身份，赴台督办台湾置省事宜。台湾建省后，又积极向台湾省首任巡抚建议推行种种洋务，为台湾省改革开放和经济发展，做出了不可磨灭的贡献。

[9] 幸邦隆（1879－1952），华亭县原南川乡武村铺人，先后就读于华亭仪山书院、平凉柳湖书院和甘肃省优级师范学堂博物科，1911 年在平凉柳湖书院任教，1912 年回任高小、初小教员、校长，大力执行省府制定的《强迫男女学童入学章程》，严格督学制度，注重教学质量，积极筹资，整顿学田，修建新校舍，带头自捐银币 400 余元支持教育，捐赠 70 余亩作为学田。

2011 年 12 月 3 日

回族乡村见闻录

我出生在关山脚下的山寨回族乡，但我却是汉民。说是回族乡，有北阳洼和刘河两个纯回民村，东街村也有一部分回民。我从小就经见过回汉和睦相处、交往交流交融的情景。听老人讲，中华人民共和国成立前却不是这样，山寨时常遭受"马家军"的骚扰和侵害，回汉之间常有聚众打架斗殴的现象。今有感于新时代新风尚，特零碎记录几则我在山寨回族乡村的见闻感受。

我的回族老师和回族学生

少年时我在山寨初中上学，学校有两位回民老师：一位是禹俊治老师，教语文，温文尔雅，写得一手好毛笔字，喜欢古玩收藏，山寨回族乡北阳洼村人；另一位是马书宏老师，教地理，指图识地名，转动地球仪讲世界，声腔大，稍带点怪而婉转的韵味，先后任学校教导处主任和副校长。后来我从平凉师范毕业后，又被分配到母校当老师，于是和我的两位回民老师成了同事。每年回民开斋节，全校老师都会分别去两位回民老师家开斋，我们就会吃到最好的回民特色美食，凡红白喜事回汉皆互相走动，礼尚往来，回汉老师融洽相处，携手干好教书育人的工作。学校教学质量多年居全县农村初中之首，不少学生考上了中专，其中也有回民学生。从此，山寨的回族群众对学生读书重视起来了。

我也教过许多回民学生。

那是2016年重阳节时，我回岳父家，闲来无事，就去相邻的刘河村和北阳洼村转悠观光。信步来到一处崭新的新农村建设点，看到村部的牌子，准备打听我的学生情况。进去看见几名村干部在商量工作，正好有我的学生马伟和马存治，聊了才知马伟已是村委会副主任。师生见面，分外亲热，然后马存治就带我看他饲养的野鸡，巷道口又遇到学生湛玉龙，观他家房屋修得气派亮敞，小伙子依然精干爽利，一脸笑容，他说他近几年在银川承包土地搞林木育苗，发展得也不错。我们师生一同来到马存治鸡舍，鸡舍内有灰褐色的小野鸡和红色羽毛的大野鸡，还有两只大孔雀，一只肥大的火鸡。与马存治交谈，得知他共饲养野鸡三千多只，效益很好。

接着，几个回民学生陪我去山坡上的北阳洼村，马伟打电话喊来了许家坪社我的回民学生李广明，见面后得知他在家新修了牛棚，养了十几头牛，日子过得倒也滋润。在小学当校长的我的学生兰存良也赶来了。最后马存治宰鸡招待了师生一行人。看到我教过的回民学生各有发展，各有成就，我这个当老师的也就无比欣慰了。

两个回汉老汉的情谊

跨世纪三十多年的回汉友谊，两个七旬老汉的凡人真情。

一个是我的老岳父王万德，今年七十有八，家住山寨回族乡西街村郭家洼社；另一个是刘河村马莲滩社的回民吕玉祥，今年七十三岁。郭家洼社和马莲滩社相邻，回汉之间多年没有出现较大的矛盾纠纷事件，倒是互谅互帮，和谐相处，早年就有回汉青年组队在郭家洼球场打篮球的事，回汉互相交友的也比较多。

老岳父早年在山寨回族乡教委和乡政府工作过，多和回民打交道。他为人平易，乐于助人。不知何种机缘使他在三十多年前结交了邻村的吕玉祥，老岳父说玉祥这人忠厚老实，跟他脾气相投。俩老汉时常互相串门聊天，交流思想，共话人生。老岳父每年都要去给老朋友开斋，吕玉祥每年要来给朋友拜年，有啥难肠事都互相帮衬着。据老岳父说，为了拉扯子女长大，吕玉祥在山寨街道开过百货门市部，在家开过铁匠铺，养牛种地，后来又承包了社里的一片树林，补栽了梨树、杏树、花红树等，每年都要摘些水果送给郭家洼的几个老朋友。

"三香"情同好姐妹

存香，麦香，玉香，是山寨三个女子的名字。其中前两香是汉族，第一香是我的妻子，而玉香姓兰，是回民，山寨乡刘河村人。

少女时，她们三个就在一起成为好闺蜜。那时我妻子存香在乡农贸货栈门市部站柜台，隔壁是回民禹姨开的食堂，小玉香就跟母亲在食堂，时常跑过来门市部玩，和存香成了朋友玩伴。麦香家就在街道，也时常来门市部玩，三个女娃就成了好朋友，有时头凑到一起说悄悄话，有时坐在一起钩钩针，有时晚上睡在一个床上，嬉笑闹玩，度过了美好的少女时代。后来三人各自嫁人成家，生儿育女，操持家务，恍惚四十年过去了，可她们三个的情谊却从未间断。谁家有生、老、病、红白事都会慰问或祝贺。如今，她们三个都升级当奶奶了，时常通电话或视频问候、拉闲、交流，像亲姐妹一样延续着她们的友谊。玉香虽不识字，却为人直爽、善良而幽默，继承了她妈妈的厨艺，蒸鸡、羊肉泡和烩面片做得特好吃。

正是：三香情同姐妹，回汉亲如一家。

花儿漫过山梁梁

山寨回民有唱花儿的传统，早年每隔一两年就要举办花儿会。尤以北阳洼村回民花儿歌手居多。

1996年，我被县上抽调到计划生育工作队，驻北阳洼村开展工作，闲暇之时，村委副主任李德喜就会喝一阵花儿为我们解闷。二十年后，我又绕过山梁来到北阳洼许家坪社，寻访当年的老朋友李德喜。人没有大变样，还是当年的神情风貌，只是有了灰白头发，多了一些沧桑忧郁之感。他说现在年轻人学唱花儿的少了，他爱花儿，近几年多次赴青海、临夏等地参加花儿会，拜师学习，和歌手交流，提高很快。在我的请求下，他戴上回民帽子放开了歌喉：

白牡丹白着照人呢，

红牡丹红着破呢，

黄河啊长江是长辫子，

青海湖是照人的镜子，

我俩人说下的一辈子，

三两天你变了个样子……

悠长、婉转、略带忧伤的音调在院子里回荡，歌声随风漫过了许家坪的山梁梁……

亮丽不过民族街、博物馆

山寨乡街道是我走过最多的街道。小时候上学，雨天泥泞难行，周边土房也破旧不堪。

十五年前，乡上进行了小城镇改造，硬化了街道，配套了相关设施，使山寨乡街道面貌大变。四年前，乡上又对东街村、西街村临街住户房屋及门店进行了改造提升，完善了配套设施及亮化绿化工程。统一设计、统一施工的汉唐风格、民族风貌的街屋，整齐美观，极富特色。如今回老家走在街道上，给人以舒畅、美观的感觉。

前几年参观了北阳洼村民俗博物馆，仿古建筑，漆彩鲜艳。里面的展品是回族群众生产生活实物和民族特色产品，场院里塑制了风车、碾盘、水壶等物件，后面左侧山梁上新建了一座亭子，在蓝天白云下分外好看，山洼上回族群众都在新农村示范点修起了漂亮整齐的新居，远看是一道亮丽的风景。听说后来在民俗博物馆旁边又建了民俗文化广场。

2021 年 9 月 16 日

品味苍沟

一个遗落在关山深处的村子，值得细细品味。

山，是苍翠一片，绿宝石样的；而卧在山坡上的草呢，翠碧翠碧的，风吹过，草们俯身低语，绿浪翻白；沿沟道往里走，远处山顶罩着浓重的雾，雾裹青山，将雨未雨。山道旁花草繁盛，青蒿高耸，索索草细软着，"毛茸茸"挺着满是刺的骨朵儿，不知名的小花随风摇曳，清纯又可爱。

走不多远，有几户人家的房屋，破破烂烂的土瓦房，房后几棵枝桠横斜的野山杏树，早有随行的兰师傅捷足先登，上树摘杏子吃。杏子黄中带绿，吃起来酸酸的甜。山路坑坑洼洼，满是牛粪羊粪。路旁草滩有几头牛在吃草，大黄牛，白斑的牛，边吃边甩着尾巴拍打蚊蝇。路在沟道，随山势而转，流水哗哗，溪水自后山流下，一路水声，似天籁之音，荡涤得耳膜清清亮亮；清泉石上流，蜿蜒曲折，水花白朗，乱石缝中长满野荷，秆儿上顶着莲蓬，在风中摇摆。路旁灌木丛中的"面李子"还绿着，同行者晓凤摘吃，被彩虹拦住，说："现在不能吃的，待到雪霜杀了后才好吃呢。"沙棘随处可见，只是结的果粒稀稀拉拉，还是绿颗颗，吃着酸甜酸甜的。

快到后沟，方显村落的样子，彩虹说这就是苍沟。她指着头一家的后屋墙又说："这就是我家老宅，我出生在这儿，玩耍长大在这儿。"现在这处破旧的土木房院已被另一家人住了多年。先看屋后一眼泉水，石崖下掏挖的山泉，不大，幽幽的隐约见水，彩虹说那水喝起来可甜呢。进了院子，满院中药材、蔬菜和荒草，长了几年的川芎一人多高，枝叶刷得人衣袖沙沙作响，"牛子"一蓬一蓬的，密实。园子畔的野夹竹桃开得正艳，有山野美人的风采。土墙有的地方已剥落，屋门上挂着锈迹斑斑的铁锁。彩虹指着窗台说，她小时候就从这儿爬上爬下玩耍，这座宅院曾生活过她的爷爷、奶奶和父亲，可他们早已不在人世了，人去屋空，物是人非，空留一处老旧的宅子在深山老林里，在斑驳的记忆里……

信步走进一户人家，房门紧闭，院落里杂草丛生。彩虹说，几十户人家大都移民搬迁到山外的蒋庄了，只留老弱在此留守，种植庄稼和药材。一户没人，屋檐下的土墙上挂着几箱蜂巢，欲近看，见蜜蜂嗡嗡嘤嘤乱飞，只得退后，拍几张照片离去。走进另外一家，后院墙残留着多年前的标语。院子里荒草齐人高，擀杖花高挺而艳红，土台阶上码着柴禾，我走近一株向日葵拍了照，遂离开。

来到后沟的大马滩，大家拾来柴禾，点火，蓝烟飘起。彩虹掏出甜玉米放进火中，有人不住地用报纸煽火，火苗渐旺，玉米棒子在火中响开了，一股香气弥漫山间。大家铺着旧报纸席地而坐，啃着香喷喷的玉米棒子，直说香、甜。又有人唱起歌来，歌声在苍沟山野间回荡。吃罢互相对看，个个皆黑嘴、脏脸，哈哈大笑。我们把笑声留在苍沟的山水间后，就慢慢往回走了。

苍沟深藏在华亭县马峡镇关山的深处，从孟台村附近向西北拐行一条沟即可到。这是2013年8月10日的一桩游事，同游者有单位同事六七人，文友彩虹、晓凤、叶景等。

2013 年 8 月 11 日

甘树庄

甘树庄是关山脚下的一个小村庄，在马峡镇双明村西北方向的一个山洼里。穿过上养马寺一道南北走向的巷路，过桥左拐即到。

朋友嫁女，遂去道贺。农村人的婚礼就是热闹、喜庆、地道。饭要吃两顿的。刚去就吃馍喝汤，华亭农村人叫做"头老汤"的，特别好吃，红红的油汪汪的汤里烩进老早煮熟的萝卜丝，还有粉条豆腐，吃着特别爽口。同桌两个中年男人边吃边聊，说银行贷款的事，交流近年挣钱的门路，一人脸膛黑红，一人高个子瘦削。我吃毕就去上房，遇见山寨乡党，即出嫁女子的几个舅舅。我笑曰，我也是女子她妈妈的娘家人。就和他们闲聊，都是山寨人，应知故乡事，乡村人事变迁和戏班秦腔唱戏是我们共同的话题。

未开席，我去村里转。中午热极，走到村东折进一岔路。谁家菜园旁一丛矮树，樱桃鲜红，藏于叶间，我就摘了两大把，吃起来酸甜酸甜的。又折回，朝北沿硬化路上山去，核桃树高大繁茂，今年核桃繁，野草浓密，菜叶鲜翠，半山腰梯田里的麦子已经黄了，山上绿树成荫，蓝天高远，白云飘浮，天地辽阔。

又折回朝西去，从田间一条铺满野草的土路走过，陈年的独火秆子高大，已开出白花，今年新种的已有一尺多高，长势很好。玉米疯长，鲜绿可爱，白色的、紫色的洋芋花开得灿烂，一农人在田间劳作。远处的关山碧翠如玉，近处的滩地绿草如茵，几株金针菜挺着黄鲜的花。我绕村转半圈又来到朋友家，宴席已开。

院子里搭着大帐篷，乡亲们热情帮忙，雇的流动宴席省事，饭菜质量好，乡亲们吃着美味佳肴，拉着家常，一盅盅美酒下肚，话就多起来，情也更浓了。同桌者一红黑脸庞的憨厚妇女，一看就是劳动的一把好手，一问才知是大岭村人，和我同庚。另外有两位妇女娘家都在山寨，和我是乡党，就热情聊起家乡的人和事。

席毕，偶遇县农行退休的王副行长，问：甘树庄这名称有什么来由？王行长说：据说从前就在你转过的那个山弯有棵大树，枝繁叶茂，村人常在此乘凉，后来树枝干枯，人们称作甘树，就以此命名。

人们对一个村社的好奇大多是由名称引起的。我亦如是。今去甘树庄送礼，也算是了解民情，知村情，看乡村风景，且知道了甘树庄社名的来由。

2022 年 5 月 26 日

桃花山上看桃花

"桃之夭夭，灼灼其华。"这是《诗经》中的句子，描写桃树含苞满枝丫，红霞灿烂一树花的景象。读这样的句子，心中就充满了对桃花的渴慕和期盼。经查，才知这是以桃花起兴贺出嫁女子的诗句，才知看桃花要看含苞欲放的样子，所谓夭夭，即含苞貌也。

拘于楼室埋首习帖练字，读书写作，不出门久矣，即见后窗外塬畔露出一两枝花树，朋友圈有人发去崇信铜城峡观花之图片，方知春深几许，桃李已争春。

今晨早餐后编发公众号图文后，依旧临帖练字。妻催我去看外孙女，我观天气晴好，遂提议去上关看桃花，回来再去看外孙女。妻笑曰：你今年没看你的桃花去，怪不得没精神。我说：在家憋闷多日了，出去敞亮敞亮，散散心。

已是十一点，电话联系上了好友王宝琛和马忠良，说好了到上关吃午饭。忠良说上关没回民食堂，就自备了干粮。

我开车，山路崎岖，边走边拉话，到水联查码放行。到上关街一家农家乐饭馆，我们每人要了一碗西红柿鸡蛋烩面，忠良则吃泡面和油饼。

从街道西侧一窄道上山。山坡已是桃花灼灼，我忙掏出手机拍照，而天空已然飘落几点雨星。忠良说不怕，没大雨。我说，微雨游山观桃花别有一番意味呢。

之字形的山路，边爬边拍照。远观，山坳里氤氲的是霞光一样的一片片灿烂；近瞧，一两朵粉白粉白的桃花素雅净洁，来一个特写，留一朵桃花的倩影。这时候就想起崔护的诗句来：

去年今日此门中，人面桃花相映红。

人面不知何处去，桃花依旧笑春风。

这是崔护写郊外看桃花与一位妙龄女子邂逅的情景。把人面比作桃花可见其美，说桃花依旧笑春风。这"笑"字用得多妙呀，桃花温婉宜人的神态跃然于眼前。

是的，这满山的桃花含情笑在这浩荡的春风里，连同这山坡上萌动的草绿和落叶松翠翠的新绿，激活催醒的是我等沉睡麻木的心灵，春天也就在我们心里了。

我说：有一句口语叫"桃花红，杏花白"。

忠良说：我们这儿看到的正好相反，是"桃花白，杏花红"。我仔细看，果然这里的桃花是纯白色的，而不远处的一棵杏树已露出了粉红的花苞。

回来查询，原来我记得的那句话不是口语，是歌词，是河北民歌《小放牛》中的歌词：

桃花红，梨花白，眼前只见白花开，明朝难免风雨催，好景不常在，永远分不开。

又是借桃花歌唱爱情的词句。

上得山来，山门紧闭。许是因为疫情的缘故吧，山庙也不开放。红漆大门锁着，倒是门旁一石碑上刻有已故程获白老先生的桃花诗：

桃花山上尽桃花，堆如云朵染似霞。

青春颜色无限好，编成山歌唱万家。

老先生倒是深得上关桃花之性之貌，比喻描摹得十分恰切，可有谁编成山歌传唱了呢？

山庙寂静。看来，今年的三月三桃花山庙会只能在静默中度过了。

我们只得绕山梁朝东在树林中穿行。妻说，这里桃花真多，壕壕峁峁坡坡洼洼上都有。是的，桃花的遍地开放才蔚为这人间少有的景观。

凑近轻嗅花香，鼻孔胀满，香透肺腑。与一朵花的重逢，是我在这个春天最大的收获。

"心有猛虎，细嗅蔷薇。"我对英国诗人西格里夫·萨松的这诗句总有不解，"猛虎"与芬芳而美丽的蔷薇有什么关联呢？查解曰：老虎也会有细嗅蔷薇的时候，忙碌而远大的雄心也会被温柔和美丽折服，安然感受美好。这里讲的是人性中阳刚与阴柔的两面。

这英国诗人也在教育我等还得时有"细嗅蔷薇"的阴柔之气，那就去看桃花，安然感受这份美好。

听宝琛和忠良说，上关原来以街道为界，街北属华亭县，街南及东部的半川、西庄则属崇信县，一乡分属两县管，真稀奇。两县合并过，后来又分开，华亭曾并入过平凉县。哦，真是有分有合，沧海桑田啊。此外，还说到三乡山的方位及命名的由来。

一路逶迤一路看，荆棘丛中桃花把头探，立于崖畔选景拍照，好角度，好景致，一丛桃花多灿烂，背景深处是上关村的新景观。桃花年年如期绽放，依旧笑在春风里，上关年年在扮靓，人们陶醉在桃花香气满溢的春风里……

2022 年 4 月 1 日

西华看花

华亭西边有个镇子叫西华，我去西华看花。

在草滩，万寿菊正盛，橙黄色的花苞在秋阳下笑着。秋风拂过锦缎一样柔软的花海，香气弥漫在秋野，有蜜蜂嗡嗡嘤嘤。我独自徘徊在花畦边，沉醉，沉醉。与一朵菊花的相遇是我在这个秋天最美的邂逅，心花怒放的不只是万寿菊，秋的丰盛里有农人对幸福的诠释。

我信步于村头硬化路，但见一排排新农村房屋精致美观，文化广场气派，乡村舞台高大。多年没来，变化真大。走进村部院子，草滩村"党群服务中心"的大字赫然入目，驻村干部刘永军正从文化活动中心出来，见我，遂聊，说再过几天就采摘售卖万寿菊了。万寿菊是营造花坛、盆景的首选花卉，其根、叶、花都有药用价值。

得知我想看葵花，他忙说："草滩没，葵花在什民，我领你去看。"

什民也是西华的一个村，偏南，在关山脚下。

站在什民治理后的河堤上，对面山洼地里一大片向日葵，已成苍绿色，没有了金黄色的花骨朵儿，只有沉甸甸的葵花盘。

沿河堤边硬化路徐徐东行，青砖灰瓦的新农村住宅一排排，农家院落干净整洁，丁香花艳艳地开着，不知谁家传出阵阵秦腔清唱声。我从大门只瞧见一个拉板胡的中年人。

村东是砖墙白膜的日光温室，看来建设标准极高。在河滩逡巡观看，踩着大块列石过河，村东南河滩上工人正在钢管结构上施工，一问，才知是在建设绳网乐园。

从对面河滩步道逶迤而回，草坪，花木，块石挡墙，茅草房的萌宠乐园……一口辘轳的老井，上斜坡就到了向日葵地头，见几个人在售卖堆积的葵花盘，我则进地拍照，细看弯曲低垂的圆盘葵花，籽粒饱满，茸毛繁多，就从工作人员那里买得两大盘新鲜饱满的葵花。

在村部，支书李俊华告诉我，什民是市列乡村振兴示范村，前几年实施了异地扶贫搬迁项目，现在他们要走农旅融合的路子，开发乡村生态休闲旅游项目，主要有休闲观光露营烧烤、蔬菜鲜果采摘、特色农庄和风情民宿、沙滩戏水绳网娱乐等。

村主任张建文是个九〇后，退伍军人，颇有创业的气魄。他说，村上建成日光温室十座，每座投资二十二万元，正在动员村民承包经营，种植了一百亩向日葵，还有一百亩黄花菜和五百亩核桃，盘活了两个养牛小区。最近村上正筹划举办旅游文化节……

偏僻落后闭塞的穷山村，竟有如此的大动作，大变化。在我的印象中，什民人干什么事都敢于冒尖，有股倔强劲儿。

2022 年 8 月 31 日

仙姑山

不知是三姑拉山聚海的传说美丽着这方水土，还是山下绿油油的田畴和日益鲜亮起来的镇街的诱惑，我情不自禁地登临仙姑山，顿觉眼前的景象要比传说中美丽了许多。

从县城骑车一路向西，秋风送爽，稔香扑鼻，公路两旁是茁壮的玉米和花衣裳般的荞麦，果农的笑声荡漾在沉甸甸的枝头，赶集的农人车载驴驮，三五成群去城里推销他们丰收的喜悦。我的身心完全沐浴在这秋的畅意之中，很快便来到了仙姑山下的西华乡。我和乡政府的小李一同采访了西塬村的养猪状元和果树大王，深深感到关山脚下的农民已不是昔日"腰间一条麻绳，逢人只是憨笑"的模样了。走进西华新街，平展展的柏油马路承载着不再穿烂麻鞋的脚板，瓷砖闪亮的楼房已代替了低矮的土瓦房，小康屋的店铺门面成为一道耀眼的风景，正圆着乡村人祖祖辈辈的梦想。有红裙子飘过，光彩照人，谁还能说山村不会打扮自己呢！

山村总有说不完的新鲜事，还是去仙姑山感受另一种风景吧。我和小李沿街走到山脚，又顺山径缓缓而上。我就为小李讲起了仙姑山的传说。传说华亭在夏朝时为庐国，国王的三个女儿人形仙质，各有法力。国王为鉴别三个女儿的法力，让她们各显神通。三个仙姑决定一夜运来关山牛舌堡的巨峰以塞东峡隘口，变华亭川地为湖海，并约定鸡鸣结束。不料，三妹运山至半川，大姐远远落在后面，眼看三更已到，她怕输给三妹，便效仿鸡啼引起了四面八方的鸡鸣。于是三妹只好回去交差，这方山峰就留在华亭西华的半川里。这就是仙姑山。

讲完仙姑山的传说，我问小李："仙姑山的传说你觉得有什么意义？"小李搔搔脑门说："我想任何传说都寄寓着一个地方人民的意愿和想象。仙姑拉山聚海的故事不也寄托着劳动人民对真善美的褒扬和追求吗？"我点头称是。

小李又说："我觉得仙姑山是一种象征，你看它独立于西华川，西对关山，东望峡口，凸显的是山民们不甘贫困的企盼。"我心里暗暗为这个年轻人语出惊人而赞叹。

这时，山坡上的野花笑对秋阳，棵棵青松绿意浓浓，似在静静地迎接每一位造访者。山顶狭长平坦，有两座庙宇很传统地扎根在那里。一只雄鹰盘旋掠过树梢，又飞向那窎远的蓝天。放眼长川，各种形式建筑拔节般往上长，隆隆的机声传达出煤城人致富路上的跫音，而关山，仍然苍黛如画，昔日打柴的汉子哪里去了？小李笑着指指山下的乡办石料厂和石灰厂，我也笑了。

坐于山顶草地，任初秋的阳光抚慰浮躁的心灵，山下一池秋水映入眼帘，俯瞰街道新景，远眺碧空白云，真是令人喜洋洋。小李说："仙姑山的美景还在后头哩。待将来这里绿化一新，修起亭台楼阁，建成旅游度假区，再来领略另一番景象吧。"我说："仙姑山赶上了好时代，她能不越来越美吗？"小李笑出了声，我俩便在笑声中踏着斜阳下了山。这是1998年5月的一桩游事。

十五年后我又登临仙姑山看见了月亮。

今年农历六月的一天，我吃完晚饭后，感觉天气异常燥热，就决定和妻子一起开车去仙姑山游转一下。

我们沿着山路慢慢往上开，路两边长满了野草，还有各种野花，看得人眼花缭乱。不时有小山雀结伴飞回巢穴，山下的农田里，蛙声连天，它们咕咕呱呱地叫着，好像在自由自在地唱歌。

等我们爬到山顶，看见东南边的山旁边挂着一个大大的月亮，像个大圆盘一样。我问妻子，还没到八点，怎么月亮就出来了？妻子提醒我说，今天是农历六月十五，是月圆之夜。我一听高兴极了，就站在那里静静地观看。月亮又大又圆，特别亮，照得山里的影子都模模糊糊的，树木也看起来朦朦胧胧的。吹来的风感觉特别凉爽。

可惜我没带相机，只好用手机拍了几张照片。照片里，树枝旁边，就是那个又大又圆的月亮。山里很安静，树也不动，风吹得人很舒服；草色虽然有点暗，但花香很浓郁，村子看起来很美，还有那此起彼伏的蛙声。这黄昏的仙姑山真是美妙极了。

　　夜色越来越深，月亮看起来也越来越大。我们开始下山，感觉月亮好像也跟着我们走。我突然想到一句诗"月上柳梢头"，妻子接了一句"人约黄昏后"。

2013 年 7 月 22 日

月之莲湖

鸿昊临街的路灯橘黄，散发着柔和的光，远山的廓影淡淡的。秦腔自乐班正在演唱，一折《二进宫》惹来阵阵喝彩声和掌声，又一家"扬子地板"店面开张了。

信步走过"天街"，几个青年正在打篮球，虎虎有生气。折道来到莲花湖公园，远远瞧见一轮明月挂于南天宇。哦，原来今天是五月十五——月圆之日。徐徐而行，树影婆娑，月在柳梢，时而露出调皮的脸，时而钻进树后捉迷藏。循声来到湖畔，石凳上两个中年男子正在演奏笛子曲《映山红》，曲调悠扬婉转。那月，更加明亮了，仿佛那曲调来自月宫，在树木花草间飘荡，飘荡。这使我想起早年唱过的一首歌《月之故乡》"天上一个月亮，水里一个月亮"的词句来；我又想到，"天上一个月亮，心里一个月亮。"我的故乡在关山脚下的山寨，月下的故乡一定安宁祥和吧，一如这莲花湖的月夜。

水上摇晃着装饰灯的魅影，闪烁着迷人的眼；有人在夜幕下垂钓，安静而有耐心，白天的劳顿和烦嚣在这里都沉静下来，给心一处安顿之地，也是不错的选择。而这时，月在雷神山山顶朗照着，人在莲花湖畔悠游着，孩子在沙滩嬉戏，青年男女牵手谈情。

管弦歌声早飘进耳际，走过曲桥栏杆，凉亭下聚着一伙人观看，有单簧管、小提琴和萨克斯，一女青年唱罢一曲，又有一男青年即兴演唱了一首《天下有情人》的歌曲。之后矿区一位退休白发职工深情演唱了歌曲《党啊，亲爱的妈妈》，歌声如在水上漂，在夜空中回荡；欣赏者一脸陶醉的表情，不时报以掌声。清凉如水之夜，皓月当空之夜，莲花湖歌声之夜，有此一乐，岂不快哉。遂想起《醉翁亭记》的"山水之乐，得之心而寓之酒也"，我则说："山水之乐，得之心而寓之歌也。"

散步至小广场，男女正在激扬的乐曲中翩翩起舞，潇洒而自在。又想到

"国泰民安"和"安居乐业"这样的词语，民安才能国泰，安居方可乐业，民之安乐如许，祥和之兆也。我一介草民，亦将在莲湖与众随俗安乐了。此时，一轮皓月在山水间明亮着，我也在月光的清照下慢慢回家去。

2016 年 6 月 19 日

再游裕光

天下之大，无奇不有；美景之多，无处不在。余早年游览国内景区，近又喜观电视旅游探访类节目，觉每地均有特色景致。

今旅游业方兴未艾，而人群蜂拥而至处未必尽兴。余乃率性随缘散淡之人，喜随时随遇而游。近之地，亦有美景，若偶遇，幸甚喜哉！

裕光一村，亦偶遇一小地美景也，如柳柳州笔下之"小石潭"，实不多遇也。

裕光者，华亭一村也，其在东华镇黎明村西北一山沟。原名白草峪，因境内水潭有白鱼而得名。后改"裕光"，取"要富裕，前途光明"之意。

向晚时分，驱车经黎明至裕光沟中，硬化路直通沟里，至一坡处，远瞧一线水流挂于石间，实一小瀑也。遂停车，跳坎近于谷底，草蒿丰茂，没于人膝，立于侧石，手机摄录。流水哗哗，飞溅水花，白中透亮，并非大瀑巨流，细绳一般，悬于石间。

石下有一小潭，清水潺湲回旋，又跌落石坎，缓缓流下。旁有青青芦草碧翠鲜亮，掬水洗面，双手润滑，脸面清爽。

小坐，清静。唯水声，唯清风，唯青草，唯我心。

巨石，天之造化也。白且洁，适水流也。攀石而上，实一小溪流。

妻已于山坡草丛间采摘草莓也。适一翁吆牛，牛饮水间，两大一小，亲切可人。天已晦，不忍离去。

余叹曰：真乃美景也！奈何无暇逗留小憩，流连品味其中。妻笑，余回首。

车行沟里，又见一庄子，农户渐稀，路亦渐狭。遂右拐至一沙石山路，极峻，转至尽头乃一路基侧坡，转向，停车，徒步拾阶而上，见宽大之路面。原为新筑平华路也。沿路基溜达，暮色已降，驱车而返。往返慢行，观看风景，农家境况，已而入眼，山树环村，清风明月，已入吾怀。

时在庚子仲夏五月十四日，亦月圆之时也。

咦，美景无处不在，小景亦有乐趣。得闲乎？得有心境乎？又何必终日牵累，又何必舍近求远哉！

再游裕光。

山村多见，而令人留恋难忘者鲜。余以为以有奇景或幽妙之处者拴心也。

庚子仲夏，余曾游裕光，叹曰实美景之地。不想镇村颇具慧眼，于今已开发为景区矣。

正月十六游一游，外出赏春百病丢。癸卯正月十六，余驱车拉岳父母和妻子至裕光。

暌违两年余，当刮目相看。筑堰堤，建便道，通木桥，水皆为冰，将融未融，巨石卧滩，随形布势，冰窟水流，珠玉迸溅，美女拍照，孩童溜冰，笑溢沟谷，春意融融。

走木桥，拐石滩，经彩亭，绕后山，上南峰，西北望，山川里，云烟轻笼白墙现，油松戴帽山林疏，对面山庙红绸飘，人工浮桥半空悬，仁亭远眺，山谷幽深，丘岭若隐，夕阳斜晖，足下白冰如带，挪步曲桥而下，飘飘如仙也！

此沟底山谷景也，前沟畔尚有儿童游玩设施。

遂想，乡村休闲游方兴未艾，此乡村振兴之途也；家门口亦有景，贵在发现和打造。有山有水方为妙境，随形赋势贵在自然，万不可因造景而破坏自然景观之元气也。

2023 年 2 月 6 日

砚峡册页

砚峡之砚

品读乡名，该是出产砚台的绝好地方啊！我一路观景一路在寻思着砚峡有没有砚石和砚台的问题。没有，至今没有留下来一个砚台的影迹。是岁月的无情抑或我的失望，让我久久寻找体味砚峡之砚。砚石不复，砚台焉存？

去东沟之前，我就查寻砚峡及东沟的有关资料，《华亭新修县志》上有"砚峡以山峡中曾产砚石而得名"的记载，不同史料中也有零星记载。问同行者中曾在砚峡乡工作过的马忠良先生，他说，砚峡过去是有砚石，应该在砚北南风井那里的山峡里，据说历史上曾有批量砚石出产，也雕磨过砚台。

我想，那该是一种多么精美的砚台，摆放于案几，飘散出淡淡的墨香，是我等文人的最爱。不信你瞧，明代赵时春有诗为证：

> 千秋砚峡石，磨墨供吾笔。
>
> 龙虎踞毫端，烟云散窟室。

可见，砚峡之砚石是制作砚台的绝好材料，难怪赵时春对砚峡砚台那么钟爱，常游览领略秀丽的峡谷和雄奇异石，并与砚匠一起研究改进制砚工艺。他轻蘸砚峡砚台之墨，直抒胸臆，写出了那么多的佳作。

我也是学书法之人，多么想拥有一方砚峡之石制作的精美的砚台！

可峡中的砚石早已枯竭，已找不见一片半星的砚石了。惜哉，砚峡之砚石，砚峡之砚台！

砚峡之煤

砚峡是名副其实的煤乡，煤炭储量丰富，且煤质优良，华亭人都称赞砚峡煤炭好，乌金一样。早在两千多年前就有先民在这里采煤了。小作坊、小煤窑开采大概是19世纪四十年代的事了。不过以前的采煤都是镐挖人背，我在砚峡社区展览馆看过煤陶文化展，雕刻着一瘦弱的男子叼一盏煤油灯，于狭窄的巷道里低头吃力地拉一箩筐煤，令人想到先民生存之不易。

我年轻时在县委报道组干过几年记者，曾多次实地采访砚峡几个煤矿的发展。20世纪九十年代末大搞技改，机械综采，皮带运输，产量提升。砚峡乡一共有三对矿井，乡煤矿、砚峡社区煤矿和东沟社区煤矿，年产煤量都在一二十万吨。后来，又以这三对煤矿为依托，成立了砚峡煤业有限责任公司，实现了规范运作，抱团发展。

近几年我常去砚峡乡和有关煤矿联系文艺演出事宜，知道有两对煤矿因换办证照问题而一度停产，今问乡上同志，答复说乡矿已复产。

煤矿办得红红火火，不断发展壮大，为乡域经济注入了强大动力，随之而来的严重问题是地面塌陷！面对塌陷区群众生产生活困难，县乡两级投入了大量资金进行塌陷治理，砚峡乡大多数人移民搬迁了，搬进县城的有砚峡社区、麻池社区、东沟社区和兴砚御苑，还有麻池社区策底安置点，村子变社区，村民变居民，他们大多数进城生活了。近几年乡上实施了许多转型发展产业，该乡的曹家沟就建有人畜分离的标准化养殖小区牛棚二十三座，开始肉牛育肥；林麝养殖是砚峡乡的特色产业，在东沟社区堡子梁就建有慧源麝业林麝养殖有限责任公司和省级示范合作社，并在曹家沟、靳家湾、窑洼建成三个林麝养殖场，全乡林麝存栏已有四百多只，年产麝香三千克。另外，全乡范围内栽植核桃三千多亩，多数已挂果；在黎明川和麻池建有两处芍药种植基地；有梅花鹿养殖企业两户，进而发展中蜂养殖和林下养鸡等特色产业。陶瓷也曾是砚峡一时兴盛过的产业，因其境内有陶土和坩泥等自然资源。后来由于资源少了，陶瓷产业就转移到安口发展起来。

砚峡之绿

别以为砚峡是矿区，就光秃干瘪，其实砚峡山林丰茂，植被良好，处处是绿。乡南边的朝那山树木连绵，北边丘壑间多见次森林，郁郁葱葱把砚峡渲染得绿意盎然。站在东沟雷祖庙台环视，山林浓绿得光鲜可爱。驱车砚峡几道山梁，车外掠过大片林木，新植行道树缠梁沿路排列，还有油松、落叶松等。从东沟北行经沟谷去韩河，身旁山谷树木繁茂，花草间杂，溪水流过沟底，哗哗有声，间或有一两只锦鸡觅食于林草间。

韩河是个好地方。河水潺湲，水声轻缓如絮语。两边山上树木葱郁，夕照下河水泛着金光。这里幽静极了，小鸟在水边嬉戏，蜻蜓和水蚊子轻嗡浅嘤。面对如此静美的山水，人就能回归自我。一丝微风拂过，全身清凉爽快多了，河边有绿绿的草，黄黄的花，对面山上有一座亭子，这真是避暑游玩的绝妙之地。

砚峡之诗

砚峡出煤，也出过大诗人。明朝嘉靖才子赵时春的出生地就在砚峡，他在仕途上三起三落，被罢官"听旨调用"期间回到老家，在砚峡雨亭沟生活多年，据说砚峡还有几十个赵时春的后裔，至今还供奉着这个"都堂先祖"。"文革"前砚峡乡政府后的北坡还有石牌门、石人石马等遗址。据说，河西剡家沟是他一个偏房刘金台的娘家，所以他也常去河西老丈人刘时中家里。其间他曾去平凉住过几年，编修《平凉府通志》，后又回华亭居住生活。他和当时的王知县一起参与、组织、设计、修建了华亭"惠民渠"，从西华仙姑山附近截水向北，由上亭庙进入官道，经今张庄、赵庄、祁家沟、西关村而由西门入城，出县城东门后入汭河，使沿途千亩良田得到灌溉。

赵时春喜欢华亭这一方山水，他上千篇诗文大部分是在华亭写的，有一百多篇（首）是写华亭山川风情的。嘉靖四十四年元旦，赵时春到砚峡祭祀祖先，顺便观赏了砚峡的风光，写下了《元日砚峡祀先》：

> 山中徒祀当新岁，石上铺筵依旧堂。
> 海色云霞明日月，风声天地助笙簧。
> 衣冠再拜携村老，县署三呼似上阳。
> 无意任缘皆得意，随乡那复愠他乡。

嘉靖十七年，赵时春第一次被削职回到家乡，登上华亭西部的关山余脉白崖山，写下了《登白崖山五首》，其一：

> 独上摩云岭，遥瞻大震关。
> 秦凉千里道，仪陇万重山。
> 绿水乱飞渡，百云示自闲。
> 十年成昨梦，高卧碧云间。

读赵时春诗句，我也不揣浅陋，为砚峡吟诗一首吧：

> 因砚名峡多乌金，
> 遍地绿色景象新。
> 转型发力兴产业，
> 芍药花开映日红。

在东沟

小渔村，荡游艇；养殖区，孔雀把屏展；大棚内，新栽蔬菜鲜；小渔村，欢声笑语满沟传。

2020年6月20日，我和一帮文友早早来到东沟社区，参加东沟社区举办的"小渔村第一届乡村旅游文化节"。时间尚早，工作人员正在忙着准备会场，调试规整景点相关设施。我们几人就慢慢地走，细细地看，在游走中品味东沟的韵味，在挂有彩条的走廊上坐凳小憩，在溪水旁静观一轮大水车的转动，岁月的古老沧桑之意就掠过心头。茅草长廊里已摆好条桌，说是为书画家准备现场书写作画的。西边有一处大型秋千架，年轻女子和孩童在上面玩耍，旁边还有彩色轮胎架。我问工作人员彩虹滑道地点在哪儿，便独自沿沟边硬化路往西走，拐北又行，老远看见山坡上铺展彩色相间的塑制滑道，疑似彩虹落人间，美丽极了。远远望去，上面有小伙子和少女在下滑。拍几张美照后我又折回，沿社区另一条山路上行，到半山坡滑道起点。这里人真多，山谷里充满了欢声笑语。慢慢下得山来，水池里游艇上的人多了起来，东边山坡上、水池旁的农家乐里游人已在品尝乡村美味。

我以前几次来过东沟社区的，和现任社区书记唐国继是好朋友。和一帮戏友在东沟演唱过秦腔，在这里住了几天。给我的感觉是：坡陡，促狭，偏僻，却生态好，有煤矿，人淳朴，发展快。一部分人搬进城里的东沟社区居民点，一部分人留居半山坡，房屋都进行了改造，白墙红瓦翻修一新，几户门前停有小汽车。几乎每家有一名矿上上班的，他们务农务工多渠道增加收入，所以日子也就过得红红火火。游转时恰碰见唐书记在督促相关准备工作，寒暄后我说："乡村旅游是新兴产业，这下你干到点子上了，有眼光，有魄力！"他只是谦虚地笑了笑。

平台上搭建有舞台。上午十点半，"畅游砚峡山水，发掘乡村文化"砚峡乡东沟"小渔村"第一届乡村旅游文化节开幕式举行。乡村领导简短讲话后，舞蹈、秦腔清唱等文艺表演节目开始。高分贝的扩音设备使一向沉寂的东沟山野充满了歌声秦韵。人潮涌动是一个地方旅游兴旺的标志。东沟正在转型打造旅游这张名片，借助于煤矿的支撑和产业链的形成，必将带来振兴！

2020年6月21日

去建沟

走亲戚

因为一些特殊原因，我已经好几年没去走亲戚了。但我一直惦记着我远在河西镇建沟村大河滩社的唯一姨娘，打算去拜访她。听母亲说姨娘家里有小猫，我老婆便想带一只回来给她娘家。

早晨从县城回山寨老家，带着母亲一起去，母亲也多时未去看她妹妹了。车子从峡滩墚翻过，越杨庄，过镇街，左拐进村道。硬化的通村道路好走，远则远矣，一个小时就到。母亲说，那时走一回大河滩，来回步行，走一天的路，乏累得很，那时年轻，现在老了走不动了。我说，知道你想去我姨家了，我就开车拉你，以后想去了我也拉你去。

六十多岁的姨在家。见我们进门，喜得不知说什么，招呼我们进屋，说儿子去地里放玉米苗儿去了，她一人在家。姨忙不迭地递烟倒水，妻拿出了两件羽绒棉衣给姨，我给姨一斤茶叶和一百元钱。姨父去年离世，姨也挺不容易的。

姨去做饭了，我、母亲和妻子去山台上转，想看看姨家老宅旧址。她两个儿子家和全社人都从山台地搬迁到河滩平地了。老址是我小时去过的地方，在一个陡洼上，通行极为不便，要上山跋洼。出门左拐路过小学和村部，沿陡山小路爬行，灌木满山，野李子花繁盛。妻发现了几株五爪嫩叶，摘了一些，我则拍照觅寻野趣春意。爬上山台，只见几处废弃的宅院断垣残瓦，姨家的宅子也被夷为平地，依稀有旧日的方位和模样。山根下只存留两截断墙，侧旁一棵大核桃树已经枯干。沧海桑田，从山洼移居平川，建起的是移民新居，方便的是生产生活。沿山台绕行便道下山，对面山势巍峨，山峰如双乳，引得妻连连惊叹。我在想小学校为什么无人。后来姨说，没娃娃念书了，学校也就停了。

回到姨家，表弟也回来了。边吃饭边聊，姨擀的手工面真香。得知表弟在家养牛，耕种庄稼，他儿子在策底开了铲车维修部，生意尚好，儿媳在河西街道开了化妆品店，表弟媳去领孙子。一家人各有事干，在穷山沟可算有门路。

摘野菜

山里多野菜。正是暮春时节，山沟山洼五爪特多。我们和亲戚五人朝村子西南方向的牡丹山沟走去，沟里有"成华牧业"的房子。进北边的山沟，刺枝上五爪野菜一蓬一蓬的，叶芽鲜嫩绿亮，得爬山跋洼寻摘，不惧刺扎左挪右拨，走了一个山沟，爬了一条山梁，不到一小时每人摘得一塑料袋，表弟则在对面另一座山上掰来了硕大而新鲜的刺椿头。六七十岁的母亲和姨登山蹿林依然硬朗，我也在采摘野菜中观赏了山景，锻炼了身体。

五人摘了好几斤野菜，全给了我。我挑拣后，开水煮焯、储藏些以备以后食用，再给西安的女儿捎去些。春摘野菜，使我想起一联句：布衣暖，野菜香，唯有诗书继世长；春光美，山中乐，尚余野趣在心房。

观牛场

有则笑话，说一个人觉得鸡蛋好吃，特要寻找到下蛋母鸡看看。喝牛奶，何必见牛？我却是，常年在县城的奶吧打牛奶，就想去看看奶牛养殖场。

况且穷乡僻壤建办一座标准化奶牛养殖场，本身就是一件了不起的事。

表弟的牛棚，位于村头集中养殖区，人畜分离，牛棚建得真好，设计科学实用，水电齐全，卫生干净。表弟有两座牛棚，育牛十头，西蒙达尔等品种牛膘肥体壮，玉米秸秆饲料堆放整齐，自吸泵井水装在棚内。去年秋季开始养牛，已生有两头牛犊，喜得表弟合不拢嘴。养殖区还建有工作房，供饲养人员住用。表弟说一共有二十一户在这里养殖。

再去隔壁绿鑫源奶牛养殖场，副经理卜志峰领我参观了奶牛和饲料房。聊天中得知，绿鑫源农民专业合作社已建成运营三年时间，是集奶牛养殖、繁育、产奶、销售为一体的标准化养殖合作社，是由卜氏兄弟联合其他三人出资共建的股份合作制龙头企业。其注册资金已达六百万元，有标准化牛栅三幢，青贮池三个，还有饲料加工车间和无菌包装车间，购置有挤奶制冷消毒包装一体的机械设备和冷藏车，现有奶牛五十头，黄牛十三头，有职工十多人，流转土地六百二十多亩种植青贮玉米，吸纳周边农民临时性务工。

交谈中得知，三十多岁的卜志峰养奶牛已有些经历了，先在家小打小闹养，再到县城东华灌和张庄养，后因故停养几年，又东山再起在建沟办养殖场，凭着一股子拼劲、闯劲和合作精神才有今天的规模和成就。

我却说，过去因工作关系参观过全市的好多养牛场，并不稀奇。建沟奶牛养殖场，却让我钦佩。为什么呢？贫困而又偏僻的山村，青年人要么守着几亩薄田走传统农业之路，要么一筹莫展推天度日，而面对市场经济的大潮，农村青年的出路在哪里？我以为一切是人的因素，是人的精气神。不甘于穷乡僻壤，走现代产业之路，敢闯敢干是卜氏兄弟的可贵之处。

石佛在哪里

建沟，亦称殿沟。早知道这里有北魏石佛群的，早年当记者时实地查看过遗址，只有残留的数座石座石墩在沟里叹息。早年放于庙宇废墟之上的十八尊圆雕石佛像，被破坏偷盗的不行，20世纪九十年代搬迁至河西乡飞凤山朝阳宫庙集中保管。但仍有偷盗事件发生。后来县文物部门运至馆内珍藏，只剩几尊和一些残损部件。如今在市博物馆尚能看到修复后的几尊石佛像，依然能领略到石雕佛像做工的精美绝伦和造型的生动逼真。

我去建沟，无意寻访古迹，只是想起有这么一件事，华亭文化文物方面一件曾经辉煌称美的古迹，如今再也找寻不到了，石佛群在哪里？我追问。

文物的被盗损又一次见证了野蛮和贫穷，文物的保护一再向我们敲响着警钟。

惜哉！

2022 年 4 月 30 日

皇甫山遐思

历史的烟尘湮没了魏晋时期皇甫家族的繁盛，而华亭城西的皇甫山庄至今仍为一块风水宝地。

一千七百年后的某一天，我读完了有关皇甫谧的评传后，怀着思古之幽情去了皇甫山庄。我不管一代大学者是否就出生在这里（那是历史学家的事），一座皇甫山一条皇甫路还是在岁月的风尘里留给了华亭。听不到刀枪剑戟的杀伐声，看不到富丽堂皇的宅院楼阁。一条弯弯曲曲的羊肠小道延续着祖祖辈辈的梦。登临皇甫山巅，黄土堆垒的圆台默守山岗，想必是皇甫家族筑垒的瞭望台遗址吧。捡一片断瓦残砾，我似乎听到了古人的哭声和笑声。我知道灵台城东有一处皇甫谧先生的读书台，但不知先生是否来华尖山庄读书作文呢。我知道这位大学者幼年父母双亡，家贫如洗，二十多岁了还游手好闲，不学无术，后来在他叔母任氏的教导下才开始发奋攻读，醉心于著书立说的事业。我也知道他后半生经受了病痛的苦苦折磨，但一颗追求真理与知识的心并未泯灭。他隐居乡里，潜心学术，成为集思想家、文学家、医学家为一身的一代学者。他那篇《三都赋序》曾使洛阳纸贵，他在《笃终论》一文中提倡的薄葬思想至今仍有积极意义。一部《针灸甲乙经》更是他留给世人的宝贵财富，在祖国医学史上拥有独特的地位。

独坐皇甫山，听到不远处从学校里传出来读书声，莘莘学子正为了这片土地不再贫穷而遨游书海。举首仰视，一座耸入云天的电视转播塔在讲述煤城人新鲜的故事。皇甫山是宜人的，难怪昔日赫赫有名的皇甫家族要选此地为家。仪洲人是有福的，这里襟汭带川。遥对叠翠的双凤山，朝可观东峡之日出，暮可读关山之夕照，山下麦苗儿青青，崖畔桃花灼灼。昔日华尖山美丽的亭子虽然已看不到，可山下的景观更令人陶醉。华亭千日起新城，新建的双凤山公园亭台楼阁不亚于古代的园林，华亭人以巨大的气魄把高楼大厦延伸到了西华川道，城东的峡口正崛起一座现代化的矿井，华亭电厂、华矿洗煤厂正在加紧施工，看城里店铺林立、车水马龙，华亭人正用勤劳的双手把贫穷与落后改写。

夕阳给皇甫山披上了锦绣，万道霞光映"金山"。牧归的老汉赶着羊群唱着陇东小调，牧鞭扬起，黄昏就被吆进了山城。观华灯初上的夜景，华亭已分明是一颗美丽的明珠，是夜色中璀璨多彩的梦境。

1998 年 3 月 16 日

在窑头镇

一

这里是安口窑陶瓷的发源地。说是镇，其实是村。这里的镇，不是行政建制的镇，而是旧时对集市所在村的特称，是商品集散地。

这里的商品是什么呢？陶瓷。遥想当年，这里最多的该是窑了。据同行者潘会新介绍，民国时期这里的瓷窑就有五十余座，仅私人陶瓷生产厂家就有一百三十多家，十三省的窑工在此安家落户，陶瓷从业者多达几千人。

窑头镇在安口，如今叫高镇村。这里的陶瓷制作始于唐。宋、元烧制黑瓷、"铁锈花"、青瓷，明清烧制黑陶、白陶，此地有陇上窑之称，历史上就曾以四大瓷窑之一闻名，生产各类日用陶，安口窑之名即由此而来。这高镇村就是真正的古窑遗址。

二

很多人来到了这里，参观、游览、吊古、伤怀，写出了许多文章。

秋日，我也来到了这里。

在窑头镇，到处是陶器瓷片。墙上嵌有陶罐，院边垒着陶缸墙，墙是古人将瓷器与土混合做成与大西北民居相呼应的土筑结构，瓷器为碗、瓷器为杯、瓷器为桶也是有的，菜园边、花坛旁、杂草间，总是埋藏堆垒着破缸烂罐。行走在秋草遍布的山村小道，脚下是落叶的沙沙声。断垣残壁间，总有堆垒在院墙边的陶罐与我相遇，总有散发着釉光的瓷片把我的思绪带到隐没在岁月深处的时光。我想象着，先民窑工们穿着破烂的衣衫，青筋裸露的臂膀在烈日下挥汗如雨，手攥陶泥，制胚，晾晒，烧烤，上釉，精心制作着一件件陶器。野鸡红的釉色最好看了，潘会新说。我感觉着，这些陶瓷残片在向我诉说着岁月的沧桑和远去的辉光。

窑神庙里供奉着瓷器人赖以为生、尊敬有加的窑神。庙殿已毁，三层台地里徒留荒草。据说上台为人文始祖三皇五帝诸殿，中为对口僧房，下为双层戏楼建筑。庙院松柏参天，巨钟高悬，每逢庙会，善男信女，商户民众，络绎不绝，表达了窑工们祈求吉祥平安、生意兴隆的愿望。

逶迤而行，秋草掩径，不时有堆放的陶罐出现。在半坡的台地上，有一处古朴的院落民居，名曰云舒之缘。推开院门，坐北朝南的三间砖木房舍赫然入目，古旧、破败而又不失朴雅素美，环境幽静极了，树木环合，草花葳蕤，院中有石条，以及陶器贴面的墙，一棵古柏根部还箍围着半截缸体。

拐弯上坡来到一处院落，但见一棵参天古槐，枝叶遮盖了大半个院子，石院墙上立着一排瓷缸；一个石磨一样的圆盘吸引了我。老潘说，这叫轮盘，用来制坯，中间有孔，按轴转动，两旁方孔，插楔固定泥浆，盘边用麻股杈作皮带转动。匠人在此轮盘上手随心到，巧思善运，制作出花样翻新的陶器泥坯来。我在院子里慢慢转悠、寻觅，仿佛在品咂窑头的烟火气，陶罐遍地，仿佛还带着窑工的体温。

潘会新陪我们下坡拐弯去对面台地寻觅古窑遗址。老潘说，这沟坡一带多的是土窑，窑工以外地人居多，陕西山原、凤翔人来这里开窑，带来了耀州窑的工艺技术。如今，土层、草木掩盖了土窑，多有残陶瓷片露出土层。

上得坡台，老潘指着一处地方说，那是马车场——公私合营后国有陶瓷厂的马车场。合营后有几个分厂：新华厂、耐火材料厂等。

老潘领我们走到下面一个台地，说是他家老宅兼窑口。我们在大门处看到一座砖箍陶窑，里面有半成品的陶罐。另一处棚子下还有瓷窑的烧成炉、模具等。

我们边走边看，听老潘讲述。我在陶罐瓷片中寻觅曾经的繁盛和荣光，在秋草尘土里感叹岁月的更迭和陶瓷业的兴衰……

走下陡坡路，我俯身捡起土层里露出的几块瓷片陶块，抓一把土层里裸露的白灰粉，随风扬起，我的感叹和痛惜之情也如这白灰粉一样绵软、飘荡……

三

在走过刘家堡子"涓涓之力"右拐后一块平地上，我们看见几个工匠在用砖箍窑。椭圆形的窑基已砌好，有风门和火仓。老潘说，没有传统建窑的图纸和标准，只得研究摸索着修建，长短宽窄高低一丝半毫都不能有差池，风门的选向也有讲究。这是安口镇实施的古村落保护项目之一。

终于看到窑头镇陶窑的样子了！不久，窑头镇的窑里又将冒烟了，传统手工制陶的场景又将重现在人们的眼前。

看到此，我一路沉重的心情才稍稍疏解。

王国清是窑头镇人，也是安口陶瓷厂一名老职工。他1982年从金昌八八六镍矿厂调到安口陶瓷厂，在泥料加工车间干了十多年，对选料、淘洗、破碎、上水碾、球磨成浆、除铁、榨泥、练泥等环节的技术要求了如指掌。他给我们讲解了粗瓷和细瓷的区别、陶瓷厂科研情况和彩绘艺人的传承变化。他说，20世纪八十年代陶瓷厂效益最好，产品供不应求，最多时有职工（包括临时工）一千八百多人。后来因管理不善等原因衰落了。

令人唏嘘的不只是两个国有厂子（陶瓷厂、电瓷厂）的衰落，还有精美陶瓷产品的流失。李炳江就是一位有心人。这个从秦安来大柳煤矿上班的年轻人把业余时间用在了陶瓷产品的收集上。在他的收集展示室内，我看到了琳琅满目的坛坛罐罐和精品工艺陶瓷，有反弹琵琶、十二生肖、神仙仕女等。

听说，还有个叫高生杰的泾川人在陶瓷厂干了五十多年，如今八十多岁的他手指变形弯曲，是长年累月干轮盘制坯的结果，不禁让人肃然起敬，一位老工人把自己的一生奉献给了陶瓷制造。

四

我与安口是有缘的。1996年曾在华亭县二中教过一年学，星期天常骑自行车去镇街买菜。那时瓷市街还相对繁华，人流量也大，十字街市场内摊点较多，人来人往，叫卖声不断。

后来我调到县委报道组工作，常去陶瓷厂、电瓷厂采访，那时两厂还在尽力维持生产。1997年十月，我作为记者有幸参与采访了华亭县第一届陶瓷产品交易会，回来写了一篇题为《安口》的小文：

> 两面山山峁峁夹一尾"鱼"形的狭长地带，在很多年前就以她宽大的胸襟接纳了走州过县逃难到这里的三省十八县的人。于是，这里就修起了许多土坯房，造起了许多土窑，就有袅袅的炊烟温暖着悲凄的乡愁，一方水土滋养一方人在此安家糊口。安口，慰藉了多少人饥渴的灵魂！
>
> 这里有色质俱佳的陶土，制陶已有几千年的历史了。历代工匠不断探索总结制陶技术，他们用粗大的手指和土为泥，注模烧坯，刻纹上釉，倾注其间的是智慧和灵气，更有汗珠子摔八瓣的辛劳。遥想四百多年前安口陶瓷业的兴盛，那时瓷窑遍布，制陶经营者达三百多家，难怪人们把安口称作安口窑呢。那结实得如同西北汉子一样的大缸大盆，那细腻得如同汭水女子一样的细瓷细碗，曾随安口窑的名字远走他乡。安口，因有陶瓷而驰名陇上。安口陶瓷厂生产着二百多个品种的陶瓷产品，各种陶瓷走进千家万户，奏响了新时代的锅碗瓢盆交响曲。当然，这里还有药罐、茶罐、炖罐等砂器，高低压电瓷器更是远销各地。

1939年，有华亭人赵尔英、幸邦荣、朱志明赴景德镇学习，回来后在甘肃省立华亭陶瓷职业学校任教，还创办了省立安口陶瓷研究所和陶瓷实习工厂，为安口窑陶瓷发展培养了大量人才。这些人才后来大多数都是安口窑陶瓷领域技术人才的佼佼者，一直活跃在安口陶瓷的最前沿，为安口陶瓷事业做出了卓越贡献。

历史曾经辉煌过，陶瓷曾经兴盛过。许多荣耀和故事都湮没在历史的烟尘之中，一如隐没在陶罐瓷片里的时光。

在窑头镇，我一路走，一路寻思，叹息又痛惜，百思不得其解是什么原因造成了安口陶瓷电瓷业的衰落。

也许这是每一个到窑头镇来观览者心里的隐痛。

我最后只能用历史的、社会环境的、管理方面的、职工素质的等综合因素回答自己。

好在古村落保护项目正在实施，有人还在为恢复属于陶瓷的荣光而努力着，新建的陶窑有望冒起烟火了。我的心里就有了些许的欣慰。

2022 年 10 月 9 日

南新街

一条街道的记忆绵长又温馨，岁月的更迭都迷失在一条街的褶皱里。

南新街，也许居于华亭县城的人都不会不知道这条街吧。

它是一条老街，和南京路之于上海，王府井之于北京差不离。

我是南新街的老居民。在香港回归祖国的那一年，我也进了县城，跻身于市民行列，居住在南新街。

你别说，一个穷山沟的农家子弟艳羡县城不啻进入天堂，而山中教书的我，为了给孩子以更好的成长和教育环境，亦为了我的文学和事业有更广阔的天地，我是用九牛二虎之力极其艰难地挣扎着走出了关山，幼苗破土般来到县城，安家在了南新街。

其实，我从安口的华亭二中调到县委时，单位无房，一家四口人只得暂居水利局家属楼岳父家，那时绕道经卫生局半圈可到县委，县委的大门还是朝北的，我上班也挺方便的。而两个女儿，一个上如今是市幼儿园的东华小学，一个上在县教育局旁边的幼儿园。我祖祖辈辈是打牛后半截的，我通过苦读端了公家饭碗，在乡村教书，我更希望我的孩子不湮于闭塞落后而走得更好、更远。而我呢，则在年轻力壮时在县委干自己喜欢的新闻宣传工作，人生如此，夫复何求？困难是暂时的，房子是会有的，我想，还是铆足劲好好工作吧。

果然，不到两个月，县委南边后院家属房有人搬走，部里让我住。我高兴坏了，尽管只有一间砖木平房和对门半间灶房，终于可以安居而乐业了。我工作也更得劲了，几乎天天有新闻稿件见诸报端。感念那时两排平房家属院的平和气象和人与人的亲近，领导和一般干部相处甚洽，家属们则互相串门。我的两个女儿，上学更为勤勉，那时忙于工作，她俩上学，我从没接送过，这让我至今有愧。因经济不宽裕，我和妻子对孩子较抠门儿。一次，女儿乘我在灶房做饭的当儿,拿了我挂在椅子靠背上衣兜里的十元钱,我俩严厉追问,我还动手打了孩子,这是今生唯一一次动手责罚孩子。

迫于经济压力,妻子决意去挣钱,先开理发店,中午不得回家,我得下班后急忙忙做饭,照顾孩子吃毕,还得为妻子送饭去,根本没有午休时间。更为作难的是,我下乡采访,中午回不来,饭没人做,孩子无人管,咋办?后来我建议妻子关停了理发店,另找了一个华矿装水泥袋的临时工作,并不轻松,所幸两顿饭的时间可回家。

我那时在老家还种着地,麦子打碾了拿来磨面吃,曾在县委院子里淘麦子晒麦子,在我是有一种被人笑话的感觉,但人总得生活,困难时期就得节俭着过。

那时年年春节县上要大办文化活动,正月十五正街要进行社火汇演,各乡镇各单位的社火队云集县城,街道上人山人海,锣鼓喧天,热闹非凡。四大机关领导也立于彩车上擂鼓助兴。我则在社火队中手举彩旗,有时就摄影留念。

两年后的 1999 年国庆节,我从县委家属院平房搬进了南新街新修的安居公寓。那时住宅楼极少,商品房建设正在起步,县上开发了南新街县一医院东侧、水利局北侧的一块地皮,修建了带福利性质的三栋住宅楼,大部分安置了干部职工。一号楼在南侧,二号楼、三号楼在北侧并列,中间有一条小区路贯通南北,南面出去是水利局和商贸市场。北面出去即为县委。北边还有两小栋旧的统建楼。后来县蔬菜公司也在统建楼东侧修建了家属楼。

从安居公寓北边出来东西有一条街,就是正儿八经的南新街,老街道。街北从东至西依次为县委、供销社、中医院、农牧局家属院,街南从东至西依次为蔬菜公司、县一医院、农牧局办公楼、农技公司。街道两旁多为农副产品摊点和小型商店、饭馆。南新街历来是县城人购买生活用品和闲逛的地方,也是乡里人进城必去的地方。南新街以其并不繁华但实用的性质存在着,成为小城人的依赖,因为这里有各种物品,油、盐、酱、醋、茶、蔬菜、水果、鲜鸡蛋、酿皮、酒醅和花卷等,还有补鞋、补车胎、补雨伞的,南新街在满足市民各种生活需求的同时充满了浓浓的人间烟火气，所以南新街永远是人气最旺的地方。

我住在安居公寓二号楼七层，面积七十三平方米，顶层。高则高矣，一家人倒也其乐融融。我上班近，经常熬夜加班写材料。妻子也在北大街社区上班了，两个女儿乖巧好学。楼房东西朝向采光差就不用说了，还有两件令人头疼的事：每次从老家拿来洋芋、面粉或拉炭，我都得从一楼扛上楼，吭哧吭哧地腿软流汗。还有住户争相在楼顶安装太阳能，我家门口是顶层的通口，顶瓦多被踩坏，下雨天小卧室漏雨，得盆接勺舀，即便如此我也不改生活之乐。

工作也在上层楼。我先任报道组副组长、外宣办主任，再任组织部副部长。妻则获得了全国孝亲敬老先进个人的殊荣，大女儿2007年考入了西南财经大学。

在南新街时，单位同事也常常互相去家里吃饭相聚。记得那年我去给从石家庄回家探亲的我的老师王沛拜年拉闲，第二天，他搀着他八十高龄的母亲上了七楼的我家，我和妻高兴地下饺子招待了老师，师生相聊甚欢，情意浓浓。

记得那时各单元每户轮流每月到各家抄表收水费，一个单元的十四户人家都认识熟络了。远亲不如近邻，住在一个单元的人互帮互助，鲜见有红脖子变脸的。一楼辛师的二胡声令我如痴如醉，四楼毕先生热心公益，六楼石同志一家本色俭朴，我对门邻居辛女士开药店。

南新街也有我的痛，我曾因劳累中风而昏倒在楼下的道路上，妻子也过早地患上腰椎间盘突出而住院治疗。尽管如此，我们还是相濡以沫地生活着，快乐地工作着，拉扯女儿长大。

安居公寓的住户大多为单位职工，都是熟人，下班后楼下闲聊或互相串门是常有的事，几多的熟人面孔至今历历在目。小孩子也是一起在楼下打闹玩耍，后来我女儿谈对象，却原来，这一对是从小在安居公寓玩大的同学，我和妻以前却一概不知。哈哈！

世事沧桑，南新街也在悄然发生着变化。

先是县委改门朝南，我住过的家属院平房被拆掉了。农牧局和农技中心的办公楼也被拆迁了，"金华大厦"建成了。安居公寓南边的通道也被砌墙堵住了，北边修起了大门，配有物业管理人员，像个小区的样子了。再后来，就是县一医院迁到西区了，中医院迁到原县一医院了。妇幼保健院迁到原中医院了；还有近两三年妇幼保健院又迁到西区新建的办公楼，东华镇卫生院迁到原妇幼保健院了。

变迁，是时代的主旋律，也是南新街的宿命。

我家也在变化着。多数原住居民陆续搬离安居公寓去了西边更好的地段和楼盘，我则在2015年搬进华泽小区更宽敞更明亮的楼房。再见了，我的安居公寓；再见了，我的南新街；再见了，我住了十八年的地方。

县城在扩展。我住在南新街时西关什字一带还是郊区农田，而今，县城已西扩至西华了。那时休闲游玩只有一处南山公园，后来西区新建了莲花湖公园和新广场，市民休闲的地方更多了。我家住在蒋家塬头，老地方的回忆和味道常常吸引我和妻子去南新街转一转，买点东西或者吃点什么，遇个熟人叙叙旧。

几年前，县委搬迁至新建的统办楼，旧址上被开发新建了商住楼。华亭也撤县设市了。今年，有关部门改造了南新街，一改往日乱摆摊点的旧貌，街两旁建起了精美的一溜烟经营门面房或钢架棚，整齐美观多了，经营者众，逛街者熙来攘往。

一条街道承载着一个人从青年到中年的奋斗历程和一群人生活的珍贵记忆。两鬓染白的我，回望南新街，又想到了什么呢？

2022 年 11 月 24 日

第四辑　人生花絮

　　青山依旧在，白了少年头。五十多年的蹉跎岁月，时光碎片里有人生的履痕和慨叹……

那些美好的事物

读

读书的日子是清苦的，也是快乐的。不知哪来的一股劲儿，正是十来岁，像庄稼拔节疯长的年龄，读起书来那才叫带劲儿，简直是疯狂的状态、入迷的境地。

记得山村初中的高台厕所后面有一块麦田，早操后我就拿一卷书，踏着露水在麦田埂塄旁大声地读起来，一篇《岳阳楼记》读得荡气回肠，有时是小声背诵，嗡嗡哝哝，像和尚念经似的，那忘情的样子，简直天塌下来也浑然不觉，四十分钟早读时间，在晨风野香中度过。

当当的钟声打破了我读书的意境。猛抬头，红花花的太阳已经一竿子高了，舒服啊，惬意啊，走进教室又开始上课。

下午三点半放学，回家草草吃点东西，然后一路奔跑到学校，老师早已在督促晚读。

我就夹一本书去了高台处的麦田，夕阳给浓绿的麦子镀上了一层金子，晚风习习，在浓浓的麦香中我又开始读书……

老师说，知识可以改变一个人的命运；母亲说，孩子，不好好读书，你将来就打牛后半截子了。这些话，像血液一样渗透进我们这些山里娃的心里。

于是我们把晨星读成了太阳，将夕阳读出了月亮，就连回家放牛时也不忘拿本书。牛在吃草，我在入迷地读书，青草滩的流水哗哗，书声琅琅，我连蚊子也顾不上拍打。一两个小时后，牛吃得肚子圆，我把书也背完了。

多么忘情地读书啊！山村学校给予我们的是多么丰厚的喂养。饥渴的孩子吸吮着知识的琼浆渐渐长大，我终于考上师范学校走出了山沟沟。

灯

那年月没通电，家家户户照明用灯——煤油灯。

一个玻璃瓶，里面倒进煤油，盖子上钻个眼儿，穿进木棍缠着棉花的捻子，划根火柴点着，一大圈光晕照亮偌大的屋子。我则每每端一木方桌坐于土炕，在昏黄的油灯下看书或者写作业，一股浓浓的煤烟子袅袅升起，呛得人鼻子难受，可读书的劲头丝毫不减。

灯光把我瘦小的背影印在土墙上，我则沉浸在书的意境中不能自拔。油灯昏暗下去，我就用小棍拨一拨灯捻，煤油灯又亮起来，书上的字晶亮如天上的星星，映进我心扉。煤油灯下，我演算代数，证明几何习题，有时沉浸在《水浒传》动人的情节中。书籍滋润着一颗少年的心。

夜深人静，灯光依然亮着，白纸糊就的窗户上映出我的身影，山村的夜美极了，少年的梦在灯下蔓延。

第二天，隔壁王大爷对父亲说："你家崽娃子学习用功啊，煤油灯着个半夜，这娃将来准有出息"。

每年过年，家家户户要挂红灯。父亲用木条制作灯架，方形的，我和弟弟用红黄绿几色纸粘上，把煤油灯点燃，从底框漏口处放进去，挂于自家门前，灯光闪闪烁烁，并不很明亮，却发出温暖的光，照耀着一家人。

正月十五一到，母亲老早用黄面蒸了灯盏馍，圆形，中间有凹窝，边沿有花子，几个花子就代表几月，也叫月月灯。我就用棉花搓好捻子，缠在木棍上，插在灯盏馍的中间，添点清油，再裁好红纸，沿馍边沿缠上红纸，用糨糊粘贴好，横着从馍中间插根竹枝挑着，点燃，上下闪动，我们叫它闪灯，兴奋地跑遍村庄炫耀，直到油干灯灭或者边纸着火。

煤油灯，陪伴我走过艰苦的读书岁月。如今回想，一盏灯光幽幽地闪烁在被风尘淹没的岁月深处，时时催我不可懈怠，在明亮电灯的照耀下书写我无悔的人生。

霜

霜晨月。

北方冬天的早晨极冷，打战，腮帮子硬邦邦的；一地的霜霰，银白银白的，土路上、石头上、细小的柴草上，满是银白的霜。

哪来的月？

有的，冬天上学起得早，月亮像个瘦老头儿，孤零零蜷缩在天边。我们嘻嘻地笑着，踩响地上的白霜，咯吱咯吱，嘴里哈出白气，一路小跑上学去，几十里山路不一会儿就到了，霜还是白，月还是瘦。

有时不上学，坐在自家炕头朝窗外看，斜对面山坡银装素裹，树挂晶莹透亮，想象这世界怎么这么美呢，就在炕头大声念起书来。有时大人叫去拾粪，霜地里遗落牲口的粪便，黑黑的一坨，冻得僵硬，用铁锹一铲，入了竹笼，晒干煨炕。到了中午，太阳一照，霜雪消融，树上哗地一声掉下大块大块的雪，地上有了水和泥泞，雾气蒸腾，童话世界消融了。

"霜重色愈浓"。不经风霜的侵凌，哪来美好的未来？

雪

雪村，多美！

拥被坐于热炕上，用手机里的写作软件写散文《旷野》。正入神，女儿在门外喊：爸爸，下雪了。遂下炕观雪。

绝不是鹅毛大雪，是雪珍子乱舞。天地混沌，雾气笼罩，谁家的老母牛还拴在大门外，不惊不诧，依然反刍着草料，好像根本没有感觉到下雪似的。硬化路那头有两个小孩子在滑雪，走近一看，原来是一块木板下安装有滑轮，前面还有铁条扶手把握方向。我问，谁是哥哥。后面推的指指前面坐的说：人家嘛。我戏谑：不嫌羞，怎么让弟弟推你啊？那大的红了红脸答：我刚推他来着，我俩换着推。

耳畔传来轰隆的风声，这声音来自屋后山林的树梢。风搅雪，雪花乱舞。院内雪花飘舞，积雪薄薄一层，屋后园子里雪压枝头，雪落泥土，干净，素白，清爽。大门外水泥路有了积雪，留下脚印一串串。谁家檐头的玉米棒子上有了落雪，黄灿灿加白莹莹，好看。

雪还在飘落。树上一只寒鸦呱地一声叫了……

2012 年 12 月 11 日

上学路上

一日，与朋友闲聊，说现在的孩子没有放学路上的快乐和童趣。细想想，也是，现在县城的孩子上学放学走的是柏油马路，有爷爷奶奶或者父母陪护着，有的还开车接送，多了一份舒坦与安宁，少了一份磨炼和快乐。随后朋友通过 QQ 空间发给我一段视频"村童放学后的童真时刻"，伴随着歌曲《童年》欢快的曲调，一群天真烂漫的孩子在村头的野地里嬉戏玩耍，扮各种搞笑的鬼脸，上树摘梨，各种恶作剧尽情释放孩童的天趣……

上小学时，我家在后渠的台地上，距学校不远，出家门沿后渠小河向西走拐过庙台就到了小学校。倒是北沟和郭家洼的学生天天三三两两经过我家门前，总有顽皮的男孩用石头打我家门前的核桃，我就站在核桃树下看着，吆喝着不让打。冬天门前的河沟全结了冰，放学后我和小伙伴把书包一摞，搬块石头坐在上面溜冰，咻溜溜，滑出很远，有时和小伙伴追逐打闹，摔倒在冰上，笑声哭声一片。

当然啦，放学后我会去堡城的山坡上读书。夏天，绿树婆娑，花草遍地，手捧书卷坐在草地上背书，也是一件十分惬意的事。

上了初中，学校在乡街道，大概有十分钟的路程。那时家里没有闹钟，我的闹钟就是家里喂的一只大公鸡，睡意正酣时，只要公鸡一打鸣，我就一骨碌从炕上爬起来，穿衣，洗脸，出门看看天上的星星，瞧见北斗星横斜了，启明星亮了，我就背着书包向学校奔去。熹微的星光下，在隐隐约约、黑麻麻的路上行走，任刺骨的寒风灌进衣领，快步跑到学校去。

初三时，晚自习九点下，秋雨绵绵，我沿着街路回家，脚下是踩着泥泞的声响，头顶是雨水，回到家已是衣衫湿透。

回忆起上学的事，妻子讲起了恐怖难忘的一幕：

睡到半夜，娘叫"女子，快起来，上学去"。

她一骨碌从热炕头翻起来，麻利地穿好衣服，往书包里塞进一个黄面碗坨，出门没见庄里一个孩子的影子，以为要迟到了，一个奔子跑上阴洼坡，五里地的路跑得她气喘吁吁。到北沟塬，回头一看，旷野黑黢黢的，似乎有个影子跟着她，吓得她哇哇大叫，硬着头皮跑下土塬，接近村庄才松了一口气，又跑了大半会儿才到学校。谁料学校铁大门紧闭，等了好长时间才盼来勤工开了门。原来是娘误听半夜庄里有响声，以为是孩子上学去的脚步声，把她叫得早了。一个不到十岁的女孩子，半夜在荒山野洼一个人跑了五里路，想想也叫人后怕，不出一身冷汗才怪呢！

她说，上学放学在路上冒风雪、踩泥泞，时时忍饥挨饿，中午不能回家吃饭，只能在教室火炉上烤吃玉米面碗坨和煮洋芋。当然路上也少不了追逐打闹和嬉戏，哼唱歌曲……

我们的上学路，或街路，或山间土路，显现着我们一代小小的身影，叠印着我们小小的脚印，是我们永远也抹不去的珍贵记忆。从这小小的崎岖路上更是走出了很多大中专学生。上学的路永远在我们心里延伸……

2016 年 10 月 22 日

村边树林

早晨阳光很好，我便漫步上了村子阳山洼的树林。

最美不过初夏时，一切都是那么富有生机和活力。树木高大参差，荫翳蔽日，凉快极了，空隙处阳光如一块布铺开来，青草上反射着绿色的光泽。斜着坡面缓缓爬行，草叶覆盖的土质软绵绵的，黄的、紫的无名小花灿烂地开着，几只黑蝴蝶、黄蝴蝶悠闲地翻飞。烈日下，行走在树荫下委实是件惬意的事。漫无目的，不急不缓，只是行走，尽情体味林间的幽趣。有时直走到陡崖处，无路可走，只得折回来另沿斜坡小道上走，又是另一种景致，脚下一丛丛马莲茎叶又直又壮，绿箭似的，可爱极了，紫苜蓿花唤起我童年的记忆。一个人行走在树林，可独享这份美好的孤独和清静，我想这整个夏天也就属于我的了，多美好！一股股浓烈的香气钻入鼻孔，躺弯处一大片洋槐树茂密浓绿，白色的槐花挂满树枝，槐香弥漫，五月馨香。脚下是没膝的野草，恣肆生长，茵陈蒿蓬勃成丛，蜂蝶蚊虫嗡嗡嘤嘤，我就有一种活在尘世的自足感和凡俗感。伸展的槐树叶摩娑着我的衣袖，宽大的核桃树叶伸出手掌，我就拨开它钻了过去，一只锦鸡呱呱呱惊飞而起。转过一道弯，山顶无树，阳光正烈，我就择树荫处下山。沿沟谷走，各种野草鲜绿可爱，牛蒡叶子又宽又大，是乡间一种极常见又极丑的草，却为何托尔斯泰看见它就有了创作小说的灵感。下得山来，山脚下园子边并不高大的槐树在阳光下白花绿叶透亮透亮的，不由得拍个照片，近前细嗅花香，香透肺腑。我想：这个夏天的我也是香的。对面山洼传来布谷鸟悠长的叫声，故乡也就在布谷声里了。谁家的覆膜玉米苗壮翠绿，胖娃娃似的，村旁小溪的流水也清清浅浅，为村子唱着永不疲倦的歌谣。

咦，树林之荫兮，可以凉我身，野草之茂兮，可以慰我心，花香之浓兮，可以沁肺腑。

哦，远离尘嚣，走进树林，面对大自然，独享一份清静，让身心回归自我，也是一种不错的选择。

又看见屋后古老的大树。这些大树是什么时候栽种的呢？是哪个先人亲手栽下的呢？在院子里每每抬头凝视这些大树时，我心里总会涌起这样的疑问，也许是睹物思人，追远怀想吧。

你看看，大树高过房脊很多，浓荫盖住了大半个院落，树枝并不直，虬枝纵横交错，黑色的节疤像老人斑。枝杈间架着一个黑黑的、大大的鸟的巢，却不见鸟的影子。

这些树大多是白杨，间杂野刺梨等。白杨树干粗大，一人双手合不拢，白白的树干上有虫蛀的痕迹，伤洞处屑末凝结，弯弯曲曲。

夏天站在院子里看树，树叶绿得浓呢，透过枝叶能看到高远的蓝天，仿佛白云在树间穿行。一阵清风吹过，树叶哗哗，满院子的凉爽，仿佛那风来自远古，带着先人的味道。

秋天，野刺梨挂满了枝头。拿一长杆，随意敲打，有"梆、梆"的声音，落下几颗酸梨在草丛里，脆黄脆黄的，咬一口，清爽酸甜，纯粹来自大地原汁原味的味道哦。两个内侄在树下捡拾果子，边捡边吃。我问，知道这树是谁栽的吗？答，不知。

是啊，前人栽树，后人乘凉。小孩子肯定不知道先人创业的艰难，只顾吃酸梨。遥想先辈光绪年间只身逃荒来到这个小山村，衣衫褴褛，面黄肌瘦，靠给人打短工为生，后来在人家的菜园子里搭了个草棚栖身。某一天，他环顾草棚四周，觉得空无一物，想到还得在此安家落户，繁衍子孙，总该栽几棵树留给后人吧。岳母说过，富人养马，穷人栽树。栽几棵树该不会费多大劲儿吧。岳母还说，富人惯孩子，穷人管孩子多念书。在屋后几个大树的庇荫下，后辈儿孙学业精进，先后考学工作飞出了山沟沟。

屋后的大树呢，更加老茂葳蕤了。

2020 年 6 月 5 日

点画时光

　　点、横、竖、撇、捺；提、按、顿、挫、切，扛肩又跪笔，墨落尺幅上，黑白之间，室内飘散淡淡墨香，凝神屏息，运笔点画间，时光悄悄落纸面。

　　这就是写字练习书法进入的忘我境界。

　　中国人都有写字情结。能写一手漂亮的毛笔字或钢笔字，是有文化有修养的表现。我上小学时，学校开有写字课，老师手把手教握笔姿势，教点画规矩，课后布置一篇大仿，行间还要押小字，晚自习我们就在煤油灯下写大仿，有时手上脸上墨迹斑斑，我们就做鬼脸逗笑。尽管字写得扭扭歪歪，但这亦是一种可贵的传统文化熏染。及至上了师范学校，学校除开有美术课之外，还专门开了写字课，一个名叫张维的精瘦老头儿教我们写字。他说，你们将来都是人民教师，不会写字怎么能教好娃娃呢？于是我们都爱上写字课，有的同学还报了兴趣小组，课余练写书法，有时就争论欧体、颜体、赵体各有什么特点，谁爱哪个体。我爱好写作，对书法没怎么深钻，但那时也受到同学影响，学了些书法知识。毕业后在山寨初中教学，买来了宣纸和笔砚，就练了起来，把写的作品挂墙观看，还写了篇散文《翰墨寄情》发表在《平凉晚报》上。后来调到县上搞了行政文秘工作，就再也没有闲情逸致写字练书法了。到党校工作后，曾在平凉花四百多元买来毛笔、砚台、镇尺和毡毯等工具，业余练过一阵子柳公权的"玄秘塔"，但现在看来那时还是没有入得门去，只是凭兴趣练习。

　　庚子春，正月习汉隶《曹全碑》，点画波折寻古意；二月习魏碑《张猛龙》，方笔切笔加方折，体悟峻雄之气象，还有圆笔之浑穆；近又临帖欧阳询，九成宫里练楷模。

　　早起，体育公园锻炼一番后，回到书桌前，嗅一缕淡淡的墨香，坐禅入定般进入临帖状态，心思全集中在如何起笔，如何运笔，如何收笔，结体该怎样。当然，临写的前提是读帖，闲时随手拿一本名帖来读，是何等美的陶冶和享受！

追远细赏钟繇的《宣示表》，浸润点画遒劲朴茂的小楷气息，美不可言；走进王羲之的《黄庭经》《兰亭集序》里美的世界就不想出来，书圣的艺术魅力在字里行间闪耀。

读至颜真卿的《祭侄文稿》，就有一种催人泪下的艺术力量。《祭侄文稿》，字字泣血，书法与情感合而为一，人品与字品高度统一。说的是安史之乱爆发，颜真卿守平原郡，他的堂兄颜杲卿守常山郡，颜杲卿的儿子颜季明往来于两郡之间联络。叛军史思明攻陷常山，颜季明被叛军斩首，颜杲卿后来也被安禄山杀害。两年后，颜真卿有机会派人到河北找到堂兄和侄子的遗骸，怀着无比悲痛的心情写下了这篇祭文。他写道，侄子从小就很出众，正期望着做个好官。可谁想安禄山起兵造反，他们兄弟俩极力抗敌夺回土门，急挫叛军之威风，却因贼臣拥兵不救，让常山成为孤城。"贼臣不救，孤城围逼。父陷子死，巢倾卵覆"，"携尔首榇，及兹同还。抚念摧切，震悼心颜"。笔墨沉痛郁结，短短几个字，改了又改，"父陷子死"浓墨顿挫，"呜呼哀哉"草书连写。最后他告慰亡侄：再等一个好日子，再选择一块好墓地埋葬你，你的灵魂如果还能知道这一切，请不要埋怨在这里长久做客。文字如江河般倾泻而下。颜真卿的书法风格强劲雄浑，而他本人的个性也刚直耿介。

"字如其人"，在《祭侄文稿》写就的二十六年后，他被派去劝和叛将李希烈，因屡次宁死不降而被勒死。欧阳修称赞道："斯人忠义出于天性，故其字画刚劲独立，不袭前迹挺然奇伟，有似其为人。"书法中蕴含的人文精神如此，品其字，点画之间映射出古人的精神风骨。

我又醉心品读《张玄墓志》遒厚精古的美妙，赵子昂行书《洛神赋》《赤壁赋》，其用笔之熟练精到，让人叹服称美，使人仿佛看到笔在纸上行走时的轻快灵活，准确到位，每个字都显示出优美潇洒的姿态。美哉，中国书法，浸润其中，美不胜收，其乐无穷！

还是静心写字吧。握捻笔管，让腕力传至锋毫，仿佛手使刀锋，刻画时光。或浓墨重写，或淡墨枯笔，像天边排云，又如斧剁刀削，什么是"折股钗，"，什么是"锥画沙"，什么是"万古青藤"，什么是"屋漏痕"，得细心体味线条之用笔。墨汁洇染处，留下时光的印痕。抬头，但见窗外青山隐隐，天上云卷云舒，不觉时至晌午。

时下人心浮躁，为功利忙碌。如何静心，让心境和生活慢下来，唯有写字。待练就书艺，悦己美人，岂不乐哉！

书法家是教不出来的，可以自学，大自然和生活也可以教你，外在的一切都可以教你，关键在于你能不能领悟。心是宇宙万物之本，一切杂念皆由其生。唯有静心养性，才为智者。真正的平静，不是避开车马喧嚣，而是在心中修篱种菊。书写不是为了功利，书写是为了修养身心，书写是为了放松自己，享受宁静的时光。

"腹有诗书气自华"。少一点铜臭味，多一些书卷气，我本一小文人，那就继续书写吧，让书法陪自己变老，在点画时光中期待人书俱老之境的到来。

2020 年 4 月 4 日

以树为邻

我乃山野之人，平生有三大悦事：一曰登山漫游，二曰品味诗书，三曰对树凝思。离开山寨，无山可登，只得在教书品书之余，痴读门前屋后的两株树，以树为邻，聊度人生。

在安口教书，小小斗室，无卡拉 OK 之乱耳，无霓虹灯光之闪烁；唯书数卷，二胡一把，愉我情怀。读书困倦，总移目窗外，门前直立一棵高大的白杨，屋后婆娑一株柔情的垂柳，均间以青竹花草。竹树无言，秋阳下只是静静地生长。树们得天地之精气，享自然之赐予，自得自乐，无意苦争春，只把春来报，执意要留一道风景给这绚丽多彩的世间。

白杨无言，直直的枝干撑开一方明净的天地，不曾留恋春的明媚温馨，枝枝叶叶扛过了夏的炙烤，而今，愈合伤痕后仍笑立秋阳。一片黄叶在微风中翩然落地，给我这个迟钝之人送来了秋的信息。我的心湖又溅起一圈涟漪，眼前总有一只黄蝶飞来飞去，提醒我把这短暂的人生珍惜。

尔后秋风又起，声在树间，露重霜繁冷我衣。翌晨推门而视，黄叶满地，草败花残，门前仍立一株白杨，伸开所有的枝丫准备迎接又一轮朝阳。最有趣的是雪天观树，一夜的雪之后，竹和树必送你一首冰清玉洁的诗篇，标题就叫《树挂》。树下有顽童堆雪人、打雪仗，招引我这个成年人绕树嬉戏，再现童心。而欢闹的笑声早已震落了树梢的诗句。

最难挨黄昏独坐无人省，寂寞变成一只秋虫，悄悄爬到后窗的屋檐下独吟。而邻家舞厅的声音躲也躲不开。遂弓张而弦发，一曲《二泉映月》拉出了一轮满月斜倚窗前。落在床头的月光斑斑驳驳，是一幅很古的写意画。循着月光银白的手笔，凝目窗外，柳梢头早已露出一张脸，羞羞答答的，似乎对我凝眸而笑。柳树静立，柔软的枝条像远在山里我妻的手轻轻地拂过我的全身，一种温热的气息充溢我的心房。我想，我是幸福的，至少我的背后还站着一株娴静的柳树，在默默为我奉献无私的爱。

有树为邻，乃人生一大幸事。门前有高高的白杨壮我丈夫气，屋后有柔情的柳树可诉衷肠，人生不再空虚，遂将一厢情思嫁月色，台灯下又继续我的工作。

1996 年 10 月 6 日

泛黄的青春日记

四十年岁月弹指一挥过，泛黄日记里有我青葱跃动的心。

五十六岁的我翻出压在书柜里几本陈旧的牛皮纸封面日记本，一页页翻看，透过那稚嫩纯真而又激情略显迷惘的文字，仿佛又回到了那激扬文字、挥斥方遒、在平凉师范学校求学的日子，字里行间跃动的是一颗青春之心、奋斗之志以及内心的矛盾冲突。一段不曾湮没的个人心灵史在日记里复活。

那时家穷，买不起精美塑料皮日记本，我就用简易的笔记本写日记，尽管历经岁月沧桑，牛皮封面和纸张已破损泛黄，字迹有的已模糊，但内容却真切挚拙，是我青春的见证和心灵的秘史。

我本是山里农家孩子，在关山脚下的小山村长大。父母都是老实巴交的农民，要拉扯我们弟兄四人，生活相当艰苦，缺吃少穿，就连一个像样的书包都没有，积劳成疾的母亲经常给我说："娃，不好好念书你就没有活路，长大连媳妇都娶不上！"我从小爱书，不爱说话，爬到自家炕上抄写作文范文，读《东周列国传》《东方欲晓》《英烈传》《水浒传》等书，除上课听讲外，早晨和下午就在学校厕所旁边的麦田地埂上背书，放学后放牛时也在背课文。越穷的地方人们对考学和参加工作越是羡慕和渴望，在我们山寨乡这个偏远贫困的地方，之前也考上过几名大学生和中专生，每考上一名学生，就成为人们津津乐道的热议话题。在我上初一时，初三有一名姓赵的同学考上了平凉师范，校园沸腾了，山寨轰动了。我也羡慕极了，人们当神话一样传说那个学生的用功劲，听说赵同学除在学校上课学习外，每天晚上在煤油灯下学习到一两点。我也暗暗下定决心，一定要有"三更灯火五更鸡"的精神，一定要考上中专改变自己的命运。

我是1983年秋考入平凉师范学校的，是四年制的普通专业。

日记摘录之一：1984 年 3 月 2 日，星期五，晴。

今天，是一个不平常的日子，适逢吾之生日，1984 年 3 月 2 日，我以愉快的心情跨进了作为一个中国公民的范畴，今天，我将成为一个真正的中国公民。十八岁，何其光荣呀，在人生的长河中，能有几个十八岁呢？

此刻，我以激动与不安的心情来读着诗句：

莫等闲，白了少年头。

人生中，青春有几何？安能无所事事，虚度光阴，白白来世一场？

我嗟哀那逝去的大好时光，但我并不因此而沉沦不前。生命的春天业已笑吟吟向我招手，迎将上去，拥抱它吧，抓住它，不放过它，珍惜它，我相信，一定会有一个丰腴的秋天的。

写在我十八岁生日的时候，于平师。

日记摘录之二：1984 年 3 月 9 日，星期五，晴。

上完早操，学校教务处杜老师讲了有关打扫卫生的事，我们很高兴。

吃过午饭，我来到教室，见教室后面的扫帚、笤帚乱七八糟地散放一地，不禁想到，正值全体同学轰轰烈烈地进行第三个全民文明礼貌月活动之际，我整天不是说要提高自己的思想认识水平，多做些好事吗？班级的事，也有自己的一份。见此，我能熟视无睹、不闻不问吗？集体像一炉燃烧着的火，只有大家齐心协力添柴加料，这团火才能越烧越旺。于是，我便自动拿出自己的绳子，和刘建宏、李植林同学扎起来。我们把散乱的扫帚毛竹整好，弄齐，重新扎好。不大工夫，便把一大堆使人看了犯愁的毛竹扎成一把把又紧又整齐的扫帚。这事立即被我班宣传委员樊建军同学看在眼里，他立即把这事记在了《好人好事登记簿》上。

我看着表扬栏中有自己的名字，既兴奋，又惭愧。这一天是不平常的一天，我要以此为起点，多为集体着想，树立一个长久为人民大众服务谋利益的坚定信念，在集体的大家庭中成长……

日记摘抄之三：1984 年 3 月 15 日，星期四，晴。

今后读书计划：

1. 本学期：每期的《诗刊》《星星》《人民文学》等必读，自学《中国文学史》，读四五本名著，读散文名著。

2. 三年级：读《诗刊》《星星》《人民文学》，自学《中国通史》，读名著若干本，报诗刊刊授学院学诗，读《文学概论》。

3. 四年级：读《诗刊》《星星》《人民文学》，自学《资本论》《反杜林论》《美学概论》。

——读破万卷书，下笔如有神啊。

我自小爱好读书写作，进了师范，学校有偌大的图书室，我如饥似渴地读书。图书室每周一、三开放两次，不到开放时间我借的书就已读完，天天盼望开放借书，有时又顺手拿同学借的书来读，也用不经常借阅同学的借书证多借一本书，其他同学一学期一本借书证也填不满，我一学期得两本，填得满满的。大量的中外名著是在那时啃的，巴尔扎克的《高老头》、司汤达的《红与黑》、雨果的《巴黎圣母院》《悲惨世界》、美国作家海明威的《老人与海》《丧钟为谁而鸣》。法国作家罗曼·罗兰的《约翰·克里斯朵夫》厚厚的四大本，硬是让我啃完了，还抄写了许多名言警句，书中主人公不懈奋斗的精神鼓舞着我战胜贫困和疾病。还有莎士比亚的剧本《威尼斯商人》《罗密欧与朱丽叶》，德国剧作家席勒的《阴谋与爱情》，但丁的《神曲》。我读抄普希金、莱蒙托夫、惠特曼的诗。我疯狂地读，忘我地读，仿佛要吸收全世界文学的营养壮大自己，以期在文学的天地里有所作为。我又不失时机地借阅当代各种文学书籍，贾平凹的《商州初录》、张贤亮的《绿化树》、路遥的《人生》都是那时读的。记得 1983 年我们刚入校不久，学校组织我们去平凉剧院听贾平凹的文学讲座。我那个激动呀，无法形容，认真地听，仔细地记。记得贾平凹讲到了观察的重要性，他如何观察一棵竹子的事，至今不忘。对大作家的崇拜激发了一个热血青年对文学的狂热。那时下午只上两节课，还有一节自习和活动课，自习做完作业，我就夹一本书去学校对面柳湖大队农民的菜园，坐在田埂上独对夕阳背书，记得背的是我买的《短文精华》和古诗词。晚饭后，我就信步于菜园或者山野，转悠散心。星期天，我就夹本书在菜园静静看一整天书，连附近的菜农都认识了我。

日记摘抄之四：1984 年 5 月 2 日，星期一，晴。

4 月 30 日，母亲来校，我兴奋至极；（补记）

5 月 1 日，星期二，雨，饭后母子上街，中午缝被；（补记）

5 月 2 日，星期三，晴。早饭后，母子去机场，返回车站，十一点半母归吾亦返校。

日记摘抄之五：1984 年 4 月 27 日，星期五，上午，晴。

运动会正在进行，跳远，四百米决赛，附小四百米接力依次进行。广播里播放着我的诗作《运动员》《跳远》《接力》《友情》，我很高兴，为我的诗作，我很骄傲，我将继续而为之。

作为一帮文学爱好者，我们八七五班办了一份油印文学小报，名曰《苔花》，我们都是撰稿人。我的作品不断在校刊《春蚕》上发表。1986 年 5 月，我的散文《大山的馈赠》在《平凉报》"泾水"副刊发表，报社寄给我稿费五元，我激动不已，花三元多买了一双白球鞋，穿上特带劲，因为这是我第一笔劳动所得的稿费。后来学校选编了一本《平凉师范学生习作选》，收进了我的散文《大山的馈赠》。那时学校每隔一两周就在大礼堂放一场电影，我那时写日记，写了很多电影观后感。记得电影《人生》放映后，我们争论不休，来自城里的同学振振有词：高加林就该走出乡村，与城里时髦姑娘黄亚萍结合。我们几个来自农村的学生骨子里总存有比较浓厚的传统观念，大骂高家林是现代"陈世美"，不该抛弃那么好的姑娘刘巧珍，为此双方争得面红耳赤，可见那时的我们多么单纯！

日记摘抄之六：1985 年 9 月 4 日，星期三，雨。

吃早饭时，鼻间沥滴血水。晚自习时，看了一阵书，头闷闷的，鼻腔发热，清涕伴血而下。遂合书回宿舍休息。

病啊，你这紧缠不放的幽灵，为什么要阻挠我的学习啊？要知道，我还有好多的书要读，有漫长的路要去跋涉，有母亲的春晖未报啊！

人，不能呻吟着生活！

我要奋起，我要抗争。我要生活啊！

病得多了，我并不惶惧。

但为了那遥远的憧憬，我愿加倍抗争！

生命毕竟是美好的！为了那美好的，我愿拿生命去换取！

日记摘录之七：1985 年 11 月 2 日晨记。

………

是的，我绝不能让病魔打倒。我要生活！

我开始加劲锻炼，我要抗争了。

今晨五点起床，在操场跑十圈。经过这十几天的锻炼，我觉得好多了。上课清醒，再不乏了。

我要做行动的丈夫，绝不能做语言的大话筒。

日记摘录之八：1985 年 5 月 22 日，星期四。

爱的反馈

我是山里人。故乡的一山一水、一草一木都是那样可爱。过去她用甘甜的乳汁喂养了我，给我以物质和精神的滋养。故乡的乡亲们是那样的淳朴，他们的勤劳、质朴、坦率的美德，使我为之心倾，而更不愿待在烦嚣的城市。

山里人每年正月里要唱曲子戏，那时我也受到了它的陶冶，曾醉心学唱。而乡亲们又是那样的心底敞亮，他们组成的社火队，常到我家来演唱，我也学唱了不少，受到了民间文艺浓厚的感染。

山里人的生活是有点苦，但乡亲们的精神却是快乐的。再苦的年月，也要用歌来表达自己的心愿，他们祖祖辈辈奋斗在黄土高原的山洼里，口头语言是那样的丰富，情感是那样的深沉。

自我飞出故乡的一年多时间里，我对故乡的爱更加浓烈了，时时在梦想它，追忆我童年绿色的梦。

在这一年多的几次回家中，我却羞见于乡亲们，有时自卑，有时则很自负，孤僻的性格使我离乡亲们渐远，我感到无以补偿的空虚和愧疚。乡亲们是我的根，故乡是我的根呀，我为什么要嫌弃它呢？我有什么理由不为它献出我的一切呢？

正是基于这种浓浓的思乡、爱乡情怀，1987 年夏季我毕业后就在家乡的初中当了"娃娃王"，并教有所成；正是有了青年时在师范学校的苦读、练写和奋斗，后来我笔耕不辍，写山乡之景，记家乡之事，抒乡土情怀，遂有散文小说集《大山的馈赠》回馈给我的故乡。

2022 年 5 月 18 日

笔记本里的初心

我有许多记过的旧笔记本，几经搬家都未曾遗弃。去年整理书柜时翻出，感觉如同老友重逢般亲切。我惊讶于自己竟然记了如此多的学习笔记，这些笔记本仿佛隐藏着岁月的云烟和一颗年轻好学的心，那是一颗跃动的心，也是青春的记忆。如今，我又将它们整撂搬出，用两个晚上仔细翻阅回味了一遍，心中涌起许多感触。

那还是 20 世纪 70 年代末，我上小学时纸张奇缺，没有现成的作业本，更没有精美的塑封笔记本。我上学时，先是使用母亲用针线缝制的白纸作业本，后来则用钉书针钉成的牛皮纸封面作业本。正面写了正式作业后，下学期就在背面做草稿纸，验算算术题，或抄写小学生优秀作文。

1980 年，我以优异的成绩考入乡初中。爱好作文的我自费订阅了《语文报》，这是一个语文学习的窗口，里面有同龄人的优秀作文、各种语文知识、古诗词鉴赏等，让我痴迷不已。初二时，我被评为全县"三好学生"，并于 1981 年 9 月 30 日参加了华亭县教育工作先代会，上台领了奖，奖品是奖状和一个精美笔记本。这本浅蓝色的塑封笔记本让我爱不释手，封面是一束花枝，上面有"百花"二字，里面还有"湘西大庸风景"的插画。于是，我用稚嫩的笔画记录下了这个笔记本，里面有摘抄的谚语、古典语林、报纸上的短论、名言警句、精短散文、诗歌、对联、歌曲简谱、歌词、谜语等。其中，抄写的《孝于亲，所当执》说理透彻，是孝敬父母的绝佳短论；还有《路要靠自己走》《骨气与志气》等文章；诗歌有《飞吧，银燕》《思念》《宿舍夜校》《青松颂》等；散文诗有《河，奔泻！奔泻！》《飞燕迎春》等；学生作文有《别了，母校》《可爱的竹子》等。当然，抄录的这些内容都带有那个年代的烙印，如在《飞燕迎春》中有这样的句子："是啊，这是粉碎'四人帮'的第一个春天，迎春花开得那样的早，那样的美！"在《可爱的

《母校》一文中有这样的句子："母校啊，育我的爹娘，您把那毛泽东思想的雨露阳光，通过老师操劳的心血，喷洒到我们身上，使我们这批新苗在新中国的沃土上茁壮成长。"抄写的带简谱的歌曲有《众手浇开四化花》《赞歌一曲唱园丁》《边疆的泉水清又纯》《什么是美》《五讲四美新风吹》《团结起来，振兴中华》《中华人民共和国国歌》《火炬歌》《没有共产党，就没有新中国》《社会主义好》《学习雷锋好榜样》《牡丹之歌》《送别》《牧羊曲》《校园清晨》《知音》《驼铃》《礼貌歌》《红梅赞》《歌唱心灵美》《在希望的田野上》《中国，中国，鲜红的太阳永不落》《前进吧，青年一代》《我的中国心》《长江之歌》《难忘今宵》《万里长城永不倒》……真是太多了，可见少年时期的我是多么热爱这些歌曲，至今哼唱起来，那些耳熟能详的旋律仍会将我带回到那个年代的情境之中。

记得那年我写了一篇作文《一群小孩子》，老师给了高分，还在班上作为范文朗读。后来，老师又让我誊写了一份，推荐给县文化馆办的《华亭文艺》发表。拿着印成铅字的刊物，我激动万分。1982 年 11 月 20 日，我的作文《一群小孩子》被评为"全县中学生优良作品"，县文教局、文化馆又奖给我一个红色精美笔记本。那时，我已经订阅了《甘肃青年》等杂志，便将从报刊上读到的好诗文、励志名言、古诗词、文学常识等记录在笔记本里。其中包括浩然、姚雪垠、王蒙的写作谈，诗歌的类别、三部曲集锦、散文的线索等文学常识。我抄写的散文诗有《小草》和《航标灯》，还有拾穗集、随感录、歇后语等。

那个年代书籍报刊匮乏，爱学习的我每借阅书报，遇到好的篇章或段落都会急切地摘抄在笔记本上，以便随时翻阅品味。况且，光看不记，过眼即忘，记笔记是加深记忆和理解的最佳方式。

1983 年，我考入平凉师范学校后，可读的书籍报刊增多，我买了一本小小的横式黄色塑封笔记本，用来写读书笔记，并用小学生作业本写日记。笔记本上记录了文学常识、现代诗歌和古诗词。如今翻看，记得最多的是北岛、顾城、舒婷、杨炼、江河的诗，还有《旦丁抒情诗摘录》《海涛》（夸西莫多）《我曾经爱过你》（普希金）《爱情要懂得珍惜》（施企巴乔夫）等。此外，还有福克纳、乔治·桑、苏霍姆林斯基、高尔基、康·巴乌斯托夫斯基关于文学的论述摘要，王英琦《散文的自我与超超》中的精辟论点也被我抄录下来，对我的散文写作有很大启发。我读梭罗的《瓦尔登湖》、楼肇明的《不能出卖的影子》、普里什文的《运动》、阿赫玛托娃的诗歌《无题》等，都有片段摘录。贾平凹的《读书示小妹十八岁生日书》、李黎的《艺术家：具有独特素质的普通人》和柯蓝的《拾到的纪念册》《哲学家的个性和思想》《男子汉，如何塑造你自己》（铃木健二）等文章，我则是整段摘录。笔记本中还记录了 1986 年 12 月 30 日我参加平凉报社举办的文学座谈会的情况，包括林恩瑜老师和郭宪章老师的讲座内容摘录。我还自己装订了一个袖珍小本，随手记录读书时遇到的生僻疑难词语，查字典标明读音和注释，以扩大词汇积累。

后来，我在山乡初中教书，仍保持着读书和记笔记的习惯。另一本桔黄色塑封小笔记本上记满了我的学习笔记，包括《欧阳修论作文》《诲学说》《古人炼字炼句名言》《楹联》《人生礼赞》（美国朗费罗）等。此外，还有趣用小故事教学、《红楼梦》摘句、文学小常识等内容。我记录较多的是读燎原的《西部大荒中的盛典》和彭富春的《生命之诗》时摘录的富有美学意蕴的句子，以及纪伯伦散文诗警句。1992 年教师节，初二级学生和 1995 年初三毕业生分别送了我一本塑封精美笔记本，至今翻看，上面留有我读《史记》《白话庄子》《白话易经》《老残游记》《四书集注》的记录，还抄录了《老残游记自叙》。那时，我甚至还读了柏扬先生的《中国人史纲》和赵汝珍先生的《古玩指南》。

1997 年，我调到县委宣传部当新闻干事，笔记本中多了如何调光圈和焦距、如何冲洗胶卷等有关摄影的知识要点，以及一个记录新闻写作知识和摘录报纸新闻好标题的小笔记本。再后来，笔记本越来越多，也越来越精致，大多是政治理论学习和工作笔记，在此就不一一赘述了。退居二线后，我重拾文学梦，拓宽了阅读面，但记忆力减退，依旧通过在书上勾画和记笔记的方式加深学习。现在，我有四本笔记本：一是书法知识学习拾零，收录了五百多则书法联句；一是文学常识经典语录笔记，已记了大半；一是词语积累笔记；另一是采风活动笔记。

笔记本里有初心。这些笔记本见证了我大半辈子的勤奋好学，也陪伴我度过了难忘的读书生涯。如今翻看这些尘封已久的笔记本，让我想起了过去的岁月。笔记本中的那些励志警言，曾在我青春迷惘时给予我激励和人生的精神力量。如今已近花甲之年的我，抚摸着这一摞陈旧的笔记本，觉得它们是我人生中宝贵的精神财富。笔记本里映现的是一种热爱学习的进取之心，是一种崇尚知识的学子情怀。我将秉持这颗初心，好读书，记笔记，勤写作，练书法，追求人生的审美化。

2024 年 3 月 21 日

芬芳月光

久违了，我的月光，好久好久没有嗅到你丝丝缕缕的芬芳了。

终有一天，当我疲惫的心舟泊在宁静的水湾，滞涩的目光打捞岁月的风尘，我的眼睛又一次被你点亮。

月光，月光！透过尘封的记忆之窗，一缕缕，洒满我终于开启的心扉，循着庄稼拔节的声音，你汩汩流泻，流水一样直渗入我的心底。

外婆的月亮是一个悬着的捻线锤儿。冬夜。土炕。油灯。外婆一根长长的旱烟锅明明灭灭，核桃一样的皱纹堆里埋着一双细细的富有神采的小眼睛。那嫦娥玉兔的故事就从她那薄薄的嘴唇中吐出。"外婆，那嫦娥在月宫里吃什么呀？一个人心急不？"我从被窝中探出小脑袋问。外婆说："傻孩子，嫦娥也种地呀，一年收好几茬哩，吃都吃不完。寂寞了还有一个叫吴刚的小伙子和她说话呢。"我就想象嫦娥是怎样走过田垄种地的，吴刚对嫦娥又说些什么。这时候，外婆却又讲起了蛤蟆精和富家小姐相恋的故事。蛤蟆因思恋小姐成精，夜夜从窗户爬进小姐屋内，在床头听小姐诉苦，又机智地帮助小姐逃离财主魔掌，最终和小姐过上了幸福的生活。

窗户透进清冷清冷的月光，我心里却温暖如春，一如外婆干瘦的手蘸着月光抚摸我的心灵。

父亲要去山里割毛竹，我牵家里的一匹瘦马上山。攀上陡峭的山径，钻入密密的山林，父亲爬坡涉涧割青青的毛竹，我在山坡上放马吃草。等啊等，夕阳跌进了西山窝，山投下了巨大的黑影，马儿的肚子滚圆滚圆，停止了吃草不住向西山坳张望。父亲怎么还不来呢？终于夜的影子来了，父亲也背着一捆毛竹一瘸一拐地来了。他和背上的毛竹一起重重地跌倒在草地上，这时我看见了父亲麻鞋边渗出的血，忙问："大，你这是咋啦？"父亲笑笑说："没啥，割竹时不防让竹茬儿戳了。"我说："那咱们咋回去呀？"父亲说：

"不要紧，慢慢往回挪吧！"

于是，马驮着竹捆，我牵着马走在前，父亲拄着一根木棍一瘸一拐地跟在后。不知什么时候山那边挂起一盘满月，清辉遍山野，路上有我、马和父亲的影子在移动，只听见我们的脚步声。起风了，河水在夜里发出响亮的喧声，有猫头鹰在凄厉地叫。我说我怕，放慢了脚步。父亲很快走到了前面，他指着圆盘一样的月亮说："怕啥，今夜有月光哩！"我也就放开步子大胆朝前走去。

"山娃哥，上学去咧！"如月光一样清脆的声音把我从梦中喊醒，我知道是邻家的惠惠叫我。我赶忙揉揉惺忪的睡眼，洗罢脸，拿一块干馍，背上娘为我缝制的花布书包，和惠惠一道去五里外的初中。那是冬天，家里没有钟表，娘只看启明星叫我，有时去得早了在校门口挨冻，有时一家人睡沉了，我几次迟到挨了老师批评。惠惠看我挨老师批评的窘样，放学路上热情地说："我家有闹钟，我每天叫你吧。"那喊我的声音就穿越冬夜直达耳际。一路月光的芬芳温暖了寒冷的冬季。

后来，我在山乡教书。每当夜深人静之时，我就在月光透过窗棂的案头一字一句批改学生的作业。我听到了夏禾在月光地里拔节的声音，蛙声唱丰年，我的"庄稼"也在辛勤的汗水中疯长，我似乎听到了孩子们的读书声，那声音里有月光的芬芳。

芬芳月光。我的人生不能没有你美丽的照耀，哪怕一丝丝、一缕缕，我将珍存在心灵的一隅，温暖此生。

瞧，当我写着这些文字的时候，一缕月光正透过窗棂洒在我的稿纸上，连我写下的这些文字也染上了月光的芬芳。

2002 年 12 月 2 日

后渠：老宅记忆

一

龙年春节除夕，我、妻子和女儿去县城岳父家拜年欢聚，啃骨肉、吃菜、喝酒，给孩子们散发过年钱，沉浸在看春晚的欢乐中。突然手机响起，接起是四弟的声音，互致问候后，是父亲苍老的声音，他说正和三弟、四弟及几个孙子偎在炕上吃菜喝酒，极想在县城的我的两个女儿，说初二、初三一定要回来，他初四就要应外村人邀请去唱地摊社火（父亲弹了一辈子三弦，地摊社火少不了三弦）。我连连应承，每年初三、初四回老家是少不了的。

年前就大雪纷飞，直到初一还悠悠荡荡地飘着雪花，初二雪停了，初三我们全家就早早吃了饭，买好礼品，等去山寨的小型面包班车，路太滑，车少，好不容易坐上了车，带着防滑链的车慢悠悠地走着。车子到了村口，下车，我便来到了后渠的僻背处，两个女儿等我不见，来叫我赶快回家。我说："甭急，我要看看，这可是咱家的老宅啊！"我知道，女儿不会理解我的心情，这个叫后渠的地方是承载过她们的老爸童年、少年的梦想和苦难的地方！世事沧桑，许多故事和人物的身影都埋藏在岁月的老宅遗址上……

二

从我记事起，我家就住在街道旁大家庭老宅院过道旁大门口的三间土坯房里。房子阴暗、潮湿，雨天漏水成线，小小的我到处摆放脸盆瓦盆接水。母亲生下二弟之前，仍在生产队里劳作，二弟出生后，家里已无隔宿之粮，母亲就吃煮洋芋，外婆心疼得暗自流泪，就把家里仅有的几斤荞麦面拿来给母亲吃。母亲说，这老宅子是贫穷和苦难的地方，我爷爷奶奶都好抽大烟，那年前门抬走了我爷爷，后门抬走了我大妈。在我幼小心灵里就对老宅子留下了阴暗不祥的记忆。

那是 20 世纪七十年代初，我家多次向队里申请宅基地，终于批下来了，说在村头的川地里。父母一个冬季累死累活地从河里用扁担担来石头，准备打基础用。可开春后队里却说宅基地要重新划地方，父母不免叹息，为什么他们又要把宅基地划在后渠的山台上呢？那里偏僻不平，是无人去住的。

无奈，父母一个春季又把川地的石头用竹笼担到后渠的台地，从队里借来一百多斤荞麦磨成面，叫来亲戚和邻居帮忙在后渠的半山台地上盖起了三间土坯房。那时我还小，看到大人累死累活地用石头垒基，用木板打土墙、立木、和泥、抹顶，我只能到处找寻小石块给垒石的人，用于填垫石缝。到麦收前房子终于盖成。盖的是东房，北面是座小山洼，平台地依山脚，东西各有一户人家也盖起了新房。平台南面是土坎，坎下是水渠，有人行小路，是邻村孩子上学的必经之路。第二年，父母又在东房的北边盖起了一大间瓦房，挖运山洼土，土崖根冒出一眼泉水，我家就以石箍泉，打水吃用，邻居也来担水。队里为我家在山洼上划了两亩的自留地，母亲种上玉米和洋芋，郁郁葱葱的，供一家人吃饭。后来台地的最西头搬来了一户人家，东头又搬来了两户人家。

三

搬到后渠第三年，我四弟出生了，为了喂养我们弟兄四个嗷嗷待哺的娃儿，父母累死累活在队里干活儿挣工分，年底分粗粮不足五百斤，找补了一口袋麦子。一家六口人春节一过就断粮了。我那时除负责在家看护三个弟弟外，就是抽空去山上捡柴禾或拾牲口粪便晒干烧炕。

1976 年春天的一天，我才进了村学。在三间土瓦房队部里，坐在泥土墩墩上念书，老师又领我们去河边玩耍，去长沟采药。我自小自卑沉默，在学校却是学霸，成绩一直是双科第一。

四

后渠我家平台北面的小山叫堡城。山洼上长满了树，有白杨、槐树、核桃树和臭椿树，夏天郁郁葱葱，有风掠过，凉丝丝的。春季我就爬上山洼掐嫩嫩的苜蓿芽儿，夏季野草弥漫，蒿草能掩住人，打碗碗花爬满埂塄，紫穗穗花像邻家惠惠的花衫衫，好看极了。我常常把家里那头栗色母牛吆到山洼上吃草，知了没命地鸣叫，蚂蚱也叫个不停，我和弟弟摇遍所有的杨树，摇落树上一种叫铁牛的虫子，摇了好多，装在布袋里拿到供销社卖了换来学费。我和弟弟常常中午端着饭碗爬到山洼去吃，蹲在树荫下，凉风习习，花香草香扑鼻，那顿饭也就吃得香香的了。秋季我和弟弟满山满洼跑，用木棍打核桃，上树摘野酸梨吃。山顶就是堡城，四周有土城墙的遗迹，据说是民国年间乡亲们为防御土匪修筑的，土墙的中间是平平的草地，长满野苜蓿，还有树。秋天酸梨树经霜后树叶无色斑驳，躺在草地看天，天空是斑斓的画。我常常捧一本树静坐草地来读，堡城静极，我读书也就入神。好朋友宝勤常和我来堡城玩耍，他偷来家里的黑面馍给我吃，还给我讲水浒和三国的故事。我俩齐齐躺在草地上看天上的白云，痴痴地说："咱俩是一辈子的好朋友，永不分开。"又起身跪于一棵老核桃树下，磕头作揖，结拜为兄弟。

冬季到了，坐在自家炕头看窗外飘飘扬扬的大雪，看晶莹的树挂，堡城山洼展现出一个童话的世界。当然，雪天系一条绳子用箩筐"扣麻雀"是最有趣的事。

那年正月，父亲利用崖畔的大树给我们拴了一个秋千，这可乐了我们弟兄几个，整天黏在秋千上下不来，惹来了村里的小孩、小伙子和姑娘。穿花袄袄的姑娘家荡起秋千来，身姿鲜艳优美，笑声咯咯。后渠里充盈着欢乐的气氛。

如果寒冬无雪，树木萧索，野鸦点点，鸟巢静寂。看到此景，一种孤寂凄寒之气隐隐袭上我的心头。

五

秋雨绵绵，下得人心里好烦。雨一停，我和弟弟就踩着泥泞出去和村里的伙伴玩耍，在队里饲养室土炕上打牌，在装有垫圈干土的破庙里打土仗，抑或在渠水旁的树下采蘑菇，回到家站在菜园子的蜀葵花旁痴痴地看，红艳艳的花朵，有水滴落下，滴进一个少年凄清的心境。

那时候，我家菜园子边埂堎上有一棵硕大无比的老核桃树。中秋节前，我和弟弟就搭梯子上树敲打圆溜溜的青皮核桃，核桃吃得双手和嘴都黑黄黑黄的。

在我上小学五年级时，我家在山洼处修建坐北朝南的三间主房，掏挖地基时挖出了大量多余的土，老师带领我们用架子车拉运到学校垫了操场。期间有几个女同学溜进我家厨房偷吃了煮熟的土豆，这是当时的同学后来成为我妻子的她告诉我的，她说从那时就了解了我的家境。

那时上学，家里没有钟表，母亲只看启明星叫我，有时去得早了在校门口挨冻，有时一家人睡沉了，我几次迟到挨了老师的批评，邻家惠惠就每天喊我一块上学去，踏着星光去四里外的中学。

记得1981年冬季，我母亲大病一场，我差点儿辍学，是我倔强的性格和对读书无比热爱的信念支撑我坚决走向了学校。在我念初二的1982年春季，后渠又发生了一件不幸的事，村人都说后渠人家住的不是地方，因为台地西头的地势高于队部后的庙宇，得罪了神灵。于是第二年开春，六户人家陆续搬离了后渠。我家也搬到了小学上边的川地里，我又扛着架子车一车一车拉运石头。拉完最后一车石头，我瞅了一遍后渠断瓦残垣的老宅遗址，唏嘘不已，一股酸酸的味道涌上心头……

2012 年 2 月 25 日

家住塬头

我此生注定与土塬有缘。

我童年和少年在家乡的土塬上爬摸滚打，度过了人生最美好的时光，曾经有散文《土塬纪事》记之。没想到离开家乡的土塬后在县城南新街七楼七十多平方米的陋室居住多年，于奔五的年龄才新购一套商品房，位于西大街的华泽小区，小区正好在蒋家塬头。坐北朝南的六楼开阔敞亮，前窗瞧的是城市景观，后窗望的是田野风光。站在卧室阳台或客厅窗前，可远观南山及雷神山逶迤泛碧的山势、浮云和近处的学校、街路，坐于书房桌前，扭头就见房后塬畔平台地上的人家，和土台边成荫的绿树、花草。晨有鸟语清脆悦耳，夜传狗吠衬托人间烟火。我早起书声琅琅，夜则伏案写作，沉浸书海不亦乐乎！

人生五十方明白：权势和财富均为身外之物，人生最重要的是健康和自在，是审美化的人生和人生的审美化，而艺术和自然是人生审美化的必由之路。

近日去职赋闲，读余秋雨先生的《中国文脉》一书，头昏脑涨，于雷阵雨后天气放晴之际，独上蒋家塬头。

散发着湿气的土路光滑而绵软，田里地膜玉米苗儿玉石似的碧绿鲜亮，洋芋苗儿已经很苗壮了，花蝴蝶在草丛间翻飞，地蝼虫的叫声凄婉而动听，一只蜜蜂伏在花蕊，我则物我两忘，此心安静。

沿路徐徐而行，崖畔青草弥漫，却没有牛在啃草。谁家废弃旧房的院子里一丛芍药花正艳，一妇女正在田里锄地。土路又被绿树遮罩，漏下斑驳的光影，废旧的草垛静默似巨石，路旁是茂盛的青草，一老一少走过，谈论着今年的庄稼和打工收入。拐过一道弯，沿对面沟谷地带往回走，密密的树林盖住了土崖两边，谷底是铺天盖地的野草疯长，中间湿地是水草，使我想起

《诗经》里的"参差荇菜……"，脚下轻轻踩着软绵绵的草地，惊动了草间觅食的锦鸡，呱的一声，扑啦啦飞远了。无意间瞅见脚下草堆里露出胖胖的东西，细看，是蘑菇，颇像猴头菇，白爽爽的，遂摘下几个，再寻，却无。正走起，水草丰茂处传来淙淙流水声，流水被茂草覆盖，只听见水声却不见流水，遂憩于石上，静听水声，凝神静气，任凭泉声洗我心，人间污浊不粘连。起身瞧见草间撒满细碎的黄花花，似灯盏，如星星，香气满山谷。其实人也应该像这些花草一样，不求显赫，只要在这僻静处绽放生命，独自芬芳就不枉来此一世。沿谷底草间小路出走，土坡上闪耀出红艳艳的野草莓，不住采摘，一大把连同蘑菇拿回家食之。妻说这蘑菇和草莓来自田野，最干净香甜了。我则说，今天野外一游出了一身汗，既锻炼了身体，又陶冶了性情，这就是住在塬头的好处。

2016 年 6 月 7 日

窗 前

窗前是永远读不厌的一幅画。

伏案读书写作累了，向后窗外一瞥，顿觉清新爽利。正是午后，后崖畔的树们任意横斜着，枝叶轻轻摇摆着，槐树叶子细小翠绿，亲昵的碎语，云朵飘过树梢，更加衬托出蓝天的高远，树们在喃喃私语，我在沉思默想。一窗色彩调配天然绚丽的画卷，静默而美好。

移步客厅窗前，一脉青青南山映入眼帘。云无心而出岫，水有意而东流。皇甫路车水马龙，对面皇甫学校操场上活跃着孩子们的身影。近处的塔吊伸出长长的手臂，工人们在酷热里扎圈钢筋。我小憩片刻后也不敢懈怠，赶紧埋头干活。

最是那明月夜，倚窗观月，夜清凉如水，吾心澄明如许。钱锺书说："门许我们追求，表示欲望；窗许我们占领，表示享受。如果可以，宁可要一座只有窗的屋子。满窗月，满床书。去，自随清风去；来，自随明月来。倒是自在得紧。"

人生难得一自在。不为外物所累，空其心，定其气，清其神，淡其志，方可澄怀味象，澡雪精神，虚静其心，与宇宙万物相融，读一窗美丽的风景，品味人生美好的心境。

清晨，我被窗外蒋家塬的鸟声叫醒，熹微的晨光映红了初春的脸庞，潮湿的山塬传来精灵的合唱，苏醒的是一个诗人天真的心房。

嫩绿轻染裸露的山梁，树枝在天空下舒展着疏朗的清爽，鸟的叫声多么脆亮，我该赶快起床，洗把脸，沐浴着晨光，在电脑前静静地写我的文章。

读书的夜晚，累了，我站在卫生间窗前抽一支烟，夜声汹涌，蒋家塬一只夜鸟在凄厉地鸣叫，没有月光，伴我的只有书墨之香。我想，在这浩荡的人世间，我是幸福的，我有书可读，有时垫在枕头上还可冥想玄思。

嗬，又一个早晨，我在读窗外绝美的春景。

真乃：一窗佳景王维画，四壁青山杜甫诗。

窗映美景心情佳，清爽润朗一幅画。

我家六楼书房的后面是蒋家塬头台地的几户农家。院子里几株杏树梨树开满了花，繁茂的花骨朵儿挂满枝头，素白的花在阳光里灿烂着，一树梨花挺在房侧，高过房脊，一树杏花在小院里蓬勃绽放，花枝横斜，几乎遮住了一大半院子，一蓬翠竹相掩映，绿白搭配里写意春晨的清爽。

照在坡地的阳光明晃晃的，土地散发着清醇的香气，有农人在阳光里开始劳作，田间柳树的枝头透出淡淡的翠绿，仿佛飘挂在天空的绿手帕。不知从什么地方传来几声脆脆的鸟鸣，仿佛天外来音。远处皇甫山的树木哨兵似的一排铺过去，站在山脊清爽着，静默着，山完全向春天裸露了自己的心思。而与远处树们遥相呼应的，是窗前台地畔横斜而立的槐树枝杈，铁似的立着，姿态各异，极力伸向蓝色的天空。

农家院落洒满阳光，有嫩绿透出篱笆。静谧里，我在读春天的一幅画。

阳春三月，最想走进田野去觅春。我不由想起山寨老家的田园春景，年迈的母亲该在老家屋后的菜园子里翻土播种了吧。

辋川春景。一个叫王维的诗人行吟在辋川的春光里，亦官亦隐，别无闲事挂心头，一心只与春邂逅，沉醉在春景的画意里。

在蓝田辋川别业半官半隐的生活里，王维避开充满跳梁小丑的名利场，在山水林泉中排遣内心的苦闷，恢复内心的宁静和纯洁，也多了一丝避世离尘的孤寂。

一窗佳景王维画。我站在窗前观春景，伏在案前读诗文，不觉已是春花烂漫，春深深几许了。竹树摇曳春光美，含饴弄孙乐陶陶。

朱晦庵有句"书册埋头何日了，不如抛却去寻春"。

还是走出书斋，去旷野或田园感受春天吧。

2022 年 4 月 7 日

难忘平师

外地读者朋友可能不知道"平师"指什么，其实这是我们本地人对"平凉师范学校"的简称。

今天偶尔在一个 QQ 群看到一人索要平凉师范的老照片，勾起我对平师的一腔情愫。其实，在其他微信群也看到过记述和怀想平凉师范学校的文字。在我们一代老师范生的心中，陇东的平凉师范是刻印在心底永久的记忆。

我是平凉师范八七届五班的学生。那时正是十七八岁风华正茂的年纪，四年师范生活，我把人生最美好的青春留在了平师，那里有过我青春的奋斗、迷惘、痛苦和快乐！

平凉师范坐落在平凉城区东郊宝丰村附近，是一所非常美丽典雅的校园。我做梦也没有想到，我一个山里娃会来到平凉这个"大城市"，来到平凉师范这座全区的最高学府求学，在这里度过人生最美好的四年时光。

我出生在关山脚下一个小山村一户清贫的农家，从小就知道用知识改变命运的重要性。勤学加苦学使我的学习成绩一直名列前茅。那是 1983 年，一年一度的中考开始，上级分配我校中专名额三名。又黑又瘦的我和其他两名同学去县城参加考试，无盘费，无可换的衣服，一个字——借。心情既希冀又有点茫然。怯生生地去县教育局填报志愿，老师问："报考什么学校呀？"我答："只知道有个平师，就填报吧。"又是感冒，无钱只得借宿在同学的亲戚家里。中专考试后，恐考师范落空，又参加了高中升学考试。等待了一个多月后，我被平凉师范和华亭一中双双录取，手捧平凉师范的录取通知书，我激动得一夜没合眼，一家人也眉开眼笑。

父母拼命上山割竹子挣钱，卖掉家里的蚕豆等农产品，缝床被褥。金秋九月，我就坐上了去县城和平凉的班车。一路的憧憬、一路的风景，从没出过远门的我，心想：这下终于要去大城市读书求学了，平凉是个什么样子呢？

平师又是怎样一所学校呢?

到了，偌大的校园里有来往穿梭的老师和学生，全是陌生的面孔。我激动，忐忑，怯生生。报名，去宿舍。男生宿舍楼在校园东北角临公路的地方，那是一幢砖混结构有点显旧的楼房，一个房间住八人，我在二〇四室。来自不同县份的同学打招呼认识后，铺床，操着不同的方言闲聊，很快就熟悉得如同一家人了。山里娃离家出远门，独自开始学校生活，难免心急想家，我又是个多愁善感的人，诸多的不适应使我心慌惆怅，下午就常常一人爬上学校南面的山梁眺望我的家乡。

我们的教室在操场旁边的砖木平房里，后来又搬到东排平板房，四年级时搬到新建教学楼的三楼。

班主任是刚从西北师大毕业走上讲台的杨雪松老师，是一个穿着西装，文质彬彬、儒雅的年轻人，讲起哲学来头头是道。后来赵美珍老师当过一年多班主任，她是一个有慈母心肠的老师。我那时家里困难又有病，灰心到有退学的念头，赵老师把我叫到家里耐心开导，温暖鼓励，才使我重拾了人生的信心。她教地理课，用柔柔的语音，深入浅出地讲解。

一年级时徐文波老师教语文，他高个子，人有点黑瘦，满腹文章，可惜不到一年就调离平师了。接替他教我们语文的是静宁籍年轻老师王万宝，大个子，方脸，血气方刚，讲课很细，很认真。我那时疯狂热衷于文学，课外阅读量很大，有时上课时把文学书籍偷偷塞在桌框里埋头看书，王老师从讲台上转下来用手指戳了我一下，我赶紧收起书，继续听课。

还有满头银发的刘炳凡老师，代数课讲得深入浅出，他说起过曾经在我们山寨中学教过学。

最难忘的是教我们生物的高维衡老师，老教授的气质，温文尔雅，永远笑眯眯的，那么和善，他经常在校园的花坛、草坪和树木旁转悠，不时拿把剪刀修修剪剪。他常带领我们在花园里识别各种草木花卉，至今犹记他指着花树给我们讲榆叶梅和连翘的特征。最为难能可贵的是他经常去崆峒山采集植物标本。搞了一辈子科研的高老师后来出版了个人研究专著《崆峒山植物志》。真是一个把身影和精神都深深刻进学生心中的德高望重的老师。

还有王兴老师的逻辑课，诙谐幽默。

是谁把历史课讲得那么生动有趣，旁征博引，激起了我们的学习兴趣？他就是李春茂老师。

我那时体弱多病，冬季经常感冒，拿五分钱去校医室挂号取些西药，不顶事，就步行到隔壁卫校的校医室抓几服中药，苦于没有砂锅可熬药，就去找教务处主任杜正杰老师，他很热心地为我找来砂锅。

说实话，那时的平师会聚了一大批德才兼备的好老师，是我们这些学生终身不能忘怀的。

我自小爱好读书写作，进了师范，学校有偌大的图书室，我如饥似渴地读书。可有两个弱项，一是重文轻理，数学和物理老是学不好，还有过两次补考，这也是我形象思维强、逻辑推理思维弱的表现；二是最害怕上体育课，其他项目还凑合，引体向上一直不能达标，补考也不行。因痴爱文学，就只顾埋头读书，在平师阅读了大量古今中外的文学名著，强记硬背古文名篇和古诗词，写日记练笔习作。一年级春季田径运动会，我没有参赛项目，就当好啦啦队队员。有感于比赛热烈的场景，写了几首朗诵小诗投向学校广播室，居然被当场播读了，算我在体育活动中展示了文学才能，颇高兴了一阵子。后来我就有习作不断在班刊《苔花》和校刊《春蚕》上刊登，还有一篇散文习作在《平凉报》上发表。正是在平师时我厚植了较好的文学素养，才为我今后的文学创作打下了坚实的基础。

我那时家穷体弱，自卑沉默，又不合群，与同学交往交流很少，埋头在读书中以维持仅存的自尊和希望。不过，也有一个十分要好的朋友，他就是静宁籍的李植林同学。相同的家境，相同的爱好，相近的脾性，使我们贴在一起，无话不谈，一起读书，一起散步，共同谈论人生和文学。记得那次我病了，重感冒，高烧虚弱，在床上躺了一周，是他将仅有的蓝布大衣盖在我身上，是他每天打来饭菜照顾我。那时没有暖气，宿舍架一个铁皮火炉，临睡前放进几块煤块到半夜就没热气了。我的被子又薄又短，冻得缩成一团，多亏李同学的大衣加暖，才让我度过了寒冷的冬季。

宿舍八人，各有所长，樊建军的二胡拉得如泣如诉，苏文洲的书法令我们拍手叫好，最是幽默的赵润平，每到饭点，他就会边用筷子敲打瓷碗边唱着"同志们吃的鸡蛋喝的鸡蛋汤，开饭喽"，惹得我们哈哈大笑。

犹记宿舍楼前高大的梧桐树，雨打梧桐的吧嗒声至今回响在耳际。操场旁高大的杨柳，每到春季柳絮飘飞，同学们就在操场上尽情地活动，有的打拳跑步，有的看书学习，还有的喁喁私语……

四年师范，乡愁及贫病使我度日如年。假期每回家一次，家里困苦的境况就令我心酸。父母累死累活地供我上学，家里缺粮，母亲病弱。我多么想快些毕业工作，拿份工资以解家中困厄，给母亲以宽慰。

总算熬到了毕业季，那是 1987 年 6 月的一天，再有三四天就要毕业各奔东西了，我们宿舍八人各出一份饭票，打来了饭菜，有人买来了啤酒，在宿舍欢聚豪饮，疯了一回。班里也举行了联欢晚会，同学们依依惜别之情多么浓郁，就连平时不怎么说话和来往的同学也敞开了心扉，深情话别，互相题写了临别赠言。

记得同学们对我寄予了极大的厚望，几个留言至今犹响耳畔："愿你在文学的天地里耕耘出丰硕的成果。""你的生命之花将在大山的怀抱里绚烂绽放。"

就在我们即将离校之际，噩耗传来，我们敬爱的擅长书法的牛相乾校长病逝。其他年级的学生已放假回家了，我们就延迟回家，好多同学帮忙为牛校长办后事，直到我们共同送走了牛校长才毕业回家了。

工作多年以后，我调到县委搞行政文秘工作，去平凉的机会多了，办事完总要抽空去母校平师看看。变化真大呀，我们当年的宿舍楼和教学楼都代之以崭新气派的楼房，操场跑道也变成了塑胶的。当年的老师有的调离，有的已不在人世……而平凉师范也变成了"平凉职业技术学院"，世事沧桑啊！后来经我多方联系，建了个同班同学微信群，名曰八七五，以便联系和交流。

有人说，20 世纪八十年代能上平凉师范的都是尖子生，一个农村娃能上平师就是了不起的事。我感到平师是一座大熔炉，虽然是中专学校，但要培养人民教师，除开设专业基础课程外，音体美样样开全，样样"硬核"，各种课外兴趣小组都有，培育造就了学生的"全能"。出了学校，走向工作岗位，平师生不会差。

青春无悔,平师无悔!我会永远感念在平凉师范的那段难忘的青春岁月!

2020 年 4 月 6 日

我的坐骑

　　当然啦，我的坐骑不是古代的汗血宝马，亦非现代的豪华轿车，而是一辆普普通通的自行车。

　　对于自行车，我有一种难舍的情结。因为自行车曾是我生活的一部分，它驮过我人生的酸甜苦辣，在岁月的风尘里隐没。犹如我小时候放牧过的一匹大黄马，那牵丝映带薄如蝉翼的关系，让我有亲情般的温暖和慨叹。

　　在这个小轿车满街跑，几乎家家有私家车的时代，谁还会瞧得上一辆自行车呢？

　　木棍当坐骑，亦为多幽默。记得有一出秦腔戏叫《荒郊义救》，描述了花子仁义在行乞讨要途中义救被人谋害致昏厥的书生张成愚，并乞食供养他。两人夜宿城隍庙中，得听盗案实情，因张成愚伤势重，无力行走，仁义戏说"我有马请你骑"，原来这"马"是一根木棍。张成愚挂着木棍，在仁义的搀扶下去包文正台前告状，得以鸣冤昭雪，最后打赢官司，惩治凶手。木棍在危难之时可有用处，我的坐骑自行车对我可就更重要了。

　　便捷莫若自行车。记得20世纪八九十年代，农村交通极为不便，我的家乡山寨乡每天往返县城的班车只有上午、下午共两趟。农村人走亲访友办啥事都步行，极为费力不便，拉运庄稼用架子车。年轻的我多么羡慕别人骑自行车，那个威风呀，锃亮的车架子，丁零丁零的铃声，轻盈盈地飘过去。我刚毕业参加工作时间不久，大家庭困难重重，需我鼎力一扛，加之我结婚不久，确实买不起一辆自行车。

　　那是1991年，我妻子在街道开了一个小小的百货门市部，我女儿出生还不到一岁，经济状况稍好，我就和妻子商量买一辆自行车，于是花一百六十多元买了一辆飞鸽牌自行车，新崭崭，亮锃锃，油黑发亮，的确令人生爱。新车舍不得学骑，就借来亲戚的旧车练习。在村头打麦场里学车，妻子在旁扶按，我则东扭西歪地练习，也曾摔倒过几回，方悟到骑车重在掌握平衡和脚、手、腰的配合，还要大胆不慌。我两三天就练习会了，骑上自己崭新的自行车穿过街道，那真叫得劲，酷炫！

从此，我每天上下班就骑自行车，方便又快捷。星期天还要驮着女儿去五里外的岳母家，为此我在铁货部焊制了一个能架在前梁上的小孩座椅。女儿坐在里面高兴得手舞足蹈，我带女儿骑行在乡间土路上，自行车上驮着女儿的童年。

难忘骑车调货时。那时我在山乡初中教书，妻子在街道开百货门市部。交通不便，每天只有两趟班车去县城，妻子还要带女儿，我又要上班。货物常供应断档。我周六下午三点半放学，那趟去县城的班车早走了。咋办呀？我只得骑自行车去县城，三十多公里的山路多是下坡路，好走，骑车得近两个小时，到县城时，烟酒批发公司已下班，我只得在县城的岳父家住一晚。第二天吃过早餐，开票调货，自行车后座放一箱宝成牌香烟（有时是一箱白酒），用绳子绑紧，就骑上回山寨了。那时年轻，有的是力气，蹬着踏轮一路如飞。但骑上李家塬一道长长的山坡就令我气喘吁吁，汗流浃背，得歇缓几次才上得坡来，渴累了就打开一瓶饮料，一饮而尽，顿觉清爽，又骑车前行，还有曹堡子湾、木头岭塝，都是上坡路，极大地考验一个人的耐力和意志。唉，为了走出贫困，生活得好一点，啥苦啥累都得受！自行车伴我走过一段艰难的人生之路！

后来，我这辆飞鸽牌自行车转借给了我四弟，因为他初三休学后要摆摊卖百货，到附近乡镇去赶集，用了一年多磨损也大，好在四弟驮着货物赶集也挣了些钱。唉，一辆自行车承载的是生活的艰辛和坎坷，寄托的是人生的希望！

多年后这辆自行车终于因磨损和磕碰而报废了。

我也在奋斗中调到县城工作。又多年后，当县城的私家轿车渐渐多起来，我一是无力买车，二是觉得自行车便捷，考虑出行的方便和锻炼身体的必要，遂以五百元购得一辆新型轻便自行车。上班骑，周末也骑，骑车绕体育公园锻炼一回，自觉很爽，既锻炼了身体，又看了沿途风物，当然按时新说法就是绿色出行，环保行动。可总会遇到熟人或者不熟之人投来诧异的眼光，脸上掠过一丝怪怪的神情。难道在宝马和奥迪满街跑的时代，骑辆自行车就怪吗？我以不怪的心态继续骑着我的自行车。

在买得小汽车后，考虑到停车难的处境，我在县城出行依然骑自行车。便捷，环保，又锻炼身体。

我爱我的"坐骑"自行车！

2022 年 5 月 13 日

摘五爪

"五爪"为何物？外地人可能不知道，可华亭人却无人不晓，它是一种野菜，一道美味。长在一种野生荆棘灌木类刺枝上的嫩叶，为什么叫五爪，我至今没弄明白，并不是五个叶片呀！反正采摘下来一闻就有清香浓烈的中草药味，开水焯后凉拌吃极美，略微甘味中清爽可口，是大自然极佳的馈赠。

季春之时，正逢星期日。吃过午饭，我便提议和妻子就近去采摘五爪，也可游转一回放放风。

有些倒春寒气，好在今天有太阳，不太冷。人间四月芳菲尽，正是万物萌动时。女儿开车去学校，我俩顺便乘车到华御嘉苑下车，步行至张庄，顺弯曲山路爬行到上亭庙所在的山腰处，往北趑过地畔到田间大埝塄上，这里满是荆棘藤条和野蒿，地埝上稍有湿滑，有的藤条上爆满绿莹莹的叶片，里面间杂有五爪，满枝是细刺。看到诱人的五爪苞头和叶片在枝间摇曳，为了一享口福，也就顾不得荆棘的细刺扎手，用袖口裹住手，顺势拨开荆棘条，左手拽住五爪枝头，右手慢慢采摘。冷不防碰到细刺，手被扎痛。痛则痛矣，还得忍痛采摘。这还得有技巧，有时以手顺势采摘，有时得反转手指逆势采摘，以防刺扎。遇到半坡埝密集荆棘丛，还得以袖裹手，拨开挡道的荆棘，弯腰，蹲行，钻进钻出，因为好东西都在险难处，坦近处早被人摘尽了。有时脚踩陡坡险洼，手抓蒿草藤条，一脚蹬住，一腿弯曲，用来平衡身体。

攀爬了一坡又一坡，走了一埝又一埝，不停地巡视搜寻，手指手背早被划了一道又一道血印印，疼痛难忍。看看手提袋里已有半袋多绿宝石般的五爪，也就心满意足了。心想，还是要出来走走，既采摘了野菜，又锻炼了身体，何乐而不为呢？

由此不由得想到《诗经》中《采薇》的诗句，古人在采食野菜中也有不少快乐吧！

回家仔细挑拣后，焯水，凉拌，自享劳动成果，细品人间美味，饭菜中就有来自大自然的一股浓浓清香……

2020 年 4 月 20 日

玉米情结

玉米也叫苞谷，是北方最主要的农作物，是一代又一代农民赖以生存的主要粮食。

我是吃玉米长大的农家子弟，对玉米存有不可磨灭的记忆和感情。

阳春三月一把籽下地，平坦坦、酥软软的黄土地上就会冒出玉米嫩芽。四月间，荷锄走向田间，嗬，满地是半尺多高的玉米苗，绿莹莹的，玉石般清新可爱极了，在春风中摇曳生姿。锄去杂草，适逢一场春雨，玉米苗一天一个样，节节疯长。间隔除草三次，庄稼人就只等秋季的收获了。

农历七八月，艳阳高照，一人多高的玉米油绿油绿的，绿秆半腰有节的地方抽出了毛茸茸的线穗穗，这时候玉米就像村里怀孕的婆娘一样鼓起了肚肚。这时候的玉米地最美。小时候，我常常提了竹笼去玉米地里给猪拔草，低头弯腰在玉米地里窜出窜进，任凭玉米宽大的叶子摩擦得手腿麻酥酥的，我感受到了大地母亲般的轻抚。玉米地里什么都有，紫蔓蔓草、嫩绿的苦苣菜、丑陋宽大的刺盖、绿苗白茎的小蒜，当然有时候还会碰到一只兔子，麻利地逃走了。玉米地是我童年的迷宫，很好玩。当然玉米地也是村里小伙子和姑娘约会的好地方。

中秋前后，玉米半熟，村人皆提笼或担扁担去掰玉米棒子煮了吃，玉米香甜可口，是农家的一顿美餐哩。

金秋十月，玉米成熟，裂开的玉米棒露出金灿灿的玉米粒，像农人笑得合不拢的嘴。上小学五年级时，秋季我们常常被老师带去给生产队帮农民伯伯抢收玉米。那是最快乐的一件事，我们可借助劳动好好玩乐，更主要的是我们下午可吃到分派到各家各户的洋芋面片。后来我就在自家承包地里掰玉米，拉运玉米秆。

记得有一首歌里唱道：小米饭把我喂养大。我要说是玉米黄面把我喂养大。20世纪七十年代末，北方农民还很穷，要吃一顿白面少之又少，玉米耐旱，年年丰收，家家黄面不缺，吃得最多的是黄面饭和馍，有黄面糊汤、黄面疙瘩、黄面节节、黄面搅团、黄面糁饭、黄面粑子、黄面碗坨……上顿下顿是黄面，吃得人有点厌，可不吃又有什么办法呢？黄面饭易做，大人下了地，我就在家做黄面饭。饿极了，一顿黄面疙瘩饭，全家人吃得大汗淋漓，我从内心感谢黄面，它是人世间最可珍惜、最不嫌贫爱富的食物。

若干年后我离开乡村，成了"城里人"，生活确实好了，天天吃白面，可我总要回老家带些或去市场买回些黄面吃。吃着黄面饭，回想着玉米地的岁月，生活更加有滋有味。

2012 年 1 月 2 日

雨　中

被雨淋湿的童年会是什么样子呢？

那时的雨特多，特大，娘说那叫珠珠雨。那时最大的愿望就是能有一双高筒胶皮雨鞋，看到有谁家娃娃穿双高筒雨鞋，简直羡慕死了。大人们在雨天就可抱头大睡，可我们耐不住寂寞，布鞋雨天不能穿，干脆光着脚片子跑进雨中，踩着泥水来到村头庙里，里面全是土，生产队攒下的干土，用来垫牲口圈的。队里的娃娃几乎不约而同地来到这里，在偏房土炕上打一阵纸牌，就钻进庙里半墙高的土堆，两侧各一队，扬土打仗，疯玩一阵，吃饭时间到了，大人寻来，见个个土贼似的，又骂又打，赶回家去，责骂得更厉害。

那时雨中要放猪去，把猪吆到塬上收割后的麦田里，猪们疯狂地啃食青草，我们在雨中不住地哆嗦，塑料雨衣太薄太短，我的双脚和裤管都湿淋淋的。秋天多雨，连绵不绝。又要吆牛去张棉花台沟放牧。天地间只有雨声，庄稼叶子和草叶上全是水珠，打湿人的衣服。草很茂盛，牛们的舌头在揽草，吃美了。我拿着鞭子站在埝塄上，雨雾弥漫，天地模糊，低垂的山雾笼罩了谁的心，一个少年就这样在雨中寂寥孤独着……没有雨鞋，光着脚片子在碎石和草丛间走过，至今不可想象。

淫雨霏霏，秋雾笼罩。我和弟弟替父亲看护生产队的玉米，身披薄薄的塑料雨衣，拿一根木棍，挽起裤管，光脚行走在泥泞中，河外傍个的玉米长得油绿壮硕，有的玉米歪歪斜斜地倒向一边，雨打玉米叶子沙沙地响。埝塄上的蒿草倒伏着，满是雨珠，光脚蹚过，泥水滋滋作响，裤管净是泥水，农人见状，一定会说"像骚猪似的"。我们就这样沿玉米地四周巡视一番，就躲进地头搭建的草苫子里，雨水漏得厉害，苫子里几乎没有一处干的地方，于是就撕出床铺下半湿半干的麦草勉强生火，被烟呛得不住流泪，还得鼓气吹火，终于有了火苗，顺手掰一根青玉米棒子放入火中，隔阵翻转，看看熟了，就啃吃了焦煳煳、黄葱葱的玉米粒，满嘴的香，然后就倒头大睡，任由外边潇潇落雨。有时夜间也看玉米，如遇晴天，睡在漏苫棚里看天上的星星，听响亮的河声，那是一种寂寥而又美好的享受。

最愁雨天断粮。眼看到午饭时间，一家人早已饥肠辘辘，小小的我随娘走进雨中，踩着烂泥去洋芋地。拨开湿漉漉的洋芋蔓，用铁铲挖开泥浆土，露出鸡蛋大的嫩白嫩白的洋芋蛋蛋，拾回半笼在河水中淘洗干净，拿回家煮熟吃。雨还在下着，一家人啃吃着洋芋。看看屋外连天的珠珠雨，大人唉声叹气，我们孩童则挽起裤腿走进门前的小河打捞上游冲下来的柴禾。

雨稍停，小小的我就站在自家院子里呆呆地看花，带雨珠的花，玫瑰红的花，瘦瘦的在风中摇摆着。就想着，生活是苦的，雨中的生活更苦，灰暗之中还有一丁点儿的美好，那花不是依然在开吗？

雨后河水暴涨。夜听河水声，空旷而清亮，河水冲刷着灵魂，使我感到还很精神地活在人世间。

2013 年 8 月 7 日

塬上行

初冬。晴日。太阳暖暖的。登上土塬，顿感自己的心与地心连在了一起，一种感应传遍全身。

土路变成了沙砾路面，硌得不好走，路旁植了树，小白杨，叶子稀稀拉拉剩下几片，在风中飘响，嘎嘎的几声，有冬鸦在田间觅食，还有一只站在树杈孤寂地张望着，沉思着。草们衰败地躺着，有的透着青黄的色调。麦苗却绿绿的，大片大片的麦苗蔓延到土塬的深处。土埂上撑着一两棵野棉花，白花花的耀眼。方形的水泥墩上写着"机耕桥""基本农田保护"的字样。

不一会工夫，我从南边的塬墚来到罗沟一个叫骆驼脖子的地块，那可是我家的承包地啊。地形像骆驼的脖子，小山丘的脊梁从高到低绕下来，甩了一个弯，我家的地就在土坡弯弯里。前年村上进行基本农田改造，听说进了几台推土机改造成梯田了。我家的地还在第二台地，麦苗儿在阳光下绿得发亮。绕地转一圈，地埂上坐一会儿，亲切，温暖。

我小时候常在罗沟放牛、割草，如今沟口多了一排排轮窑的蓝顶棚，机器隆隆，沟里的树还是当年的树，却高大得多了。这两亩多的坡地是我家最难耕种收割拉运的地块，拐弯的陡坡地，吆牛耕种常常累得我气喘吁吁，牛还耍脾气，带着犁头乱跑，气得我欲哭无泪。割麦子时总是割一会儿歇一会儿，腰酸背疼地躺在麦捆上歇缓半天，因为路不好，架子车进不来，麦子直接运不出去，父亲就和我绕过沟槽一捆一捆把麦子背到对面的北塬上，然后用架子车运到打麦场，那个苦累呀，汗珠子摔碎了八瓣，渗入了脚下的土地。

远了，远了，那都是过去的事了。沿着弯路从沟槽里往上走，一座坟茔在眼前，碑上刻着"德顺公"字样。哦，这里躺着德顺爷，他可是我们村有名的社火头，唱了一辈子地摊曲子戏，载旦载得好。我走过坟头，耳畔回响着他响亮的唱腔，心想：人这一辈子，说快真快啊。斯人不在，留给乡亲们的只是那唱腔的声音。

到塬顶，远望西边的关山苍茫茫的，雄浑，壮美，蓝天上丝丝白云，野地里绿绿麦苗儿。顺着北边的塬路往回走，旁边间或有冬油菜伏贴在地里，绿得可爱，记得那时母亲常拔些生产队的冬菜叶子，搓揉，晾干，春荒时煮菜吃，可香啦。一抬头，看见北沟渠畔的麦地里有人在喷洒农药，还有人在运土肥，现在农人运送什么都用农用车，再不用和我当年一样人拉背驮了。

塬头有我家的打麦场。风吹日晒下的麦草垛低矮地立着，几只麻雀在场里啄食，散落的麦草软绵绵的，坐在上面真舒服，起身绕场走一圈，太阳依然暖暖的，这使我想起少年时在这场里晒麦、打碾、装运麦子的情景，真是挥汗如雨啊。

劳作，带给一个少年的是艰苦的磨炼和无尽的欢乐。我已是奔五的人了。麦场依旧，也许还有少年要在这麦场上劳作、成长。

塬头堡城阳面山坡下曾是我的老家。我眼前还幻化出坡上开满的打碗碗花，还有开着紫蓝紫蓝小花的绿蔓草、雪雪草。绿绿的野草，紫紫的苜蓿花，花里胡哨的蝴蝶，还有青青的核桃果。小时候我常来这里拔草、放牛、玩耍。

爬上坡，到堡城。堡城其实就是山峁的一座土墙围子，但这儿可好玩啦，是我幼时的天堂。树是我的知心朋友，有核桃树、酸梨树、毛桃树……树下是草地，树把斑驳的阴影洒在草地上，是清凉的图画，我坐在树下读书，看天上的白云，鸟的叫声是美妙的乐曲。欲将心思付堡城，我会在这里读书，发呆，想心思，堡城用绿草花香抚慰过我。我会看蜻蜓在草尖上打转，一只花蝴蝶轻轻落在我的肩上，野草的香气蔓延，和着阳光的朗照温暖我苦涩的童年……

好伙伴宝勤的身影又出现在我眼前。曾经一起掏过鸟蛋，河里摸过鱼，山里背过柴，曾经逃学来到这里，在核桃树下斜躺过，坐在草坡偷偷抽烟，发誓说，是好朋友此生此世不分离，有难同当，有福同享。我帮他做过作业，他给过我他从家偷拿来的白面馍。哈哈，少年心思多神秘，没人知道那懵懂意味着什么。

三十年后我又在固原见到他，他颓唐，病恹，境况不尽如人意。他告诉我，喝酒毁了他的健康，可他依然用最好的饭菜招待了我。

再后来，当听到远方的他去世了，我心底在流泪，唏嘘不已。

堡城有獾。獾在边缘土墙下打了好多洞，洞口是成堆的土，把庄稼祸害得不行，王叔用木弓吊石打了两只獾猪，拿给我家一方白花花的肉，煮了吃，油腻不好吃，父亲却吃得满嘴流油。

堡城后的塬头地里是苞谷，我会钻进苞谷地拔猪草，露水打湿我单薄的衣衫。有时偷掰生产队里的玉米棒或葵花，被看护的王大叔大声喝骂着跑开。

那年母亲生病，傍晚把一绺绺的腊肉拿上堡城挂在了矮树上，说是祭神享用，为自己祈福。但母亲病更重了，一颗少年的心碎了。

如今破旧的小房在土墙根歪裂着，承包堡城那块地种树的刘大叔已埋在了塬头的平地里。

料峭的风掠过我的脸庞，袒裸的树枝伸向春天，我在初春的浩渺里咀嚼岁月的悠远苍茫。

站在堡城往山下看，树木依旧很多。山下的平台处是我家老宅的遗址，我在那里度过了童年和少年时期，平台上的人家搬迁后，这里已是别人家的菜园，残枝菜叶遗落一地。我家门前的那棵大核桃树呢，偏房靠近崖根的那一汪泉水呢，蹲在大门外汪汪叫着的小狗呢，一切的一切，都像是云烟一样逝去……

不远处的高速公路桥跨过了山乡，庙台地里是新修的文化广场。新农村建设的白墙瓷砖在阳光下闪闪发亮。

梦回堡城，亦真亦幻，五十年的云烟在心头弥漫。堡城西侧土墙外的防空洞已然塌陷。我站在土墙上泪水涟涟，一任岁月的沧桑在心头蔓延……

走不够的是这塬上的路，亲不够的是这脚下的土地，追忆不完的是这云烟般的往事。

2014 年 11 月 21 日

山中访友

近日写作又练字，囿于斗室，实在烦闷。今早修改完善小说创作提纲，搜肠刮肚，绞尽脑汁，头脑木然，心闷至极。午饭后忽发奇想，临时动意去野外走走，去哪里呢？何不去山寨访友李强，顺便看看关山。

冬至前后联系过李强，因他忙于教学，未得谋面。今天星期天，该在家闲着吧。遂电话联系，果在甘河家里，听我要去，他沉吟说，县城同学有事他可能得去帮忙，看能推掉就在家等我。忙于开车，不到一小时即到甘河，到村口下车一看，有短信：对不起郭老师，同学的事推不掉，下次我来华亭了与你聊。没事，我这是访友闲聊，游转散心，你有事我理解。既来之，访友未果，何不访山呢？

开车经村南边的田间小道直奔关山脚下的浅山处——红崖河。停车于石埂上的草滩，一个人踩雪转悠。

太阳挂在山顶，河滩和山洼的积雪莹白闪亮，河滩上山风很大，但不冷，从耳边呼呼吹过，河里结着冰，冰窟窿里传出哗哗的水声。先在中道沟口河边站了一阵，欲过河进沟，无列石，只得隔河望山，拍了几张照片。沟口和溜道都被厚厚的积雪覆盖着。我眼前幻化出一个瘦小少年背柴的身影……

又转身沿河朝东走，小心谨慎跳过河中的列石和冰块，来到左边山沟，野茅在沟口滩上摇晃，荆棘在风中摆动，脚下是踩雪的咯吱声，小心翼翼攀援进得沟口。稍驻，太阳在山脊斜射下来，变换着耀眼的光环，满山洼是灌木丛，风的呼呼声从头顶跑过，山溪淙淙，水声清亮。我有投入母亲怀抱的感觉，亲切，敞亮。任凭山风吹醒我日渐麻木迟钝的脸颊和灵魂，水声洗我心，鸟声悦人性啊。

一个人的关山。我在孤独中和关山诉说着心事，品味着关山。

想我从小与山结缘，生于斯，长于斯，背柴，割毛竹，采药，放马，去的最多的地方就是这红崖河。与关山耳鬓厮磨，是关山养活了我，磨炼了我的手脚。而今五十多岁的我，又独自投身关山的怀抱，河畔的老磨坊早不见了踪迹，我站在关山脚下已两鬓皤然……

山风在吹。走出口沟的时候，蓦然抬头，一只山鹰在前面田野上空盘旋，蓝蓝的天空，鹰的影子清晰可见，翻飞，平悬，像浮在空中。心中就涌起一句诗句——山中，我与一只鹰的凝视！

可惜我已至中老年，没了当年山鹰般搏击云空的勇气和膂力了。而今看见鹰，却给了我精神的力量，那我就偏偏不服老，真正的人生从五十岁开始，借助山鹰的启迪继续从事我钟爱的文学事业吧。

古有王子猷访戴不遇的故事，王曰："吾本乘兴而行，兴尽而返，何必见戴？"我也说，我本访友而来，乘兴游山而归，何必见友？

2022 年 1 月 2 日

仰望星空

土塬。麦场。星空。夜风习习。

我和弟弟和衣睡在塬头的麦场上看护麦子。

野鸟在树间扑啦啦作响，野狼嚎叫。我和弟弟用被子蒙住头不敢说话。半夜冻醒，不敢作声，轻轻翻身，麦草窸窸窣窣的，两个小脑袋探出麦草堆。哇，满天的星星，亮晶晶的，离我俩近哩，仿佛伸手可触。再也睡不着，我俩就数天上的星星：一颗，两颗，三颗，四颗……数着数着，不知什么时候又睡着了。牛铃声惊醒了我们，启明星挂在天边了，星子稀稀拉拉，晨风凉凉的，我和弟弟又坐起来数星星：一颗，两颗，三颗，四颗……

"山娃哥，上学喽——"，伴随着邻家女孩清脆的叫声，我一骨碌钻出被窝，穿衣，洗脸，怀揣一块黄面碗坨，出门和女孩一起上学去。

走在弯弯的山路上，寒风袭人，地霜散发着白光。凌晨四五点的样子，我俩脚下飒飒作响，边走边看头顶，一弯残月瑟瑟地挂在夜幕下的关山山顶，北斗星横斜在天边，周围的星星眨着疲倦的眼。鸡叫了，一颗星子倏忽划过了天边，女孩说："哥，听人说天上落下一颗星星，地上就要死个人人。这是真的吗？"我说："差不多吧。"这时我的耳畔就响起妈妈叮嘱我的话："娃子，咱家穷，穷人的娃娃多念书才有出路啊！"

踏着星光照映的山路，我边走边背课文。不一会儿就到了位于乡街道的初中的大门，老师也顶着满天的星星走进了教室。于是读书声在星空下的乡村响起。

师范毕业后，我在山乡初中教书。晚自习为学生辅导完作业后，踽踽独行于校园，蓦然举首，只见一山的星星！山高星灿，那满天的星子仿佛近在我身边，多像我所教的山里的孩子啊，眨着调皮的双眼，围着我，仿佛跟我说悄悄话哩。

　　我想，那满天的星星是撒在田野上的种子，是绿苗，是大山写给夜晚的一首诗。山中多石，这又使我想到是大山的石头磨亮了那一颗颗山星星吧，夜空中的星子不也是一枚枚晶亮的石头吗？山中有宝，这不，连世间最亮最撩人的星星不也在大山的怀抱吗！

　　那是前年秋天的一天，我领女儿去乡下看望孩子的外婆。

　　那是一个叫郭家洼的偏僻山村。晚饭后领着女儿沿田间小路转悠，先后山，再庙台，然后信步阴洼，河滩。回来八点多提上礼物走访了一回亲戚，往回走，村巷里黑黢黢的，女儿抬头一望："快看，爸爸，满天的星星！"女儿高兴得跳起来："我从来没见过这么多的星星，城里看不到这么多的星星呀！爸爸你说，为什么？"我仰望着深邃低垂的天空，感觉已和山梁土峁连为一体，满天的星星像针尖，密密匝匝的，更像田间的麦垛，稠哩。我说："那是城里的高楼大厦把满天的星星挤跑了。苏东坡当年有'山高月小'的说法，在乡村就有'山高星繁'的感受。"女儿不住地点头。

　　如今身居闹市的我再没有看见过那般美丽动人的星空。每晚看到的是霓虹灯的闪烁、路灯的亮堂，喧嚣的市声不住地叨扰耳鼓，情感变得木了，灵感变得钝了，很多时候我迷失了自己，悬空了自己，虚妄得像一张网，漫无头绪。多想面对浩瀚的星空，忘掉风，忘掉雨，忘掉金钱名利的聒噪，静静聆听银河星星的低语。

　　诗人荷尔德林曾说："假如生活是十足的辛劳，人可否抬望眼，仰天而问：我甘愿这样？"

　　《世说新语》有则故事：王子猷居山阴，夜大雪，眠觉开室命酌酒，四望皎然，因起彷徨，咏左思《招隐》诗。忽忆戴安道；时戴在剡，即便乘小船就之。经宿方至，造门不前而返。人问其故，王曰："吾本乘兴而来，兴尽而返，何必见戴？"

　　这就是魏晋人率性任情的个性。我们现代人缺的不就是这样"乘兴而来、兴尽而归"吗？

　　仰望星空，原来就是乘兴放飞遐想，凝望深邃的思想，释放旷达的胸怀，一种神性的启示自天而降。

在这个喧嚣浮躁的世界上，有多少人能抽空仰望星空，聆听美的召唤？海德格尔也说：唯有"人被许以仰望的神性，他那向上的目光跨越了由天空和大地所形成的那个'之间'。这个'之间'被给予人的栖居"。

人，在这向上眺望的目光中，才能诗意地栖居。

仰望星空，一件多么美妙的事情；诗意地栖居，一生多么幸福的事情。

2012 年 10 月 9 日

丘壑

脚下踩丘壑，人生必不俗；

胸中有丘壑，笔底生波澜。

这不，素爱野趣的我又独自来到山野丘壑间。不为别的，只为享受那份山野的清静与宁馨，只为独对丘壑的那种旷达和朴野，在丘壑的映照中遇见更好的自己，观照山野无言的大美，倾听天地的声音，把自己交付给这山野丘壑，胸间就会充盈清爽和浩然之气。

正是立冬之日，回岳丈家，闲来无事，遂游转山野。缓步而行，冬阳暖暖，山风微微，山径上的枯草败叶温软，喜鹊的巢挂在树间，山洼多的是野白杨和柳树，一两棵白桦隐身其间。我不禁想到，这环绕村庄的树才是乡村的魂，没有树的村庄那还叫村庄吗？守护着村庄的树一岁一枯荣，却在岁月的沧桑中不曾离开村庄一步。白絮状的野棉花在地埂恣肆地张扬着，占领了初冬的风景。

墚上的土路曲曲折折，引领我走向荒野田间，不远处是丘壑起伏的朦胧曲影，一幅淡雅枯涩的水墨画。

冬油菜贴着地面，黄绿相间；谁家新翻的泥土沟垄分明，在阳光下积蓄着冬闲时的肥力；麦苗儿倒也苗壮油绿，铺展在梯田里，在风中微微摇摆着身姿。

墚塬上很少人迹，只有一只雀子喳喳飞过。我沐着阳光，听着自己沉稳而缓慢的脚步声，应和着内心的声音，一个人在墚上行走，享受山野之趣和孤独的宁静。

也许别人觉得我是个怪人，冬天，荒山野岭的，有什么好转的呢？然而，我愿意把人世的扰攘和埋首书册的烦闷交给这山野丘壑，在美好的大自然中独享一份超然和宁静。我又想到，大自然永远是美的，根本不分季节的变换和人世的影响。不同的季节有不同的美，全在于人的感受和发现。这不，我于萧瑟的冬日的山梁沟壑间领略到的是山川大地的壮阔和田野草木的疏朗枯朴之美。

行走在荒野里，枯黄铁青的蒿草缠人脚跟，野茅挺着穗状的灰色絮毛迎风摆着，一岁一枯荣的草们仍很亲切；我在地埂沿边左拐右折，来到塬上一处弯地，北沟源伸展到了远处，起伏蜿蜒，关山影影绰绰，苍茫如墨。西北望，是曲线重叠的山峦丘壑，即使最好的画家也绘不出如此写意的大美画卷，独对丘壑，相看两不厌，胸中自然浩气充盈，人也精神了许多。

扑啦啦，野鸡从草间的起飞惊醒了我凝想的神情。沿坡斜坎逶迤而下，我一直在拍照西边的沟壑山野，夕阳下是那么的美。乏牛坡，极陡，而我，就坐在一块石头上歇缓。偌大的沟坡间只有我一个人在静静地品味、回想、张望，我把自己交给了这荒寂的山野，我就是这大自然的一部分，山川与我融为一体，我就有了山川的气魄和胸襟。

沟底半坡有一朵蓝色的野菊瘦瘦地挺立在枯草败茎间，是冬天难得的一抹亮色。牛粪趴在草叶间，一只喜鹊呆立在灌木丛的荆条上。清越的响声，溪流水声激荡着我被聒噪惯了的耳鼓，清澈，脆亮，这才是天籁之音。洗我心者沟底之溪也，细细的流水闪着亮光在石间草丛涓流，流过我的心房，滋润，清爽。

沿着鹅卵石乱铺的溪流的方向，听着哗哗啦啦溪水声汇成的音乐，我腿脚有力地走出了山沟。回望山野沟壑，夕照里映衬出一个高大的我。

丘壑在胸中，顿觉生活才有精气神！

2022 年 11 月 13 日

写意宁夏

沙湖

凭园湖天，难分谁碧谁蓝。微风起，波漪涟涟，岸柳摇曳春意暖。芦丝新绿，飞鸟自休闲。

秀水恋沙山，日月婵娟。人如潮，舟拍浪浅，问君游梦何时圆，黄河那边，塞上看江南。

读着马启智先生的词，我已来到沙湖边。

水是浩荡的水，有了江南的味道。沿湖徐徐而行，芦苇丛丛，缠绵，密实，使我想起小时候看过的连环画——冀东芦苇荡抗日的画面。心向往之的芦苇就在我面前。走近，轻抚芦叶，飒飒作响，一种温热传遍全身。远处的水面有水鸟滑翔。进了沙湖展览馆，湿地自然保护区的图文令人耳目一新。

折向沙山走去，生平第一次骑骆驼，兴奋，又有点害怕，跨上去，驼铃响起，平稳，舒服，悠哉乐哉。转一个来回，秋阳正暖，沙山辽阔，遂脱鞋光脚迈向沙山深处。细沙绵软，温热，脚下陷落，沉重，脚与沙在不断的触摸中感受到大地的温度。手中提鞋，高喊，大笑，畅快淋漓。坐于沙堆顶休憩，任凭秋风轻抚脸颊，浑身是细沙的绵软温情，放眼，沙丘连绵，人影簇簇，天空也就高远了许多。

赤脚漫步下得沙山来，进小吃棚烤鱼吃，几杯啤酒下肚，疲乏顿消。转出来沿湖往回走，国际沙雕园赫然眼前，孔子的沙雕栩栩如生，颜回、仲由、子贡等雕于左右，还有其他一些神话传说的沙雕，皆生动飞扬。抬头，有热气球带着游人升空，飘逸而潇洒，还有水上滑翔机在空中飞升。硕大的鸵鸟在围栏里漫步，妻双手托起一颗大大的鸵鸟蛋，既惊且叹，把玩不已。又见美人鱼的沙雕婀娜飘逸。边走边欣赏浩渺的湖景，真有"湖水共长天一色"之感，沙丘与湖水的完美结合，芦苇与飞鸟的相互映衬，真乃世间少有景致。又坐上快艇，乘风破浪，水声哗哗，身后是长长的水花。

影视城

镇北堡西部影视城。

古老的水车，牛车，二人抬杠的犁，一件件令人惊奇。土炕。圈棚。破旧的马车。电影海报。蒸笼里的窝窝头。复原的"文革"批斗时的场景。还有废弃的链轨拖拉机。每一件旧物都留存着时代的记忆和痕迹。

走上十八里坡头，感受到《红高粱》中的情景，站在土土的月亮门前留个影，那该是多么富有诗意的写真。血丝洞里充满恐怖阴森的气氛。搀掇妻子坐进大花轿，体验一下古时的浪漫。进十里香酒馆和酒作坊，看酿酒的工艺和装酒的大缸，真有醺醺然微醉之感。过土墙围子，旧式的铁匠铺里，演绎着烧火打铁的情景，古旧的风箱拉动，锤子起落，火花飞溅，就有古老的刀具挂满架子，一排排锃亮着。这里有明代城墙的原貌，还展览了旧箩筐、簸箕、草帘等物，农家物件在诉说着岁月的变迁。一个小作坊内有人在演示制陶工艺。擂台，真像那么一回事，把人带入打擂比赛的场景。转到一处，有位女子在演示篆刻印刷。到白马街一游，《月光宝盒》的拍摄地，老醋坊，古老的牛车，轮子锈迹斑斑。

古朴的浪人街别有一番风味，老旧得没了一只轮胎的轿车，旧轮胎搭建的门。漫步来到清城，有人在捶打糍粑，红彩喜气的绣楼格外引人眼目，使人想到王宝钏当年抛绣球选意中人的情景。还有复原的都督府，马车，挂有孔子像的旧学堂，戏楼。

我站在一块宣传牌前，上面有张贤亮作为火炬手传递奥运圣火的照片和他的简介文字。张贤亮是我喜爱的作家之一，记得我上师范学校时，曾如痴如醉地读他的小说《灵与肉》《肖尔布拉克》《黑炮事件》《绿化树》等，对他崇拜之至。后来又读了他的《男人的一半是女人》，心想，待以后有钱了一定收集先生的所有书来读。这次恰巧影视城有售，我遂买了先生的《世纪文学 60 家张贤亮精选集》《张贤亮散文精选集》《男人的风格》等几本书。这个受尽磨难的作家，文学创作是那么地好，又有奇思妙想，把滩涂地经营成影视城，真是了不起。张贤亮因诗文被打成"右派"而与宁夏结缘，宁夏因有张贤亮这位大作家而添彩闻名。可惜，这位著名的作家今年九月已与世长辞。

移民亲戚

早知道宁夏泾源县有个亲戚移民到了银川居住，没去过。这次电话联系上了，准备去。妻高兴得不得了，那是她姨家的三女儿改香，从小一块耍大的姐妹，嫁到了泾源。

车子下了绕城高速，"挑担"杨培新骑着摩托车来接，他家在城西的五里水乡，绕城外道路走了很长时间。进入村镇，下车，休息，但见眼前一条河缓缓地淌水，芦苇一丛丛，野鸟栖息，树木的叶子变黄了，天边夕阳的余晖给郊外的景物涂上了橘黄的颜色，煞是好看。问"挑担"，说，这是艾依河，在银川是很有名的一条河。

很快到了亲戚家。这是位于三楼的三室一厅的房子。姊妹俩拥抱，坐定，喝茶，拉话。她的大儿子彦辉和媳妇、女儿文燕在家。得知其响应宁夏移民的号召，改香动员"挑担"说，树挪一步死，人挪一步活，搬吧，只要人勤快，头脑灵活，就饿不死。就这样，他们和村里十多户人举家迁移到这里。刚来时，他们被安置在俗称西沙窝的植物园，政府帮他们修了十多间砖墙的土房，就算安了家。后来又搬迁进城，暂时租房居住在五里水乡，等待移民小区建成后再住新房。改香说按本籍户和外来户不同标准及原有住房面积等条件，她家可分配到一百多平方米的新楼房。不一会儿，她的儿媳已做好晚饭：手擀面条，两个凉拌菜，好吃。这时外出打工的二儿子文辉也回家吃饭。

小伙子长得高大帅气，能自食其力了。饭后在小区转悠，又闲聊至午夜方睡。

第二天一大早，培新和改香陪我们去"西沙窝"看他们的老宅。略显荒凉的沙土地里有一排破旧的砖墙土房，院子里稀稀落落有几棵树。改香说，刚搬来时那个艰难呐，没法说，边打工挣钱边修建房子，加上移民搬迁费和一家人没黑没明地苦干，刚开始修了两间，后来逐年增修了十多间。没料到几年后又得拆迁搬家。在老宅旁拍照，摘吃又大又甜的沙枣后，我们又去永宁金沙渠看他们的产业园——葡萄种植基地。二十亩的沙土地里长满荒草，地头有五间平板房，周围农户的葡萄蔓还绿着。培新说，今年刚承包，准备明年和娃的舅舅共同经营这块地，种植葡萄。中午饭后，改香忙着去附近的奶牛场打工了，二儿子文辉也跟人搞粉刷干活儿去了，只有彦辉陪我们去逛沙湖。

两三年过去了，打电话询问，得知现在他们又搬进了望湖景园的居室，培新和改香在经营葡萄园，大儿子彦辉小两口经营窗帘店，又喜添贵子，二儿子和女儿打工，一家人各有营生，生活逐渐滋润起来。

沙坡头

大漠与黄河的机缘邂逅，水与沙的绝妙乐章。

来到沙坡头，一种雄浑之美扑面而来。黄河在这里拐了个弯，阳光下河水泛着金光，芦苇荡仿佛新娘的盖头，水鸟翻飞，古铜色的羊皮筏子悠悠荡荡，载着笑声亲近黄河。沙滩骑马，体验一回古代骑士的风范，过瘾，刺激。

坡下骆驼成群。我想徒步登沙丘，尽管吃力，但脚与沙的磨合使人有一种与大地亲密接触的温热感。人走一步，沙溜一截，那种一溜一滑的感觉真好。不时有梭梭草一蓬一蓬地显出生命的绿意。瞥见沙坡面上爬走的三三两两的人们，如蚁一般散落，阳光斜射，坡面金灿，而回望坡下的黄河，静谧而安稳，状若绸缎般铺展。登顶，王维诗句"大漠孤烟直，长河落日圆"的石刻赫然出现。顺坡顶再往里走，一望无际的腾格里沙漠，真是浩瀚雄浑啊！

沙丘连绵起伏，驼队穿梭其间，让人顿感天地之壮阔，塞上之壮美。

滑沙，是少不了的。买了滑沙票，妻胆小，改乘缆车了，我坐于滑车上，手握滑速控制器，一溜烟滑下，惊险，刺激，美妙，不时有笑声和叫声落满沙坡。细绵的沙子在这里变得温柔起来，给予人最多的是天人合一的感受和快乐。

往回走的时候，我们还看到了中卫境内农田里金灿灿的稻子，这是我第一次见到，感觉特别美。

关注宁夏

三年前的宁夏之行，至今令人难以忘怀。

银川起新城。以前心想塞外风沙大，宁夏就那样。这次让我感受到银川城市的漂亮，旅游景点打造得那么好，而且在银川创业又那么的活便，真有"购得楼房来安家，不辞长作银川人"之想。

宁夏是个好地方。近几年，我一直爱看宁夏电视台播出的"印象宁夏"和后来的"这里是宁夏"栏目。从"印象宁夏"这个节目中，我随着主持人王美哲的介绍，了解了贺兰山、西夏王陵、青铜峡一百零八塔、六盘人家、西吉的火石寨、固原的须弥山等景观，还从"这里是宁夏"节目中了解了葡萄庄园和红酒基地的情况，宁夏的民俗风情和地方小吃。记得看过介绍宁夏某清真寺情况和回族服饰的节目，真正感觉到宁夏民俗之美。从文学的角度说，张贤亮不用说了，从西吉和固原走出去的郭文斌也是我崇拜的一位作家，还有石舒清，小说写得很棒的女作家马金莲，都是宁夏这块土地养育出来的才俊。

好了，写了这么多，什么时候再去宁夏转转，游览更多美景，顺便看看亲戚呢？

2014 年 12 月 31 日

第五辑　凡人亲情

人间自有真情在，亲情友情最珍贵。凡人亲情里自有人间烟火的温暖⋯⋯

母亲的关山

一

关山，是母亲的关山，亦是我的关山。

关山，是六盘山南端的小陇山；我生活的关山属于小陇山一脉的华亭山寨段。

我生于山，长于山，与关山有不解之缘。因为母亲的一生与关山紧紧相连，苦难相依。

辛丑冬至来临，有一段时日没回老家了，抬头凝望县城西北方向苍茫的关山，我又想母亲了！这是冬至前一天，我上午编辑好了明天要发的微信公众号图文，存入草稿箱，又向几个文学刊物投了稿，午饭后开车回了山寨。高速路修到了老家门口，车窗外关山依然矗立在西北。四五十年沧海桑田，不变的是关山。想当年我拾柴割毛竹曾攀上高高的郭家岭峰巅，累了坐在山顶草地吃块干馍就远望山寨川里和东边的峡谷山峦，飘飘渺渺，云烟轻笼，仿佛在天边。我就想：几时能脱离这苦难的命运，走向山外的世界？

没多想，扫码查验后，车子早出了"华亭北"出口，山寨的山高大，山寨的地亲切，山寨的人亲近。滨河路的集市还没散，下车转了一圈，感受一下农村集市的热闹和市井相。回到家，娘不在，三弟说刚出去，可能去后渠山头庙上了。我就和三弟喝茶闲聊。吃过晚饭，还不见老娘回来，我就步行庙上去叫。原来她和几个老婆婆在帮忙准备明天庙会的事。老娘见我回来，就跟几个姐妹打招呼后跟我回家了。家中另有土炕，没烧，我就和老娘睡一个炕，她怕我受冻，又用柴草烧了一次炕。

睡在暖暖的土炕上，就有母亲般的温暖和气味，就像儿时一样。我一直以为，多多陪伴和倾听老人诉说远比单纯给钱给物要好。我也是年过半百抱上外孙的人了，依偎在母亲身旁共话沧桑。这就叫土炕夜话。我不时问问我至今不明白的问题或模糊不清的记忆，我在抢救一些有关家族、村人轶事和世事节点的素材，毕竟农村历经沧桑的老人不多了。母亲絮絮叨叨东拉西扯一直在说，我也一直在记忆中搜寻，母子互动话说家庭变故和世事人心。当然，母亲说得最多的还是她所受的苦难以及与关山有关的话题，这也勾起了我对关山更多的记忆。

二

我家坐落在川道里，关山横亘于西，相距大概五里地。

我八九岁时，母亲就领我去近处的浅山挖药、割草。十多岁，母亲已领我去深山割毛竹。一次，她与我叔等几个人约好一同去黑鹰沟割毛竹，不料他们走在前，进了二道沟，母亲和我估摸着进了头道沟，母亲留我一人看大骡马，她独自一人进山沟割毛竹。我边牧马边玩，山溪淙淙，野荷田田，鸟语声声，因为黑鹰沟山大沟深，是远山，我没有见到什么人进出，啃点干馍又继续玩。待下午母亲背着一捆大大的毛竹下山了，回去时就和我叔他们会合了。多少年后母亲回忆起这一幕说："当我把一大捆毛竹背下来，见我娃一个拉着马放，我心里酸楚的，我的娃呀，可怜的……那时我真胆大，把个小小点的人一个留在沟口看牲口，就不怕狼什么的吗……"说着，母亲又哭了。我却想，因了母亲的苦难，我们弟兄四人甚至我们那一代农村娃都是天养活着呢。缺衣少食，生病没钱医，雨天光着脚丫踩烂泥，风雨里长，野地里跑，没有人疼爱，不是天养是啥？我倒想到了母亲的苦难，一个瘦弱的农村妇女，为了拉扯娃们长大，为了生活，不得不像男人一样一次次进山去，割毛竹，刨菖蒲，拔目贼，背柴禾，拾李子……

瘦弱的母亲为了生计几乎跑遍了关山的山山峁峁、沟沟壑壑。

我先跟母亲去关山，后来和村中伙伴去关山，再后来领着弟弟们去关山，也有时一个人去关山，和母亲一样进山干同样的活儿。关山养活了我，磨炼了我的手脚。

去得最多的是浅山处的红崖河、郭家岭，割毛竹，背柴禾，折蕨菜，放马……记得我领两个弟弟，拿些玉米面碗坨，拉个架子车，把车子寄存到甘河磨坊后，向西蹚过河水顺溜道爬山，见干枯的树枝就拾起归拢，拧一根橡树枝条作腰，把柴禾上下两道捆起来，用绳绑在前端拉着溜下山道，再背到磨坊车子上。也许是艰苦生活的磨难，那时我有股少年的狠劲，别的同伴背一捆柴早回去了，我看天色尚早，领着弟弟又上山去背第二捆。饿了困了就在河边休息，吃馍，喝河里的水。

高高的郭家岭上也留下了我少年的身影。那时家里喂着一匹栗色大骟马，我就拉着马去郭家岭放牧。山高云淡，草长莺飞，马甩着尾巴，喷着响鼻，在草堆里美食，我在寻摘野草莓吃，然后割一大捆青鲜的野草，捆好架到马背上驮着，回家后够马吃一天。

三

今年冬至回老家与母亲夜话，母亲一连串说了很多关山的山名和沟名，大多数我都了如指掌。我说我们的祖先早先就生活在关山的中嘴沟，但我对中嘴沟的方位没搞清楚。母亲说，中嘴沟在黑鹰沟，黑鹰沟有三道沟，头道沟近些，竹子少，中嘴沟在二道沟那里，右拐就进了光底子河、香炉沟和簸箕湾，左拐就进了三道沟，那是远山，竹子特多，野生药材也多。三道沟再西边就是庄浪的关山了。我说我好像没去过簸箕湾，母亲说，咋没去过呢，你小时侯，我和你大伯割目贼时就领你去了。哦，我都忘了。

我几年前修族谱。据传，我的先祖辈早先生活在庄浪县韩店的酒槽村，饥荒年间挑着扁担，拖儿带女翻越关山来到了中嘴沟，以石垒墙，以木搭房，和一户杨姓人家结邻搭伴而居，在关山躲避灾荒，聊度生活，后来不知啥时又移居到了平川。

关山西北段与宁夏泾源县接壤。上小学时，暑假我就与村中小伙伴去西北方向的关山采药。那个地方叫水磨沟，最远了。我们早上五点多就出发，走过长长的北沟塬，路过车家沟，已走了十多里路，歇歇，吃口干粮，又爬上高高的大山坡，翻过山顶又走几里山路才到水磨沟。山远必有货。真的，这山沟里菖蒲真多呀，我们刨开黑黑的松土掐拾黄黄的根茎，一两个小时就刨了一小布袋。下午三四点就得赶快回家。因路远，刨药用的时间并不多，把时间尽耗费到路上了，但同时也锻炼了我们的耐力和脚力。

母亲的关山在流泪，我也揪心地流泪。那是铭刻在我幼小心灵里的一块伤疤。记得那时我上初中二年级，正值寒冬腊月，由于父亲暴躁的性格和贫穷生活的重压，我的母亲身体日渐消瘦，脸色铁青，神情恍惚，经常喃喃自语。她半夜起来把家里的几绺腊肉取下拿到我家后山堡城上挂在树上，她胡乱说道是祭祀天神，祈祷让她好过一些，再不要受父亲的打骂。可偏偏她回家后，父亲找不见腊肉，知道是她拿出丢在了外面，就把我们弟兄几个支到邻居家去，把上房门用一块木板顶住，在里面毒打我母亲。我听到母亲的哭叫声和哀求声，悄悄回家爬到上房门缝里看。父亲仍在用一根桃木棍在抽打母亲，骂她是中邪了，说他是在驱邪。见母亲披头散发，号啕大哭，身上青一块紫一块的，我在门外心都碎了，眼泪哗哗直流，心里在呼天抢地，因人小胆怯，不敢进去拉开父亲，护住母亲。好在邻居常大叔及时赶来，和几个大人硬是连推带撬弄开了房门，父亲才住了手。我冲进去抱着母亲直哭。常大叔几个人数落起了我父亲，你也太手毒了，把女人娃娃没当啥！我看是娃她妈遇天寒冷，中了邪了，精神不整齐，恐怕是鬼邪附身了，你不要打，赶快去请庄家梁上刘半仙来驱鬼。这一夜，常大叔没回家去，坐在我家炕沿熬茶喝，说是怕我母亲后半夜犯病又独自跑出去。母亲胡言乱语得厉害，几次跳下土炕往外跑，好在常大叔警觉麻利，一把拽住她拉到炕上了。第二天，父亲叫来了刘半仙，画符，烧纸，我们几个跪香，半仙端一水碗，立一木筷，口中念念叨叨，说是在叫魂。之后又拿一把菜刀在炕桌上啪啪直拍，说是在驱鬼。如此连续折腾了两个晚上，母亲稍稍安静了一些，但精神状态并没有好转。凑合着过了个年，正月初四下午，母亲又出去了，直到晚上八九点还没回家。父亲去山后堡城找，去家门亲友处找，均没找见。邻居和家门亲友都来我家了，常大叔给几个人分了工，一路去峡滩亲戚家找，一路去关山脚下的甘河、水草沟找。我父亲和其他大人找我母亲去了，我和弟弟们睡在上房炕上，塌了一块的土炕烧得烫红，我们睡得太沉，把铺的毛毡都烧着了，吓得我们哇哇直哭。我心里默念：母亲呀母亲，你去了哪里，这么寒冷的天，你可要好好回来。我要好好念书，长大绝不让你受罪！

天麻麻亮，几个人抬着母亲推门进来了。我看见母亲脸色青紫，头发散乱，不住发抖呻吟，两只脚上不见鞋子，袜子上裹满了冰雪。刘大婶慢慢脱下袜子，用手暖着，轻轻搓揉了一会儿，才把她的脚放到炕上被子里暖着。常大叔才告诉我们，是他们在关山景儿坪黑爷林里找见的，说我母亲神志迷糊，在黑爷林里迷了路，风雪中在林里乱转了一晚上……啊呀，我的天呀，你咋那么残忍？！啊呀，我的母亲，你咋那么命苦？！那次母亲的遭遇，留给我心里的是永久的伤痛！

母亲被找回来后，村人又分析说，我母亲中邪了确定无疑，上次请的刘半仙是道家，属杀伐式的驱鬼，不可行，得用佛教念经祈祷劝说式的。于是又请了马峡的胡师，连念三个晚上的经，我们跪着烧纸奠酒。母亲渐渐好转。眼看开学的时间到了，父亲听从村里人的建议，决意不让我上学了，理由是我母亲有病，家里缺劳力，念书有啥用。我对父亲说，打死我也要念书，执意背书包上学去了。

直到今年冬至前夜话，母亲流泪说到那次经历，说她挨了我父亲的打，傍晚跑出来准备去峡滩安子社我舅舅家，不料走过山寨大桥那儿就不辨方向，迷迷糊糊了，结果没走到东边峡滩，而是向西走进了关山黑爷林……

母亲的苦难像关山一样沉重，我稚嫩的肩膀上也背着一座沉重的关山。关山磨炼着我的筋骨，使我变得勤快，关山的美景给我大自然的慰藉，使我变得智慧。母亲的关山叠印在我心灵深处，我带着关山的倔强和坚毅投身书海，关山的馈赠和抚育使我用双脚丈量着走出了关山的视野，四年师范苦读后我又回到关山脚下教书育人，母亲脸上气色好起来了，渐渐有了笑容。山里桃花开得更艳了。

四

今年冬至那天，赶了村上的庙会，我就开车拉母家和三弟去庄浪郑河的关山湫池去游览。母亲说山寨这头的关山她跑遍了，听说大山坡翻过那头是庄浪的关山，天大旱时老年人去湫池求过雨呢。我们到湫池，尽管池水已结冰，母亲却为这两池子山顶之水而神奇，口中念道：山有多高，水就有多高；女娲娘娘来过这里，这就是福地宝地。母亲烧香拜佛毕，我们下山吃了顿暖锅就回家了。

去年老父亲去世后，我就对母亲说，你现在要把心放宽，保重身体。我说，对我们弟兄四人来说，母亲就是我们的佛！

2021 年 12 月 27 日

难忘恩师

我是遗落在关山怀抱里一株柔嫩的小草,经过了四十多年的风风雨雨。咀嚼苦涩中挤出来的一丝丝甘甜之后,一位启蒙老师如山的身影,已连同这巍巍关山一道,深深映叠在我心的屏幕。

那是1976年,他二十出头,正血气方刚、英俊帅气,一肚子墨水在"四害"横行的日子里就是吐不到高考的试卷上。于是他就做了村里的"孩子王"。在村头三间队部里,他是一群村童眼里唯一的希望。九岁的我常常被那动听的歌声和读书声所迷所诱而忘记了去拾柴禾、打猪草。有一天,他终于发现了我这个趴在窗外的"旁听生",悄悄溜出教室揪住了我的小耳朵。我吓得哇哇直哭,不住告饶。他却嘿嘿一笑:"别怕,看你小子还是个读书的料。进教室吧!"我嗫嚅着:"我……我……我家穷,我大叫我在家带弟弟,还要每天抽空拾一捆柴禾、拔一笼猪草!"这时他松开我的耳朵笑着说:"这事有我呢,我给你大说。这下该当我的学生了吧?"我还是不肯进教室,手捏衣角怯怯地说:"我……我没有本子和铅笔,我家穷,读不起书。再说我怕我大不同意……"他说:"这好办,你先进来念书,完了我给你大说。"他就拉我进了学堂。毫无疑问是他给了我本子和铅笔。奇怪的是,这天我很快就学会了"a、o、e"等拼音字母,老师还让我给其他孩子领读呢。回家后,父亲见我没拾来柴禾,骂我念的什么书、有啥用,家里生活这么苦焦,还是在家帮干点活儿才好。母亲却坚决地说:"我看让娃念书去,人家王老师都叫去报上名念了。这穷日子娃不念书更没出息,我娃念去,有我在,累死累活也要供我娃念书。"母亲就去买了一张白纸,用刀裁了,用针线缝了两个作业本,用废牛皮纸缝制了一个袋子当书包,我装上书本和铅笔,夹在胳肢窝,又去上学了。

难忘那段快乐时光。尽管我们经常饥肠辘辘,可只要和他在一起,我们的精神生活是饱满和快乐的。我们确信他身上存在着一种魔力。他把爱的情愫化作歌声和读书声喂养着我们。更令人难以忘怀的是，他带领我们去村外小树林里捉迷藏、讲故事、赛跑。他还教瘦弱的我在池塘里学游泳。他会舞剑，优美的动作深深印在我的心里。他的竹笛吹得可好啦，如山泉水的旋律音调给我的是美的陶醉。一切的一切，给予一个贫穷孩子的是美与希望！

这年秋后，他还带着我们去大山里采冬花这种草药。草药卖掉后，他给我们抱来了一大摞新奇的小人书。我们像热爱小人书一样热爱他。

一个寒冷的冬日，我因病几天未去学校，父母亲去了修梯田的工地。昏沉沉的我不住地喃喃："我要读书，我要见王老师……"下午放学后他果然来看我了。他掀开薄薄的被子，一只大手抚摸着我烫热的头，说："看病成这样子了，有水吗？"他随即倒了一碗水，坐在土炕沿喂我喝。我连同自己掉进碗里的泪水一同喝下去了，他还塞给我五元钱，让我治病。

期末双科考试，我得了两个一百分，他开心地笑了。

可惜的是，他只给我们代了一年半的课，村学就合并为乡中心小学了。又过了一年，他考入定西卫校离开了我们。走时，我们一伙娃娃都哭了。后来，听说他转入青岛医科大学深造，再后来又听说他在北京攻读了四年医学研究生，毕业后在石家庄某军区医院做免疫学研究和教学工作。

噢，忘了告诉读者，他就是我永难忘怀的王沛老师，我生命世界里第一个播种希望和爱的人！他家和我家属同一个村相邻的两个社。

师生多年未曾联系。正是王老师一把拉我进学堂，才打开了一个山里懵懂少年的求知之门，正是凭着他的启蒙和言传身教，以及后来的勤奋精进走出大山成为医学专业的拔尖人才，我在他的言行影响下才把勤学拼搏深深融入血液，我人生奋进的路上总有他的影子在引导我。

王老师把一颗希望的种子播进我的心田，我没有忘记他对我的栽培和期望，于是就在发奋读书中一步步朝希望迈进，在奋斗中向贫困抗争。

"三更灯火五更鸡，正是男儿读书时。"这是王老师早给我们讲过的励志语。正是凭着这种苦学的精神，我的学习成绩在小学和初中都名列前茅，终于在1983年秋考入了平凉师范，实现了我要当一名像王老师一样的教师的夙愿。

从小学一别王老师，以后二三十年再没和他谋面，只是偶尔从家乡人和同学口中探得他些许的信息。直到我从乡村教师靠写作奋斗到县委机关工作以后，才在王老师的一个朋友处打听到了他的电话和在县城的住址。那年过春节，听说他回来了，我便电话联系上他，提个礼品去他家拜年。一进门，他仍然一脸英气，越发成熟稳重了，笑语盈盈，谈笑风生，没一点威严的架子。见到王老师，我亲切如故，想起我小时候的家庭境况和苦难童年，不由心里酸酸的，对王老师的感激之情一直藏在心底，此时却迸涌而出。

"王老师，没有您拽我进村学，没有您的教育、教导和关心，就没有我的今天，真是师恩难忘啊！我家那时实在太困难了。"

王老师笑笑说："快别这么说，那是你勤奋好学的结果。唉，那时咱们那小山村家家都穷，穷则思变，奋斗才能改变命运。"

王老师还说："虽然我们师生多年未见面，但我每年回来都在朋友处打听你的情况，有朋友说你前年还在《平凉日报》发表了写我这个老师的文章，我都剪辑存下了。你现在在县委工作，在一个小县城也算奋斗得不错，继续努力干吧！老师再听你的好消息。"

几十年没见，师生分外亲热，分外投缘，有许多聊不完的话。我们聊小学上学的事，聊家乡的变迁，聊人生，聊各自的工作和家庭，老师给我的依然是严谨治学，勤勉工作，正直为人的风范。

我也才知道我的启蒙老师王沛已在白求恩军医学院工作，搞免疫学研究，教授，级别为师级。他才是我们穷山沟沟里飞出的金凤凰，是我值得崇敬的永远的老师，是我崇拜的偶像。

他为人极谦和。尽管我以对老师的崇敬之情尊重他，他却总是平和地笑笑：没啥，咱师生一场都是缘分，我们是朋友，不必拘礼。

是的，在王老师跟前，我从来没感到师道威严的拘谨和教授级别的架子。我们是亦师亦友的关系。

从此，我们的联系和交流就没间断过。每年他探亲或春节回到小县城，我都会去他家拜访。有一年春节我去他家拜年，他在陪八十多岁的老母亲，买菜下厨做饭，陪老人唠嗑。他是一个大孝子。他又是一个好丈夫，面对多年患重病的妻子，他竭尽全力悉心照顾、陪护。他乐观爽朗的笑是留给我最深刻的印象。他每回到华亭就不厌其烦地解答亲朋好友的问诊咨询。

没想到他竟搀扶着老母亲来我家做客，一顿家常饺子他吃得津津有味，我们也在回味小山村的往昔岁月和两家人交往的细节中加深着师生情谊。

时间到了2016年，我女儿出嫁。作为特邀嘉宾，王沛老师欣然前来道贺，次日又爽快答应一起去看我女儿，令我感动，在他心目中，我这个学生俨然已成为他至亲的好友。

一次闲聊中，知我爱好秦腔又在学拉二胡，他说："我年轻时也拉过秦腔板胡，爱咱西北的秦腔音乐。"我说待我好好练习，啥时咱师生再合奏一把秦腔。他笑道："等我退休后返回故里。"

哦，维持近半个世纪的师生情谊，亦师亦友的点点滴滴，最不该忘记的是王沛老师早年一把把我拽进学堂的知遇之恩，循循善诱的启蒙之教，如沐春风的关爱之情。我说过，没有王老师的那一拽，就没有我以后的求学精进和幸福生活。更为重要的是，他的拼搏上进的精神，方正仁爱的品质，谦和友善的胸襟，给予我的是充满正能量的宝贵精神财富。记得一位名人说过，教育要为学生"立心"。我觉得，一个老师不仅仅是教会了学生多少知识，或者教了多长时间，而在于身体力行地把一种好的理念和人格魅力潜移默化地植入学生内心。王沛老师就是一个为学生"立心"的好老师。

师恩难忘，难忘师恩。我永远感恩我的老师王沛。

2022年4月19日

父　亲

父亲要去陕西赶麦场了，我心里酸酸的。

我的父亲是一个地地道道的西北汉子。在那贫困的岁月里，为了拉扯我们兄弟四人，他东奔西闯，整日奔波，做木活、当瓦匠、学屠宰、编山货……当我们的腰杆在父亲眼里挺直起来时，他的腰却被生活过早地压弯了。

记得在我八岁的时候，正是青黄不接的时节，家里已断粮几天了，队里仅存不多的储备粮也求借不出，父亲便于一个黑漆漆的夜晚独自去六十里外的白面镇寻粮去了。早晨起来，母亲要去上工，就打发我和弟弟去挖野菜。能吃的野菜近处是没有的，我和弟弟挎着比自己还大的竹笼去了后塬。太阳如火刺猬，毒毒地滚在高原的上空，一望无际的绿海早已淹没了两个瘦小的身影。清风送来野香，我俩的喉结在一上一下地干动，于是尚在扬花的软麦颗粒就是我们的充饥之物了。待挖满一笼苦苦菜，我俩已精疲力尽了。太阳爬过了中天，我们坐在塬峁上凝望着父亲外出的方向，凝望天边那朵白云。弟弟软软地靠在我身旁问：

"哥，你说大啥时才能回来？"

"快了，你饿了吧？"

"嗯。哥，你说咱队一年种这么一塬的庄稼，为啥咱们还挨饿呢？"

看着弟弟疑惑的神情，我摇摇头。

我们挖回了野菜，不见父亲回来，母亲就煮野菜给我们吃。父亲直到月落枝头的时候才披着沉沉的夜色赶回了家。他籴回一袋麦麸，而却丢了腿上的一块肉，丢给了野犬。母亲哭了，我们弟兄四个也抱住父亲泪流不止。

父亲第一次破天荒地笑，是在我接到师范录取通知书的时候。

为了供我们上学，他和关山结下了不解之缘。当我在平凉师范上学每次收到父亲的汇款单时，当我每次听来人说父亲顶着烈日上山的情景时，我就忍不住流泪。他那山石一样的话语就响在我耳畔："娃子，要像山一样做人，要像鹰一样学习知识，记住了吗？"

记住了，父亲的话如关山涛声，似山涧轰鸣，催我踏上人生路。

而今，我已工作挣钱，成家立业了，而近知天命之年的父亲却还要去赶麦场。临走，他亲亲我的女儿，他的小孙女，从内衣兜里掏出几颗皱巴巴的水果糖给她。看着父亲背着一把镰刀和一卷破棉袄，费力挤上了班车，我的眼泪又来了。

我的黄土地一样的父亲哟……

1996 年 4 月 6 日

三弟打工记

多年后的一天，正值父亲的周年祭日，我提前一天回到了老家，想帮三弟准备明天上坟烧纸、招呼亲友诸事。打扫卫生，裁纸，借桌凳，安顿厨房菜料毕，我就和三弟睡在上房炕上。炕烧得很暖。寒夜暖炕，我与三弟的夜话开始了。三弟给我讲起了他早年打工的经历。

我家在大西北甘肃省平凉市华亭市山寨回族乡西街村——小陇山脚下一个贫穷落后的地方。我家是村中最穷的家庭之一，父母目不识丁，父亲脾气暴躁，母亲瘦弱有病，有我弟兄四人，生产队时分的粮食老不够吃，一到春天就断粮了，包产到户后稍好一些，但还缺粮，原因是父亲固执地不买不施化肥，庄稼长得差，六口人仍不够吃。那时我和二弟四弟上学，三弟小学只上了一年，就辍学在家放牛，帮种庄稼。待我师范毕业在山寨初中教学，三弟又想上学，就直接报到初一上。不料小学断档，基础薄弱，初中只上了一年，三弟自觉学习很吃力，跟不上，就退学回家了，那时他只有十六七岁。我忙于工作，多年没注重三弟在家和外出打工的遭遇，他也从未对我说过。几十年后的晚上，他才一五一十地给我说了他打工的坎坷经历和酸甜苦辣。我听后唏嘘不已，眼眶湿润。

他说，初一念完那年辍学后（大概在 1990 年左右），鉴于家庭困难，他就决定外出打工。没出过远门，他就想和同村的双虎与平利去内蒙古，坐班车到宁夏中卫，在建筑工地干活儿，一看活儿重，老板给钱不爽利，双虎他们俩撇下我弟跑了。我三弟又干了几天，实在不行，也离开了。老板嫌没干够天数，没给工资。他身上只剩下一元钱，走到中卫城里已是夜里十一点多，肚子实在饿得不行，找一面馆吃饭。面馆老板见他实在可怜，收了一元钱，却给他舀了一碗稠稠的面条，他美美地吃饱了肚子。去哪儿呢？住店，没钱；在这里继续打工，显然不可能；坐车，没钱。他知道村中同伴外出打工为了省钱都是扒火车去内蒙古，他也去中卫附近扒上了去内蒙古的火车。

在内蒙古的一个什么地方，一下火车，他就被一个村干部模样的人叫去，说是平整土地，其实去了什么农活儿都得干，犁地、播种、锄草浇地、拉运打碾，一天仅给三元工钱。他实在扛不住这繁重的高强度体力劳动，就给老板说，我年龄还小，这农活儿实在扛不下来，我得回去念书，就不干了，拿着二十多元回家了。他继续扒火车到固原，坐上班车才回到家。家里实在经济困难，又缺粮，他觉得不能待在家。第二次，他和村里一个叫小平的精明小伙子一路又去内蒙古，兜里只揣着十元钱，没钱坐车，小平说，你跟上我走，我有办法。坐班车到平凉，小平和他走到八里桥交警跟前，装作可怜无奈的样子，说去打工，实在没钱坐车，央求交警挡个车捎上他们。果然，交警挡了一辆去固原的车。他俩到固原，又扒火车到内蒙古。这次被一个人叫去，说是浇地种庄稼，其实农场的啥活儿都干，干了几天，小平私下说看见那人一天凶巴巴的，独个子人，不好打交道，他俩连夜又跑了。他俩到内蒙古另一地又分别找到了活儿干。我三弟这次是到一户老板家说是让喂马，其实什么农活都干。这次他干得较好，老板两口子对他也好些，可是犁地时，他驾驭不了那里的高头大马，犁具也不会使，情急之下，他鞭打了那匹调皮使性的马，不料被老板娘瞧见，告诉了老板，老板叫他去说道："小伙子，我看你这作派不行，怎么那样打马呢？我看你干不成了，另找活计去吧。"

他只得走人。

他又到临河市劳务市场，遇见了同村好几个认识的人。三弟和其中一个人去了一家私人煤矿，赶骡车从井下拉煤，倒有几个同县别乡的人。有一天，别乡一乡党拉煤时故意使坏，吆着骡子一直故意阻挡另一同伴，又使绊子绊倒了同伴，拳打脚踢，同伴弱小，敢怒不敢言。三弟那时年轻气盛，看到同伴受欺负，他忍无可忍，扑上去教训那人，打得那人求饶了。不料，上得井巷，别乡的几个小伙子气势汹汹一齐朝他走来，他们复仇来了。三弟一个人寡不敌众，那次他吃了亏，被打得趴在地上，那伙人你一脚他一脚，踢得他痛得昏了过去。因为在一个宿舍住，晚上那伙人又提来啤酒叫他俩喝，所谓和面子了。挣了几百元钱，三弟就回家了。

次年夏收时节，三弟和四弟去陕西赶麦场，当麦客。本来去礼泉县农村搭场，不料没留意下车，班车把他俩拉到了临潼。临潼麦正黄，他俩赶上了头场，场价很高，每亩九十元。他们一伙搭同场麦，村中伙伴以为他割麦力气小，技术差，进度慢，不料他割得特别快，一直在前面，同伴落后半截子。收了几天，他们想着宝鸡那里场价会更高，就又去了宝鸡祁山。这次他们判断失误了，祁山县城麦客密压压人挤人，场是搭不出了，每亩二十元都没人叫。后来到陇县，一亩场才十七八元。

听三弟讲他年轻时的打工经历，我为三弟不顾安全扒火车而感到惊讶，想不通有的人出门打工怎么爱打架，我不能理解他们身上的野蛮行为。可又想，还不是贫穷生活所迫吗？是出门在外，在与恶劣的工作环境、险恶叵测的人心、繁重的体力劳动的对抗中所进行的自卫吗？

我也惭愧没有更大能力照顾大家庭，给弟弟们创造良好条件。我那时一月几百元工资，给家里打化肥，加上日用开销，不够吃，一月得打两三袋面粉供一家人吃。两个弟弟只得去打工，因为他们还得娶媳妇。

再后来过了若干年，我的两个弟弟相继都靠打工娶上了媳妇，我也调到县城工作。三弟要经管家庭，照顾两个老人，不能外出打工，在家受穷，他的两个孩子都在上学。有一次，他找我说想在县城打工，我托朋友给他找了份乡村煤矿打工上班的工作。不料，家中老人耍脾气，闹矛盾。从矿井刚下班上来的三弟一听电话，生气加心急，晚上开摩托车往回赶，不料碰到了对面的卡车上，所幸戴了头盔，但也造成脑颅内裂隙、双胛骨折，住了一个多月医院。三弟的心在滴血，在暗暗流泪。他伤心透了，叹命运的不济、家庭的不和睦。

过了几年，村里有人在罗沟开办了一家私营砖厂，三弟和弟媳两人在那里打工挣钱，供两个儿子上学，维持家用。他说他干活特别卖力，特别出活，码砖拉砖年轻后生都赶不上，收入也相对高一些。

去年后季，砖厂停产。已年过半百的三弟又失业在家，去银川打工一个月，因活儿重扛不下来，又回家了。

今年冬至节，我回老家，三弟正为明年的挣钱门路而犯愁呢。听说砖厂要技改上机砖项目，这样就不需要那么多人力了。他一会儿说想搞养殖，一会儿说想去内蒙古打工。四弟帮他分析，养羊他没技术，现在都是舍饲养羊，科技含量高，市场风险大；去远处打工不现实，家中还有个七十多岁的老母亲需要照顾，庄稼也需耕种。唉，咋办呀？三弟犯难了。

我也为三弟犯难呢。

2021 年 12 月 30 日

艾叶如母

立冬之时，回到老家，听老母亲诉说心中苦楚，不禁唏嘘哀叹。母亲问我可好，我告诉她我小腿麻木、疼痛，检查后是右腿有动脉硬化。母亲赶忙从柜子里取出一塑料袋晾干的艾叶，让我拿回去泡脚或者针灸，又把晒在窗台上的几粒大黄装上。

闻着扑鼻的苦苦的艾叶，那里有母亲乳汁的味道和土腥味儿。

那是怎样一畦茂绿的艾蒿草呀，在我家屋后菜园的埂塄上葳蕤成一大片，五月天，走近，浓烈的艾蒿气味直沁肺腑，似乎渗透到灵魂深处。细看，棱条状的茎秆，上部分枝，卵状三角形的叶片，羽状深裂，裂片边缘像锯齿，上面有密密的白色绒毛。医书说，艾叶味苦、辛，性温。归肝、脾、肾经。苦燥辛散，能理气血、温经脉、逐寒湿、止冷痛。

每年五月端午节，母亲就早早叫我们起来，让我们摘来一大把翠绿翠绿的艾叶，插在门楣，说艾叶有辟邪的作用，可保佑全家和顺安康，孩子都有出息。

母亲早年劳累至极，辛苦支撑家庭，苦寒的日子落下了子宫脱垂、咳嗽气喘等病症，因为没钱买药，她就自己采摘草药来治，感冒咳嗽了，就把采来的干柴胡剁成段，熬成药汤喝，把杏仁熬茶喝，用晒干的蒲公英泡水喝，消肿解毒又补血，腰腿痛了就用艾叶灸。

母亲用艾叶为我灸过腿部，她颤巍巍的双手把艾叶搓成绒条儿，上尖下粗，口中蘸点牙汁，端栽于足三里、阳陵泉、血海等几个穴位，点燃，轻烟缭绕，氤氲成袅袅缕缕的温情。近来，我用母亲给的一包干艾叶坚持晚上泡脚，打开塑料袋，干瘪的艾叶气味依然很浓。看到艾叶，一如我看到年迈干瘦的母亲；闻到艾草的味道，一如我嗅到母亲的味道。把艾叶和切片的生姜放进开水滚烫的桶中，盖住，热泡，出味儿，搀进凉水，水温四五十度，水气里中药味极浓，水色变黑，双脚放进水中，不温不火，舒服，不一会儿经络舒畅，浑身微微出汗，艾叶的药性经过双脚通达全身。这个冬天，因用艾叶泡脚，我沉浸在温暖之中，腿疾也渐渐好起来了。

艾叶，本是田间最常见的蒿草，它辛苦的药性却可医治人间病痛。母亲，劳苦劳心一辈子的母亲，还时时惦记着她的儿子。我的眼前，时时出现绿茂的艾草和母亲瘦小的身影叠加在一起。想到仍在山里田间劳作的母亲，我就泪眼婆娑……

2014 年 11 月 22 日

拜谒姚学礼

生命中有的人是不能忘记的，尤其在身处艰难困苦中给予帮助和提携的人，譬如姚学礼之于我。

姚学礼何许人也？

他是平凉的大诗人，老诗人，他的诗作享誉海内外；他还是原平凉地区文联主席，已退休多年。

掐指算来，我与姚老师已有十多年未联系了，那还是2008年在华矿一次文学活动上，姚老师托人叫我去一块吃饭，此后我忙于公务，累于家事，再也没看望过姚老师，但心中一直惦念着他对我的恩德。

这是壬寅盛夏，我因事去崇信、泾川和平凉，办事毕专门去拜访姚学礼老师。

从市文联问得姚老师的住址和电话，并得知姚老师七十多岁，身体依然硬朗。

6月23日早，我买了点礼物，电话联系上姚老师，便驱车到达市区西门坡。姚老师在街旁等我，带我去他的工作室闲聊。二楼的几间居室其实是他的书画室，桌上、沙发上、墙上满是书画。姚老师精神尚好，只是背驼得更厉害了。

十多年后的重逢，我们聊人生，聊文学，聊书画。我人生的起伏遭际引起姚老师的唏嘘叹息，末了又鼓励我说，只要身体好，心态好，娃娃成才有出息，有自己喜欢的事可干，也是好的。他勉励我坚持读书写作，练习书法。他说，他已出书六十多本，老了仍笔耕不辍，写了几部小说，创作的剧本拍成电影在中央电视台六套播出过。这几年多搞绘画，作品在深圳展出受到好评。我观姚老师的书画，亦如他的诗，源自本性，纯粹创造，没有临摹传统书画的痕迹，不太符合大众审美标准。但我以为，这正是艺术的可贵之处，没个性缺乏创新的作品还算艺术吗？在这一点上，我是欠缺的。姚老师独抒性灵特异的创作是我等学不来的。

末了，他赠我一幅画，画的是一只斑斓的上山虎，题曰：**登高可望远，啸有百谷应**。我知道姚老师送我这幅画的鼓励深意。随后，他又挥毫写就了一幅书法赠我，其辞曰：

　　　　关山有城郭

　　　　仪州围三进

　　　　莲花蕊玉昆

　　　　双凤相鸣好

　　文友郭进昆乃华亭山寨人，出身贫寒，人却聪慧，好文善书，多抒淳朴乡情，亦道校园桃李，继任职公干，尽职尽心，为人耿直，真乃一介文人优者。

知我者，姚老师也。虽然题字有溢美之词，但其中的文采性灵，于后生的鼓励奖掖之情让我心热。

说起姚学礼，他是我文学上的领路人，是扶我上马的恩师。

三十多年前我在平凉师范求学的时候，痴迷于文学，苦读诗书。在学校组织的一次文学讲习会上，我知道了从柳湖畔菜地田埂上走出来的著名诗人姚学礼，我便敬畏起了他那如湖柳般傲岸的人格，醉倒于他散发着菽香的诗篇。还有一次我在观看地区群艺馆举办的画展时，不经意看到身后站着的诗人姚学礼，当时他给我的印象是蓬松的发型，癯瘦的面容，穿一身发旧的中山装，一双纳底布鞋，俨然一位郊区菜农，哪有大诗人浪漫光鲜的气派？我只暗暗多瞅了他几眼，一个穷学生不敢和诗人去搭讪，心想他定是一个外朴内秀的奇崛之人。

和他正式谋面是1993年国庆之时。

我那时在一所山乡学校教书，家庭的负累、繁重的教学任务，文学之爱无以援笔，进城之想苦于无门，处于人生的艰难期和苦闷期。那时，我读了《史记》和《易经》，《易经》中富于哲理的卦辞给了我启发，"困卦"告诫我当人处于艰难困苦时期，必须坚守自己的原则，贯彻自己的理想，必须不懈奋斗。但当阳的君子，被阴的小人所折磨，应隐忍待机，更加惕励奋发，同时得有大人物的相助。

于是，我想到了姚学礼，壮着胆子去平凉拜访了他。艳阳高照，菜香四溢，柳依然枝繁叶茂，湖仍旧情意脉脉。听有朋自山里来，诗人忙放下手中的活计不亦乐乎，丝毫没有文联主席的架子。我们谈家庭，谈社会，谈平凉文学的前景，我与他像早就熟知的至交，他那如柳絮飘飞般的话语中包藏了一颗热情诚挚的心。他赠我以书，勉励我奋勇攀登文学的高峰。1995 年初，又为我一部作品集的出版而四处奔波，并审稿作序，使我的散文小说集《大山的馈赠》得以顺利出版。1995 年 5 月，他又邀平凉部分作家来华亭参加我的作品研讨会，多次建议县委领导重用我，才使我走出山沟沟，进了县委大院。

2022 年 6 月 24 日

村　伴

我是从村头那条常春藤一样的黄土小路走出来的农家子。在外工作多年，我的心却常常飞回那黄土坳里的小山村。我总会想起那满身是宝的关山，那清清的山溪，那黄土高坡野性的山谣，还有那一起与我在山里长大的伙伴们……

漫步黄土路，野风送来一曲童谣：

> 蓝天蓝，黄土黄
>
> 打碗碗花开向太阳
>
> 牛铃儿响，路儿长
>
> 我们一伙伙骑在高原上……

多熟悉的童谣呀！甜丝丝、亮闪闪，飘荡在缀满各色野花的土路上，歌里就融入了一缕泥土的味道。于是我就想起来小时去山野牧牛的情景，我们一伙光头、脏脸、拖着鼻涕，骑在牛背上极尽戏耍唱闹之能事。

山坡牧牛，蓝天高远，白云悠悠。我们的歌谣就应和着山溪的喧唱，一起飘荡在山坳。我们逮蚂蚱，摘吃野草莓，摔跤。而正在"回草"的牛则一边轻甩着尾巴，一边看我们嬉闹哩。

小河依旧绕村而流。几个光腚的村童正在尽情戏水或晒肚皮，跟河中的泥鳅似的。他们的笑闹声把我拉回到了我的童年。我和我的小伙伴也消受过这母爱般的温情。在那饥馑的年代，我们不止一次地"耍过饭饭"，后来干脆来真的，做野餐了。狗蛋偷来家中的小铁锅，丑娃拿来油盐调料，拴拴、根明、存成和我一起钻进水中摸鱼，外号"卷卷毛"的小伙伴和另外几个小伙伴分别拾柴禾、刨洋芋。然后，用三块石头支起小铁锅，炊烟袅袅，一顿洋芋炖小鱼的野餐就好了。折根蒿子秆儿当筷，几人围锅而食，那该是世上何等美味的菜肴啊！

更为重要的是，我和村伴都生于山之怀抱，自然都是山的儿子！是山，把我们紧紧连成"铁哥们儿"。且不说不满十岁的我初次跟伙伴进山摘野李子时的欣喜与胆怯，且不说采药山中的我们一路讲说各自听来的故事，且不说投身山林的我们攀山路，吃山果，面山而誓此生永不分离的赤诚劲头，单就那次去黑鹰沟老林割竹子时的情景，至今仍令我心动。

那是一个雪盖关山、寒气袭人的时日，别的伙伴脚上均裹着厚厚的羊毛袜，绑一双布底麻鞋，腰缠麻绳上山了。我则穿一双塑料底布鞋，套了两双破棉袜。割竹的当儿，一不小心踏在雪下的竹茬上。糟糕，我知道这下不妙，只哎哟了一声，就倒在了雪地上。几个伙伴闻声过来，只见我脚下一片血迹，洇红了一大片山雪。我痛得哭爹唤娘的。伙伴们慌了手脚，只见拴拴一把脱下了棉袄，撕下一大片衬衣，迅速缠扎在我脚的伤处。机灵的存成不知啥时弄来一块白药子，用镰刀切成片贴到了我的伤口上，我顿觉疼痛大减。我知道我这下回不了家了，就放声大哭。是锁儿抱来了一堆柴禾，熊熊的焰火映红了几个伙伴的愁眉苦脸。末了还是年岁较大的狗蛋手遮额头看看挂山的太阳，一声令下："赶紧把各人割的竹子撂下，咱们抬他回去。"就这样，我硬是被几个伙伴连背带抬地回到家。第二天，他们才上山背回了撂下的竹捆。

这就是我少年时的村伴，我们一起跑十几里山路去外村看电影的伙伴，我们夜偷康大爷家的甜梨而白天又一起去为他割牛草的村伴。

我的村伴已经连同故乡的那山、那河、那黄土地，连同他们的乳名一起，深深埋进了我心灵的深处。

2003 年 1 月 7 日

吉祥年画

过年贴年画，是农村人祖祖辈辈的传统风俗，也是人们对美好生活祈愿的吉祥表达。

那一张张绚丽的套色年画鲜亮耀目，叠印飘荡在岁月的深处。农村人的心里也就敞亮了许多，吉祥的年味也就更浓了，人们对未来的生活就有了更美好的期许和奔头儿。

这是辛丑年的腊月十三，怀着对华亭甚至周边地区唯一一个年画制作坚守者的崇尚好奇的心情，踏着逐渐浓烈起来的年味，我和朋友李强来到了华亭市马峡镇深沟村上沟社程立仁的家中。

迎接我们的是程立仁的儿子程顺堂，进得上房客厅，程立仁老汉也从偏房中出来——一个长着一圈黑髭须、浓眉毛的精瘦又精神的老头儿。一番寒暄后，我说，我今天不是以记者或官方的身份，而是以文学作者和朋友的身份来访问的。

提起年画，程立仁老人表现出无比的自豪和极大的兴致。我边聊、边问、边记，老人如数家珍，又拿来书法家、文化学者刘建国先生制作的他的年画册页——"华马深"年画。一幅幅精致的年画底版和一幅幅精美的套印年画图片，让我俩大开眼界，不住赞叹！

闲聊中，我们了解了程立仁老人的经历和制作年画的程序。

今年七十六岁的程立仁老人的祖籍是陕西省凤翔县南稻子乡南稻子村。民国十八年，陕西大旱，他的爷爷带着年幼的他的父亲程占元逃荒来到华亭县城，开了个染坊，以染布卖布为生，后来经人介绍，他父亲就入赘到了深沟村。在一次清理染布时，年轻的程立仁意外发现了一块当衬布用的年画底版—— 一块被老鼠啮咬得早已锈蚀了的秦琼年画底版。程立仁就仔细观察揣摩这底版的成画原理和制作技艺。他又买来陕西人印制的年画细细研究，借鉴其年画风格和制作原理，他开始摸索独自制作年画底版。"敬德年画""天官赐福""刘海撒钱""状元进宝"，一幅幅年画底版在他手中刻制成功。而此时他的父亲已去世了。那是 20 世纪六十年代初，他在家偷偷用自己制作的底版印制年画，又偷偷托熟人捎到邻近的乡村去卖。

后来他陆续参照制作了灶爷、天爷、井神、仓神等年画底版。程立仁的儿子程顺堂还补充说，那时还印制一种包小果子的纸，上面印着小花花和五角星，纸上还带着金点点哩，可好看了。这里所谓的"小果子"，就是农村人逢年过节用清油炸制的花形面点，用年画纸包装上，用来走亲访友送礼。

20 世纪 80 年代初，传统文化复苏了，大戏唱开了，程立仁也光明正大地印制售卖年画了。

程顺堂说，忙活时一家人全上阵，他父亲负责套印红线，他负责套印黑线，他媳妇套印绿线或黄线，晚上架一点火，冻得人手发抖，但还得做。一年忙活下来，连买一双袜子的钱都挣不来。他和妻子就转行做醋了，但老父亲一人仍在搞他的年画印制。

问及如何制版，如何印制年画，程立仁老人以手比画，讲道：底版要选梨木、桦木或火白杨等木质细密的木板，板子一两厘米厚，整平刨光，画一条中线，覆张复写纸，反放现成的年画图样，用铅笔勾勒出线条图案，然后以刻刀慢慢精琢细刻。我以为是一张年画一个版，程老解释说，是有几个颜色刻几张版，用来套印的。哦，我才知道任何技艺都不会那么简单！

贴年画是有讲究的，程老说，一般大门上贴"秦琼敬德"，主房门上贴"天官赐福"和"加官进鹿"，灶房贴灶爷画，有东灶西灶之分，主体画不变，只是下面局部画的一只鸡和一条狗的方向有变，东灶是鸡左狗右，西灶是鸡右狗左。如果是结婚新房贴年画，就贴"状元插花"（亦称"状元进宝"），状元是没胡须的。如果牲畜圈贴年画，牛马都有的"牛后、马后"都贴，如果单是养牛，就单贴"牛后"年画，马圈就贴"马后"年画。

听程老讲述，我的眼前幻化出一幅美丽多彩的农村年俗图：大红灯笼高高挂，新贴对联相映红，这门那门有年画，那该是一个何等喜庆绚丽的吉祥年啊！

末了，我俩仔细认真地观赏了程立仁老人新制的年画和木刻底版。一幅幅年画真是栩栩如生，人物寄托着人们对真善美的追求和对美好生活的祈愿。还有一张包拯的年画，那黑白分明的线条，一身凛然的正气，令人肃然起敬。

程老卷起打包好印制的年画，说要赶山寨腊月十七的集，卖年画去。

我感叹——

这是黄土地上诞生的古老而有魅力的民间艺术，是非物质文化遗产的一朵奇葩。只有极少数痴爱者在坚守这门技艺，而文不济贫，制作年画的人把吉祥和美好带给了千家万户，程老却不能赖此养家糊口，来自现代印刷年画的冲击也使人们不再眷顾传统手工年画。

传承，是一个多么沉重的话题……

2022 年 1 月 16 日

老岳父的葡萄园

今年国庆长假，驾车拉妻子、小舅子和妻子的侄子乐乐、昊昊回到山寨岳父家。听说岳父岳母已在地里拾洋芋，我们几个一下车就急急赶往下河的地里，乐乐和昊昊急奔家里去了。一到地里，见有庄里几个亲戚和邻居来帮着拾洋芋，年过七旬的岳父岳母也躬身地头劳作，我们赶紧加入劳动的行列。两个小时的劳作，头趟、二趟翻耕、捡拾后，土地裸露，耙磨后平平整整，堆如小山的洋芋，装袋，拉运回家，一家人喜气洋洋。

回家卸下洋芋，长舒一口气，绕花园赏花，园子墙下蓬勃着浓绿茂盛的葡萄藤叶，藤架下钻出手捧大把葡萄的乐乐，边吃边喊"快吃葡萄来，爷爷种的葡萄真好吃"。再寻昊昊，踩着个凳子伸长脖子直接在树藤上用小嘴咬吃葡萄，每吃到一颗，就嘿嘿地笑。一会儿，小哥儿俩又在树藤间嬉戏打闹，笑闹声充满农家小院。这景象被站在院子里的岳父瞧见，有胡髭的脸上露出幸福的笑容。

说是葡萄园，其实是在院子里菜园边上栽种了几株葡萄树，就翁翁郁郁地成了一方葡萄架，几乎占了园子一大半。说起种植葡萄，老岳父回忆起他在乡镇工作时，一次县上派他参加在陕西杨凌举办的乡镇干部培训班，顺便索要了几株葡萄藤，向专家讨教了栽植技术。第二年春天插藤栽种，用土掩埋，很快葡萄藤就伸展长大，露出土堆了，有的梢头绽出了芽苞，露出指甲大小苍白的小叶。老岳父忙着把葡萄藤拉出来，立柱搭架，把葡萄枝条扶上架，扇面似的向三面伸开，葡萄就舒舒服服地伸展腰身了。紧接着岳父就挖沟施肥，浇水，喷药，打梢，掐须，像照料孩子似的侍弄着葡萄。中秋节前后，紫晶晶、圆溜溜的葡萄挂满藤架，惹得邻家孩子每日小嘴甜甜地直喊爷爷要摘葡萄。除左邻右舍摘吃一部分，多半留待儿孙们回来吃，到熟透后全部摘下，一包一包捎给城里的儿女们。

其实，岳父在家务作的还不止葡萄呢。大部分承包地让别人种了，只留庙洼和下河的一亩多地种些洋芋、玉米和蔬菜。家里园子的另一半种有香菜、菠菜、白菜和花草，种的花有牡丹、芍药、菊花等，秋季园子里姹紫嫣红，葡萄、梨子挂满树，令人赏心悦目，呼吸着香香的空气就醉人哩。更为可贵的是老岳父在家种植的洋芋、玉米和蔬菜源源不断地捎到城里，供儿女们吃用，极大补贴了他们的生活。

老岳父早年生活艰苦，他曾先后任马峡公社刘店学校校长、马峡公社教育专干、山寨西街小学教师、山寨公社教育专干、山寨回族乡党委副书记、乡长、河西乡党委书记、华亭县水利局党支部书记、调研员，于 2002 年退休。他三十多岁时患上了高血压、脑梗塞，退休后又患有冠心病。岳父在县城住了几年，照看几个孙子长大上学后就回到山寨乡老家郭家洼居住，勤快惯了的他在老家更是闲不住，从早到晚忙里忙外，不是去地里干农活儿，就是在家干家务，有时还帮亲戚邻居干农活儿，谁家吵架了他就去说和，谁家说亲事，他乐于当"猴下山"（媒人）。回老家居住劳作，活动了筋骨，呼吸了新鲜的空气，七十多岁的他越活越精神，早年的病症也不那么明显了，儿孙们个个事业、学业有进步，他笑得更开心了。

勤劳节俭，是老岳父一贯的精神；人淡如菊，是他为人处世风格的写照。

2013 年 10 月 30 日

同窗植林

世间有许多情：师生情、战友情、同窗情……而我和静宁李植林的同学情谊却整整维系了近四十年。

四十年悠悠同学情，结成的是胜似亲兄弟的情谊。

就在今天，在静宁苹果枝繁叶茂、七月流火的美好时节，我和妻子从华亭专程来静宁参加老同学李植林为儿子李孟麒举办的婚礼，无比高兴和激动。我和植林互询近况，共话人生，又见到了他的家人。植林的父母均已七十多岁，勤劳朴实，使我想起了我已过世的父亲和在老家的母亲，他们多么相像！看到植林的儿子李孟麒阳光帅气，聪明能干，在国企作为西北项目部负责人，干得风生水起，今又找到了为同乡的意中人而喜结连理。见证一对年轻人的婚礼，看到孩子们上进，生活美满幸福，我和植林一样高兴，而且他的女儿李凤麒心气更高，毅力更强，通过不懈努力被保送南京大学读研，正在奋争以交换生身份去国外读博。没有什么比孩子有出息更让人无比欣慰的事了。

我与植林一家人的情分如这七月一样不断升温。

时光回到三十九年前。那是 1983 年 9 月，我怀着兴奋与好奇的心情踏进了平凉师范学校的大门。一个山里孩子来到城市，面对新的校园，面对陌生的老师和同学，我总有一种不适和茫然。素昧平生的八个人在同一个宿舍共同生活，我们很快就熟悉起来。不同的家庭背景，不同的口音，却没有阻碍我们和睦相处。不知什么机缘，也许是相同的家庭境况和朴实内敛的脾性吧，我和李植林走近了，成了形影不离、无话不说的好朋友。

那时我自卑内向又思乡心切，植林总是以他家的情况类比开导我，陪我去附近机场或山野游转。我俩都爱文学好读书，课余常常去校门对面的保丰农民菜园地埂看书或背诵古文诗词。我因被子单薄短小常受冻感冒，他把他的蓝棉大衣盖在我身上。我因病休息在床，他打来饭菜让我吃……我们也有因人生问题或文学观点不同而发生争论之时，但这丝毫不影响我俩日渐深厚的友谊。我俩步行十里去地区影剧院听贾平凹的文学讲座。我每写作诗文都叫他看，谁借有好书就交换着读，饭票基本是共享的，我们相互切磋着、探讨着、扶持着走过了难忘的求学的日子。

师范毕业后我们各奔东西，他在静宁甘沟中学教学，我在华亭山寨初中任教，无缘再见面，隔三岔五的书信仍有，互致问候，互通情况，互诉工作和人生中遇到的困境和烦恼。

直到 2011 年 8 月，我带领党校同志去静宁县委党校交流学习办学经验，才联系上了李植林。我去了他家，硬是动员他和他的妻子一块坐车到华亭游玩，回来路过泾源，我的另一位好友热情招待了我们，植林至今还说那羊蹄筋特别好吃。我领他俩去我的山寨老家转了一趟，看了我的父母亲。住在我家又彻夜闲聊，有拉不完的话。我陪他俩游了华亭的一些景点，他感慨道：华亭植被真好，华亭是个好地方！

2016 年，我大女儿出嫁，植林和他的妻子又从静宁赶过来，给娃送来了祝福，带来了静宁大饼和烧鸡。那次因我忙于办婚宴，没得空好好陪他俩。第二天，我委托华亭的我的师范同班同学陪他俩去关山一带转转。后来他说，同学陪他转得远，转美了，关山风景就是好。

这年国庆节，我和妻子驱车游览了秦安大地湾遗址，折回经仁大、威戎去了静宁县城，又去了植林家，和植林夫妻俩一起游览了界石铺红军长征纪念馆。临别，他又买来最好的大饼和烧鸡送我。

三年后，我和妻子去西安女儿家小住了几天，打电话给李植林，他说他也在西安，因他儿子在西安上班，他给儿子在西安买房了。我和妻子遂坐公交车找到了他，在装修一新的房子里见面了，一起拉家常、吃面。

经过几次交往，我妻子和他妻子也成了闺蜜，微信上经常互动。后来，我在西安的女儿也联系上了植林的儿子，他们在一起还吃过饭呢。

2022 年 8 月 1 日

戏　缘

他生于黄土，归于黄土，黄土韵味的秦腔艺术伴他走过了一生。

和许多故乡的山里汉子一样，他也经历了非常岁月。苦难、多子和贫穷过早地压弯了他的腰脊。他天生有一副好嗓门，从小就醉心于秦腔这飘荡着黄土味的民间艺术。他曾如痴如醉地听老人们讲戏文，翻山越岭跟随戏班走村串户。粗读过几年书的他，天性聪颖，进戏班子不到一年，肚里就装下了二三十本戏文，很快成为台柱子。只要扮相英俊的他一登台，村民皆啧啧称赞。他那一招一式，一唱一白，戏路全出。

那年，他去外村演出，不料戏毕卸妆后竟有好几个如花村姑争相拉这位"如意相公"去家里吃饭。他也曾与一位痴情姑娘相好，终因父母嫌此女"命相不合"而难成鸳鸯。他哭了，那夜的《点红灯》一折他唱得声泪俱下，满场喝彩声不绝。后来，他还是顺从父母之命和本村一个姑娘结了婚。女人在生了几个孩子后因疾病瘫在床上，他既当爹又当娘，一把屎一把尿拉扯着娃们。白天出工，夜晚编山货，把一腔戏文深埋心底咀嚼。惯嚼艰难如戏文后，他也就豁达了，秦腔又渐渐成为支撑他生活的精神力量。上山割草时，他唱一板"伯牙抚琴"，令同行者如饮山里的罐罐茶。一捆毛竹在身，一路乱弹不止，白云俯首，山泉鸣唱，他轻飘飘地回了家。

一次工地歇息，大家趁工作组长不在，便怂恿他来一段乱弹。他清了清嗓子，立于田头吼了一折又一折。乡亲们听醉了，他也乐了，起工后大家的干劲令"头头们"吃了一惊。然而好景不长，他因唱戏而挨斗。后来，"工作组"罚他看守庄稼。一间茅草棚，绿海似的苞谷林，他吃了烧好的玉米棒子后，巡行阡陌，依然唱腔动听，苞谷林是他最忠实的听众。

唱了多年古戏的他，深知红脸一定胜白脸，一出奸佞当道的历史剧将要结束。"四害"倒台，秦腔重见天日后，他整整唱了三天三夜，生活和艺术的舞台为他展开了广阔的人生空间。

待几个子女成家立业、小女儿又考上了大学之后，苦累了大半生的他就只剩腰来腿不来。可只要听村里锣鼓一响，他心里就痒痒的，总要挤上台去过一把戏瘾。他的孙子常对人说："我爷爷平日在家不住地呻唤，一上台就啥也不痛啦，演戏能治好我爷爷的病哩！"惹得村人大笑。

又是随戏班去外村演出，感冒多日的他硬是舍不得用儿孙们给他的钱看病，硬撑着演了一场又一场。恍惚中他总觉得台下当年的那位"意中人"在看他唱戏，他唱得更精神了。他炉火纯青的表演把山村也给唱得热火朝天。第二天早晨，他却再也起不来了。远近各村为他送葬的人来了好多，古老的秦腔艺术支撑他熬过了艰难的岁月，他却因苦恋着秦腔而倒下了。

他生于黄土，归于黄土，一生因苦恋着黄土情结的秦腔而遗韵黄土地，令乡亲们久久地回味。

1996 年 5 月 31 日

鸽　子

鸽子现在飞过，公园、楼房、天空，还有一个中年的我。

鸽子曾经飞过，乡村、树梢、蓝天，还有一个青年的舅舅。

两群鸽子似乎一样，只有那四十年前清越脆亮的鸽哨回荡在我心底，激起我对往事的回味，对岁月沧桑的咀嚼。

母亲说过，我家穷，我从小在外婆家长大。六七岁时，我清楚地记得我唯一的舅舅当年十五六岁，正是和村中伙伴淘气玩耍的时候，掏鸟窝、放雷管、河里捞鱼，惹得我跟屁虫似的跟着他玩。那年秋天，舅舅从村中伙伴手中换来了三只鸽子兴高采烈地带回家，不料被我外公大骂一顿。舅舅把鸽子抱到邻家伙伴家藏起来，晚上又偷偷抱回来，藏在上房屋檐下的椽隙眼里。半夜鸽子咕咕直叫，气得外公搭上梯子掏出鸽子摔了出去，狠狠地打了舅舅一顿。第二天晚上，舅舅又偷偷把两只鸽子抱回家（据舅舅偷偷告诉我，一只摔下来跑散了），放到较偏远的厨房的屋檐下，鸽子再没叫，外公也没发现。舅舅黎明早起，不知啥时已把鸽子抱出去找伙伴玩去了。外婆让我去找舅舅，我满庄子跑，终于在村头一棵大柳树下找见了，舅舅正和拴锁几个伙伴在给鸽子绑哨子，竹筒削眼，用丝线绑在鸽子脚腕，双手捧着鸽子放飞。鸽子绕着村子上空飞翔，蓝天白云，鸽哨嘹亮，是人世间最好听的音乐，惹得我追逐着鸽子满山满洼跑，高兴极了，直到外婆拿着木棍把舅舅和我赶了回去。

为了养鸽子，少年的舅舅没少挨打，但有什么能阻挡得了鸽哨清音的诱惑呢？

四十多年过去了，鸽哨少年今安在？村庄上空萦绕的鸽哨呢？

我再也没有听到过那么美妙清越的鸽哨音了。

兔年初冬的一天，我和家人上南山游转，在半山腰歇缓的当儿，蓦然回首，灰蓝的天空飞过一群鸽子，没有鸽哨声，没有乡村鸽子飞过蓝天的美妙和激越。目送鸽子飞过蓝天，我的思绪却陷入悠悠的往事，想起了我的舅舅。

龙年春节，我领着孩子回老家拜年，又步行八里路去看望我的舅舅。还是那么熟悉的庄子，村庄被白雪覆盖，村旁小溪的冰凌晶莹脆亮，半露半掩，溪水哗哗，吟唱着天籁般永不寂寞的歌。舅舅家屋后的白杨树一人合抱不拢，高高地立着，鸟雀的巢架在树枝的半空，在灰蒙蒙天空的映衬下静默着。没有喜鹊喳喳的叫声。小时候每到舅家门前，总有喜鹊喳喳叫个欢，总有外婆瘦小的身影颤巍巍出来接我，摸着我的头说："早上树上的喜鹊不停地叫呢，我说我娃要来了嘛。"如今外婆已静静地躺在对面山坡地的一棵野李子树下多年了。我六十岁的舅舅蹲在大门外的墙根下，满脸皱纹，披一件旧军大衣。舅舅笑着迎我进屋，拉一阵家常。舅舅说他身体一年不如一年，帮儿子和儿媳干农活儿，常年放牧一群羊，有时腿脚疼痛麻木，但看到羊群越来越大，羊越来越肥壮，他就乐呵了。说着舅舅的孙女抱着一只鸽子进来，没有鸽哨，给它喂了吃食，放飞了。

鸽子绕房屋飞翔几圈，飞上村庄的上空，然后杳渺云际……

孙女哭了。舅舅说鸽子还会飞回来的。

2012 年 1 月 27 日

第六辑　偶感随笔

我思故我在。或缘事而发，或读书后感，或玄思妙想，皆为真情实感。

尿床及其他

尿床是多数人小时候有的却极不愿示人的事，而在英国作家乔治·奥威尔笔下却显得那么真实。

这是作家在一篇名为《如此欢乐童年》的文章中记述寄宿制学校圣塞浦里安发生的事：

八岁的"我"来到圣塞浦里安又开始尿床了，在学校这被认为是有意犯下的可恶的罪行。小小的"我"一夜又一夜祈祷不要尿床，可还是不由自主地尿到了床上。如此两三次，"我"先受到警告继而挨打。

警告"我"的是校长的妻子、外号叫"翻脸"的W太太，而揍"我"的是外号叫"傻包"的校长。校长从柜子里取出一条骨头柄的短马鞭，抓住"我"的后颈，把"我"按住用短鞭揍，直到打断了短鞭，骨头柄飞到屋子那头。

这鞭打引发了孩子世界的强烈震动，更加深了"我"一种并不完全快乐、凄凉无助的罪恶感，使"我"认识到所处的环境是多么的严酷，在这样的世界里，"我"不可能做一个好孩子！

呜呼，如此说来，教育是育人之大事，丝毫马虎不得，粗暴不得。一件小小的事情，甚至一句不当的训斥，就会使孩子的天空陷落。尿床如今被视为一件很自然的事，可在19世纪初的英国私立贵族学校就成了羞辱、惩罚学生的理由。

圣塞浦里安学校的真实办校宗旨不过是赚钱而已，但是由于家境一般，学生中主要吃苦头的还是他们。他们的脑袋成了金矿，校方的"投资"必须从他们那里挤出回报，这就是奥威尔理解的他与校长之间的"经济关系"。

奥威尔1911—1916年在这所学校上学，这段时间可能是他一生中过得极不愉快的阶段，以至于在离校三十年后，他写了一篇名为《如此欢乐童年》的长篇随笔。这个讽刺味十足的标题来自威廉·布莱克的一句诗，他反其意而用之。

在文中，他以愤怒的笔触记述了自己被迫度过的这段痛苦时光，攻击了当时压迫他的整个阶级及教育体系，非如此，他就不能摆脱关于那几年的梦魇记忆。虽然他也承认，在圣塞浦里安的那几年并非完全过得不快乐，但那十分有限的快乐并不能弥补他受到的屈辱。在这里，他一方面要面对校方对他精神上的压迫（道德讹诈，羞辱）和体罚（他因为入学后不久开始尿床，被校长用鞭子抽打）以及被虐待（食不果腹），同时因为其家境平平，还要面对富有同学的嘲讽。

他曾感慨道："一个人能加于孩子的最残酷行为，大概就是把他送到比他出身富裕的一群孩子当中。"此外，他也不能从家庭中得到多少感情补偿。这一切的结果，使他对自己评价极低："我穷，我身体弱，我丑陋，我没人缘，我久咳不愈，我胆小，我身上有气味。"强烈的失败感也由此产生。

尿床是不光彩的，可伟大的作家奥威尔却敢于面对人性及学校社会的不光彩。读奥威尔的作品，你不能不被他直面现实社会人生的勇气和热忱所折服，他用没有剑柄的利剑直指当时势利的教育。他从不写华而不实的空洞文章。关于他的爱国热忱，最明显地见于《狮与麒麟》一文中，那是他对战后革命的声明，但他的笔触所及无不流露着他对英格兰的热爱。

奥威尔是以"政治"作家的身份为人所熟知的。《1984》自出版六十年来一直是最伟大的鞭笞极权主义的虚构作品，而每个用功读书的十二岁小孩子都能理解并阐释《动物庄园》之寓意。但实际上他最成功的作品几乎全部与政治相关，无论是小说类还是非小说类。他的作品指向的永远是一个根本性的问题：我们为什么要这样生活？

奥威尔的散文给予读者的是一种精神力量。身处或奋笔疾书或沉默苟安之世，奥威尔从不曾向法西斯主义做丝毫的妥协——从西班牙内战开始一直到身故，他的作品中始终贯穿着同一的、紧迫的、抵制极权主义的主旨。讲起社会底层的生活，他就表现得如同那些下人或者流浪汉一般。

谈到战争和死亡，他就表现得如同那些在战场上出生入死并目睹人们死去的战士一般。奥威尔的经历——既有权威的身份，又曾是个下人——激发了他对人类生存状况的鲜活的理解。

正因其根植于现实，他的作品被赋予一种深刻的政治本能，这是某些高喊口号的狂热分子所不能企及的。他的才识，让他执着于为历史的小卒——那些被利用、被这样或那样的伟大主义所认可、忽略或碾压的人们呐喊。这给了他非凡的才干，使他能够达到每一个记者或散文家所孜孜以求的境界。

2012年2月18日

钦佩"子昂"

前不见古人，后不见来者。

念天地之悠悠，独怆然而涕下。

这首《登幽州台歌》是唐代诗人陈子昂的作品。这是一首吊古伤今的生命悲歌，从中可以看出诗人孤独遗世、独立苍茫的落寞情怀。此诗通过描写登楼远眺，凭今吊古所引起的无限感慨，抒发了诗人的悲愤之情，深刻地揭示了古代那些怀才不遇的知识分子感受到的压抑境遇，表达了他们在理想破灭时孤寂郁闷的心情，具有深刻的典型社会意义。全诗语言苍劲奔放，富有感染力，结构紧凑连贯，又留有充分的空间：前二句俯仰古今，写出时间漫长；第三句登楼眺望，写出空间辽阔；第四句描绘了在广阔无垠的时空背景中，诗人孤独寂寞苦闷的情绪，两相映照，分外动人，读来酣畅淋漓又余音缭绕。

《登幽州台歌》这首短诗，深刻地表现了诗人怀才不遇、寂寞无聊的情绪。语言苍劲奔放，富有感染力，成为历来传诵的名篇。陈子昂也成为全唐诗人中著名的一位。他于诗标举汉魏风骨，强调兴寄，反对柔靡之风，是唐代诗歌革新的先驱。黄周星《唐诗快》卷二："胸中自有万古，眼底更无一人。古今诗人多矣，从未有道及此者。此二十二字，真可以泣鬼。"

陈子昂的诗并不太多，仅凭这一首，就可见其诗艺和功力。每每读此诗，就有一种旷远的时空感和入骨的孤独感袭上心头，使我不得不佩服陈子昂深远的思想境界和不凡的笔力诗性。

我还为一位叫赵子昂的书法家所折服。他就是元代著名书法家赵孟頫。

赵子昂可以说是凭借一个人的力量，推动着整个元朝书坛的发展，他的书法在当时更是独树一帜，各种书体全部精通，引领了元朝的书法潮流。他的书法作品，更是每一篇都称得上是书法艺术之精品。若是论书法的综合实力，赵子昂不输王羲之，影响后世八百年。赵子昂在楷书上有着极高的造诣，被后人誉为"楷书四大家"之一。很多人将其书法归类为行楷一类是最具有书写性的一种楷书，比之欧阳询、颜真卿、柳公权的碑刻书法，更加具备可学性。

赵子昂在行书以及草书方面成就更为突出，其绵里藏铁的用笔与劲道，更是一般人很难企及的高度。此外赵子昂在小楷方面更是达到了登峰造极的程度，他的小楷深入钟王，并且吸收了经生的体势特征，融合成了一种极具书写性的状态。从史料中得知，忽必烈对赵子昂是恩宠有加，甚至将他与李白、苏轼相比较。

赵子昂除了在书法上具有极高的成就之外，在绘画方面更是开宗立派的人物，他是文人画的集大成者，是"元四家"之一，并且影响了明清以来的整个画坛与书坛。

这些还不够，赵子昂还懂经济之学，在为官方面凭借自己的学识，做出了许多成绩。他还擅长金石之学，门人弟子无数。另外他的家学是鉴宝，他的父亲是一位收藏家，所以赵子昂还擅长鉴宝。此外，在音律上、在诗文上都堪称元人第一。

赵子昂是赵宋皇族出身，却在蒙元朝廷做官，这一举动必然是引起一些人的不解，甚至是唾骂，更有很多人称他为贰臣，称他的书法为奴书。他的人品遭质疑，但这丝毫没有掩盖他在书法上卓异的特性。

高山仰止。诗人陈子昂和书家赵子昂，两个"子昂"令我佩服得五体投地。那就还是甘当千年后的"弟子"，师法古人，好好写诗作文、勤练书法吧。

2020 年 5 月 21 日

诗意地栖居

——读荷尔德林诗作

夜读荷氏，走进德国诗人荷尔德林高古的诗境，让灵魂诗意地栖居在大地上，那是一种浸润和顿悟。

> 只要善良，这种纯真，尚与人心同在，
> 人就不无欣喜
> 以神性来度量自身。
> 神莫测而不可知？
> 神如苍天昭然显明？
> 我宁愿信奉后者。
> 神本是人之尺度。
> 充满劳绩，然而人诗意地，
> 栖居在这片大地上。我要说
> 星光璀璨的夜之阴影
> 也难与人的纯洁相匹。

喜欢读荷尔德林的诗歌，缘于读《海德格尔存在哲学》一书中专章对荷尔德林诗歌所展现出诗的本质的精辟分析。海德格尔说："荷尔德林的诗作受诗的天命的召唤身不由己地表达出诗的本质。对我们来说，荷尔德林是真资格意义上的诗人之诗人。"

狄尔泰说："荷尔德林有如人的尊严、人性的纯粹与和谐的理想的化身。他对宇宙的美与和谐极富充满诗意的激情，他那纯洁的心灵奉献给了万物的神性根基。"

荷尔德林，德国诗人。1770 年 3 月 20 日生于施瓦本内卡河畔的劳芬，1843 年 6 月 7 日卒于图宾根。早年在登肯多夫、毛尔布隆修道院学校学习。1788—1793 年在图宾根神学院学神学。1793 年起先后在瓦尔特斯豪森、法兰克福，瑞士的豪普特维尔和法国的波尔多等地当家庭教师。1798 年后，因情场失意，身心交瘁，处于精神分裂状态，1802 年徒步回到故乡。1804 年在霍姆堡当图书馆馆员。1807 年起精神完全错乱，生活不能自理。在图宾根神学院学习期间开始创作诗歌，早期作品洋溢着革命热情，多以古典颂歌体的形式讴歌自由、和谐、友谊和大自然。后来的诗歌中，把人道主义思想和对祖国的爱交织在一起，逐渐转向古希腊的诗歌和自由韵律的形式，艺术上臻于完美。代表作有《自由颂》《人类颂》《为祖国而死》《日落》《梅农为狄奥提玛而哀叹》《漫游者》《返回家乡》《爱琴海群岛》以及《给大地母亲》《莱茵河》《怀念》等。

荷尔德林被称为"贫困时代的诗人的先行者"，他在诗中所反映的是人离弃了神灵，离弃了那给人类行为以力量和高尚，给痛苦带来欢乐，以默默柔情沉醉城市和家庭，以友谊温暖同胞的神灵，离弃了充满神性的自然。人离开了神灵，就像离开了自己的家乡，陷入无家可归的状态。现代人的无家可归感，是由于技术把人从大地分离开，把神性感逐出了人的心房。天人合一的自然景象被水泥马路、高楼大厦所取代。荷尔德林觉察到的是资本主义工业文明的不断扩展带来的人的灵性的丧失。消费时代把人引离故土，技术使人上天入地，冥思被遗弃了。内在灵性的丧失使人不能再感受到给人以慈爱的神灵。

> 神近在咫尺，又难以企及。
> 当使者过于雄浑，
> 危机反倒潜伏。
> ……

既然时间之峰厌倦了像个天涯的山峦，

密集聚居，相偎相依，

那么，圣洁浩瀚的水波，

请赐我们以双翼，让我们满怀赤诚衷情，

返回故里。

人无家可归，终将重返故里。还乡，是荷尔德林诗歌永恒的主题，也是诗人的天命。《故乡吟》《还乡曲》《乡间行》《归乡——致乡亲们》等一首首诗歌抒发了诗人对祖国对故乡对乡亲们的挚爱，对大自然的陶醉。还乡吧，返回人诗意地栖居的处所，返回与神灵亲近的近旁，享受那由于偎伴神灵而激起的无尽的欢乐。请听他在《归乡——致乡亲们》一诗中唱道：

在阿尔卑斯山的崇山峻岭，夜色微明，云

凝聚着欢乐，覆盖着睡意惺忪的山坳。

……

岸上春意融融，山谷敞怀欢迎，

小路穿过绿荫，明暗参差交错。

田园连着田园，蓓蕾已含苞欲放，

鸟儿用歌声邀请游子。

……

果然不假！这是出生之地，家乡的土地，

你的寻访之地近在咫尺，呈现你眼前。

那是因为漂泊者已儿子似的伫立在

波涛拍击的门槛，眼望着你，用歌声

为你寻找芳名，幸福的林道！

人如何诗意地栖居？

　　"只要善良，这种纯真，尚与人心同在……"荷尔德林的说法是"与人心同在"，即到达人之栖居本质那里，作为尺度之要求到达心灵那里。只要这种善良之到达持续着，人就不无欣喜，以神性度量自身。这种度量一旦发生，人便根据诗意之本质而作诗。这种诗意一旦发生，人便人性地栖居在这片大地上。人的生活就是一种"栖居生活"。就让我们怀揣梦想，心存善念，澄怀味象，诗意地栖居在这芳香的大地上！请看：

　　　　在柔媚的湛蓝中，
　　　　教堂的金属尖顶，在可爱的蓝色中闪烁……

2013 年 2 月 2 日

忏悔意识与自剖精神

记得读刘再复和李泽厚两位思想家的"对话录"，其中说到中国人普遍缺乏忏悔意识。这是在同西方文化和思想做深入比较后得出的结论。我联想到当今文坛和所读作品，作家也普遍缺乏自剖精神和灵魂书写。

尽管孟子有"吾日三省吾身"的名言，可中国人缺乏内心法庭中审判自己的能力。认错是被动的，而忏悔是主动的，是自发、自愿、自为、自由的。

世界有三大《忏悔录》：中世纪罗马帝国奥古斯丁的《忏悔录》，18世纪法国作家卢梭的《忏悔录》，19世纪俄国伟大作家列夫·托尔斯泰的《忏悔录》。

我最近读了托氏的《忏悔录》，深深为作家的深入思索和深刻忏悔而感动，这正是世界文豪的伟大之处。其核心主题是探索生命的意义。

"为什么人要活着？"

"人生的终极意义到底是什么？"

"什么是我人生的全部结果？"

这些在普通人看来一笑了之或回答模糊的问题，托尔斯泰却进行了细致又深刻的思考。

他思考的方式就是忏悔。

他忏悔自己早年错误的信仰，忏悔自己打仗时犯下的恶行，忏悔身为贵族却不劳而获的可耻生活。在这种发自内心的反思中，托尔斯泰开始思辨生与死的关系，质疑社会普遍信仰的真实性，痛斥彼得堡人的虚伪和自以为是的作家，努力寻找生命向我们隐瞒的真相。

巴金的《随想录》诚然是一本说真话的大书，更是一本忏悔反思之书。历尽劫波的晚年巴金以说真话的方式吐露自己过去一段时间所思所为和所犯下的错误，他为自己曾经的种种进退失据而忏悔反思。可惜大部分人对社会控诉的多，从自我的角度进行忏悔和反思的少。更不要说你我凡夫俗子，经常对自己的错误言行进行忏悔的有多少呢？

当今作家的作品"自叙传式"进行自我剖析的又少之又少。

读了郁达夫散文集《故都的秋》，深为作家的自剖精神所感动。郁达夫是"五四"后第一位勇于自剖的作家。他多采用"自叙传"的方式进行文学创作，在作品中毫不掩饰地勾勒出自己的思想感情、个性和人生际遇，他的散文无一例外是"自叙传式"的自我表现。

《归航》《感伤的旅行》《还乡记》《还乡后记》《苏州烟雨记》《水样的春愁》都是忧郁伤感的自剖佳作，他剖析自己的性追逐、性矛盾、性挫折。他描述的性是完全病态的，没有喜悦，只有忏悔，在挣扎矛盾中找不到出路。后人评价他的人生中用得最多的词是：浪漫和颓废。

一般人是伪善的，而他却是伪恶的。他的日记和自传已经不是在记叙他私人的事，而是把自己文学化、公开化，把自己当角色，醉酒当歌。

鲁迅的文学作品中，很多是以第一人称进行故事讲述的，这无疑为作者进行自我剖析提供了便利。鲁迅小说之所以能够在中国小说史上占有十分重要的地位，原因之一在于鲁迅本人以个人体验为基点的自我精神世界剖析。

援引了几位作家的自我忏悔和自我剖析的作品和事例，更反衬出当下民众忏悔意识和自剖精神的缺失，当然也包括你我，尤其是我！有人会说，我有什么可忏悔的？其实不然，你我都有，比如日常生活中表现出来的自私、狭隘、虚伪、嫉妒等，一生中有点小成绩就洋洋自得、装腔作势，到处卖弄。我有什么过失？犯过哪些错误？反思忏悔了吗？写作品时见物不见人，缺乏精神注入和灵魂书写，这些难道不值得我们反思吗？

康德有名言："头顶是璀璨星空，心中有道德法庭。"

鲁迅先生说过："我的确时时解剖别人，然而更多的是更无情面地解剖我自己。"

越是优秀的人，越是善于解剖自己，更多的是从自己身上找原因，少指责他人，多审视自己，敢承担责任，做人清醒，行事坦荡，无愧于自己的良心。

　　年过半百，我承认我经常会反省人生，却羞于自己没有对此进行深刻的自剖和忏悔，这是真的。

2021 年 12 月 8 日

崇高的法则与无所谓的态度

德国哲学家康德说过："这世界上唯有两样东西能让我们的心灵得到震撼，一是我们头顶灿烂的星空，一是我们内心崇高的法则。"海德格尔说"人被许以仰望的神性，他那向上的目光跨越了由天空和大地所形成的那个'之间'。这个'之间'被给予人的栖居"。的确，当我们在繁忙之余仰望那浩瀚的星空，点点繁星给予我们的是多么崇高的神性和美的遐想。康德在这里所说的"崇高的法则"，可理解为神的尺度和人的自律意识。

人作为社会关系的总和，在社会生活中应受到他律和自律的双重约束，如此，社会才能和谐，人才能获得更大的自由。孔子曰："君子有三畏：畏天命，畏大人，畏圣人之言。小人不知天命而不畏也，狎大人，侮圣人之言。"我以为，除过要做到孔夫子所说的这"三畏"之外，更要畏惧做人的道德底线和基本法则，对一切抱无所谓的态度是万万不可取的。

联想到纷纷落马、身陷囹圄的贪官，就是丧失了"内心崇高法则"的结果。如今在机关单位对工作抱无所谓态度的干部职工有之，有的人推天度日、浑浑噩噩、敷衍塞责、不负责任，干工作斤斤计较，争利益"寸土不让"，丢掉了"工作职责"这个"崇高的法则"。须知工作是有薪酬的，薪酬和职责是对等的，只混薪酬不干工作是不行的。还有的人上班或开会或参加培训总是不能准时到位，拖拖拉拉，懒懒散散，不以迟到为耻，不守时已成为被外国人诟病的劣性之一。有人开会或听讲座无所用心，不是昏昏欲睡就是低头玩手机，言说"那有啥意思呢"，对什么都感觉没意思的人是人生观歪曲，内心极度空虚的表现。更有人对待考试不当回事，总给自己开脱"那都是走过场呢，考不好又能怎么样"，答卷马马虎虎，草草了事，不到二十分钟就交卷回家。对一切抱无所谓的态度害己害人，像毒瘤一样令人害怕。还有诸如旅游时乱刻乱画，公共场合大声打电话，等等，都是"内心崇高法则"丧失的表现。

　　一个人没有了"内心崇高的法则"，就像江河没有河堤，野马没有缰绳，灵魂是飘荡的，行为是散漫的，生命是苍白的。世界上的事不是都没意思的，干什么事都在于"认真"二字，当我们赋予某件事以"意义"的时候，我们干事就是快乐的。当我们以认真的态度圆满干成某件事时，我们是有满足感和成就感的。

　　呼唤人们树立"内心崇高的法则"，抛却对啥都无所谓的态度，心怀敬畏之心，干事认真负责，遵守社会公德，内心有一把尺子警诫自己，则事业无不成，工作无不好，家庭无不和谐，于人于己无不有利矣。

2013 年 10 月 8 日

狗　道

　　人常说，好狗不挡道。可现在的狗怎么净在马路或街道闲庭信步呢？

　　一日开车回老家，乡道上几只狗挡住了去路，任你不住地鸣笛，它们仍然我行我素，互相撩拨逗着玩。车上侄子说"你看狗在开会呢"，惹得大家笑起来。只得停车，妻下车赶跑了几只狗，车子才得以前行。后来又多次见到公路上被车子轧死的血淋淋的狗，只得绕行，令人唏嘘不已。一次下班回家，被住同一单元的谁家的宠物狗蹲在楼道挡住，一迈步，那宠物就乱咬乱叫，真是可气，只想踹一脚，不料防盗门开处一女的瞪着呢，不敢踹，只能绕行。

　　本来，现在生活好了，养狗无可厚非。可我想不明白的是，按理，狗有狗道，人有人性，狗在获得足够的食物之后，应该遵守天定的规则，以不挡道不影响人的正常生活为准则；而人呢，既然养了狗，也应该尽到主人的职责，驯教狗们严守狗道，不要撒手不管，任狗们胡作非为，扰乱社会秩序。这是狗的错还是人的悲哀呢？

　　狗的悲剧亦是人的悲剧。那是 20 世纪七十年代，童年的我见证了狗们的悲惨遭遇。驻生产队的工作组一声令下，家家户户必须在两天内勒死自家养的狗，据说是因为狗损坏集体的粮食，又增加农户的生活负担，当时连人都吃了上顿没下顿，拿什么喂狗呢？尽管这样，我们一家人都舍不得勒死大黄狗，挨到第二天，工作组叫来队里的屠夫张大叔硬是把狗勒死了。狗自从被人驯化后就一直是人类忠实的朋友，为农人的生活帮了不少忙，可一旦大面积被处死，村庄没有了狗吠，那还是村庄吗？

　　小时候随大人夜晚去河边的磨坊磨面，深夜回家，村狗吠叫，凄厉的叫声穿越黑夜，留给人心头的是惊悚和惶恐。今年夏天回乡下岳父家，沿后沟游转，家中的小黄狗毛毛随行做了我的伙伴。尽管天热得出奇，毛毛一直跟在后面，不住喘着粗气。我看够了山沟的风景，毛毛亦跟着我散了心。人和狗有时是何等的和谐默契。

天道存焉，人伦既存；狗亦有道，狗循狗道，万物和畅。20世纪七十年代初，人遭不幸，狗亦命惨；如今物阜民康，社会和谐，狗亦吃食无忧，甚至成为宠物，可无人管教的狗亦会回归野性，肆意妄为，成为挡道的坏狗。

最近开车经过西关十字，街道正中躺着一只血肉模糊的狗，旁边蹲坐一只同伴，好似在哀悼。还有在好几条公路碰到成群结队的狗游逛，根本不理会来往的行人和车辆。那天和同事们一起议论狗的话题，一位同事说，青岛一个小女孩被邻居喂养的藏獒活活咬死，其状惨不忍睹。还有一同事说，外国对狗和养狗者有一套严格的管理措施，办理养狗证，建立狗的户籍，对养狗者有严格的法律约束，不容狗们扰乱社会秩序和伤害人的性命。

人有人伦，狗有狗道。到处乱跑散漫无比的狗们该怎么办呢？这是狗之错还是人之错？

2013 年 7 月 28 日

文学与禅

中国文学本来就缺乏人生的终极追问，长于宏大的叙事伦理。而抵达灵魂的书写则是文学的价值所在。

禅宗是外来佛教的中国化，是关注现实的宗教，讲究的是"直指人心""见性成佛"和"自性自渡"。慧能把大乘佛教的外三宝（佛、法、僧）变为自性三宝（觉、正、净），把外在的求佛求法，变成内在的自觉与彻悟，把三宝统一成心诚，重在心灵。

唐朝诗人王维的诗，意境深远，而这得之于禅宗所讲的妙悟。他创作的《辋川集》绝句组诗是意境艺术的极致，清代诗人王士祯称赞这些诗作是"句句入禅"。其中的"空""静"之境澡雪精神，沉滤情志，如《鸟鸣涧》"夜静春山空"，《辛夷坞》"涧户寂无人"，一为"春山之空"，一为"无人之空"，空静的春山让我们领略到诗心的恬淡，无人的涧户让我们感受到世界的寂静。还有《鹿柴》："空山不见人，但闻人语响。返景入深林，复照青苔上。"鹿柴的幽静，是一种深邃幽绝、远离人世的写照。这是一个遗世独处的精神世界，远离了一切浮尘烦嚣。

北宗禅慧能所说"应无所住而生其心"，就是指不迷恋诸相，远离实相，诸相皆空而放下妄念，抵达"无住"之境，即无妄念、无执着、无分别之境。林黛玉的"无立足境，方是干净"，就是"无住"之境。如果没有禅的启迪，没有大彻大悟，《红楼梦》对宇宙人生的认知就不可能如此透彻，禅帮助曹雪芹在自己的作品中切入了最根本的东西，这就是"觉"，就是对世界真相的彻悟和把握。

好的文学作品应该直面灵魂和存在，应该是记录人心的呢喃、灵魂的叙事。曹雪芹以中道智慧在更高层面上观照人际纷争，用悲悯的眼光看待一切。《红楼梦》给我们营造了佛教所说的澄明之境，给我们呈现"有"的悲剧，

"有"的荒诞剧，但所有的"有"都来源于"无"，"无"超越了"有"，又不在"有"之外。"质本洁来还洁去"，从干净处出发又返回干净处，真所谓"好一似食尽鸟投林，落了片白茫茫大地真干净"。

如此看来，禅与文学、与作家的情怀密不可分。以禅的情怀从事文学创作有多么重要。以我的体悟，要做到以下几点：

首先，一个作家要有"悲天悯人"的大慈悲情怀。张爱玲曾说："因为懂得，所以慈悲。"一个作家只有树立人类意识和平等思想，才能在更加广阔的视野审视宇宙人生，追问存在的价值，对世间万物投以终极关怀之目光，以一颗平等之心打量人物和山石草木，才能彻悟人生，把握人物灵魂，写出有分量、有阅读价值的文学作品。

其次，要有"虚静"心态。"虚静"是自然的本质，是生命的本质，亦是艺术的本质。"虚静"是艺术创作所需要的一种必要的态度。这就是说作家面对消费时代的喧嚣和烦扰，必须要有一种安静、安详的精神，不为外物所动，不为名利所困，善处"杳冥寂寞"之境，达到无欲无我状态，方能对象玩物，写出"澄明之境"的文章。

还有善良。法国作家雨果说："善良是历史中最稀有的珍珠，善良的人几乎优于伟大的人。"高尔基说，文学是为了"让人变得更好"。文学是"人学"，作家应满怀人道主义精神，尊重人，关爱人。"文学的作用在乎自赎和救赎。"这就要求作家要宣传积极向善的道德。文学应当让读者在黑暗中看得见光明，在崎岖中感觉到坦途，而能百折不挠地前行。作家应当奉献善良的心，将自己化为一盏小小的灯，给人生带来光明和温暖。

2016 年 10 月 28 日

心存感激

小草感激阳光雨露，才能"野火烧不尽，春风吹又生"；山野无名小花感激大地的深情，才会四季吐芳，尽绽美丽。果实是对季节的感激，微笑是对友善的感激。江河感激大海，雄鹰感激长空，生命在感激中成长……心存感激，人生，将不再灰暗。

一个人来到这美丽的世间，应心存感激。是造物主赋予你以"万物之灵长"的智慧和力量，让你在痛苦中奋斗，在奋斗中快乐，遍尝人生酸甜苦辣。苦则苦矣，然而你仍苦恋着这人生，因为人生中还有那么多令你快乐的事情，苦乐始终是人生的一对孪生兄弟。即使当你身处绝境，万念俱灰，无心再想活下去的时候，你想到沙漠中"抗击风沙千年不死，死后千年不朽"的胡杨树，那才叫生命的真谛呢。于是，你大悟，猛抬头，阳光在一瞬间照彻你心灵的每个角落，你不由发出"世间只有对处境绝望的人，而没有绝望的处境"的慨叹。再看看花朵的笑脸，再听听小鸟的鸣唱，再想想还有很多的亲人、朋友在用爱心包围着你，你能不心存感激而坚强地活下去吗？

一次因病住院，和我邻床的是一位乡下老者，患肺病，咳喘不已，坐卧不宁。每天医生从后背插上针管抽一大瓶子积水时，他总是笑着对医生说："你就放心抽吧，我这把老骨头硬朗，还想治好病回家抱孙子去哩！"虽然他为治病东挪西借，但他却说："总算不是绝症，这就好了，只是有人在，啥都会有的。"老者对生命对生活的感念之情溢于言表。

这让我不由想起美国作家海明威笔下《老人与海》的主人公桑提亚哥，他与大鲨鱼的搏斗是对生命的自信和张扬，是对人生满怀感激的诠释。还有法国作家雨果，凭着对人生的挚爱和对生活的乐观，与癌症整整抗争了二十五年，心存感念与感激写出了一部部不朽的著作。一位哲人说过："你对世界要求得太多，世界给你的就越少。"印度诗人泰戈尔说："你因为失去月亮而流泪，那么你将会失去满天的星星。"心存感激，就是善待生命，不求外物，自静其心，拜苦难为师，化生命为彩虹，以悠悠寸草之心，回报浓浓春晖之情，如农人用劳作回报大地一样，季节将不会亏待辛勤耕耘的人。

2001 年 1 月 2 日

追求审美人生

一

为什么有人获得了财富，甚至成为富豪后却仍然感觉到人生的空虚和不幸福？欲望的满足和感官的娱乐并未带来快乐的生命体验。

为什么好多人总感觉活着没有意思？功利之心已扰得一颗心不得安宁。

为什么常有人感叹有人没有信仰，道德滑坡？

烦闷，浮躁，活着真累；喧嚣，功利，遮蔽生命。

我们生命的终极价值在哪里？精神的家园在何方？灵魂的归宿在哪里？

二

宗教也不能完全解决人们的生命寄托和信仰问题，何况有些人的宗教信仰只停留在求神拜佛的层面。

所谓宗教意识，是关于人之本性最古老的询问和解答。

哲学是关于人之存在的总体反思，向人展示的是人生命的本源。

美学是回答艺术的哲学问题，人的艺术活动就是人的宗教活动，也是人的生命活动。

艺术是人类的审美活动，开拓理想的生命时空，塑造人自由活动的形象。艺术引导我们对生存的超越。审美活动是人自由幸福的精神之光。艺术审美是人类神性的证明。

人的审美化是人真正的人化。生存的审美化和审美的生存化才是我们应不懈追求的终极目标。

三

读书吧。读书是走向审美人生的必经之途,因为那里有我们的精神家园。

坐拥半床书,遥对一窗月,夜品书墨香。这是我每天生活的写照,也是每天最幸福的时光。这时的我思接千里,聆听哲人教诲,与先贤对话,沉醉于唐诗宋词优美的意境,不闻尘世之喧嚣,不想名利之得失,或沉思凝想,或陶醉在美妙的自然风光,不亦乐乎!

书是陶冶审美之心的花香,书是驱除浮躁的清凉剂,书是抚慰灵魂的一缕清风,让我们在读书中走向审美的人生。

四

山野草木,小桥流水,清风明月。大自然本身就是一件美妙绝伦的艺术品。

走出陋室,投身自然。一山一石皆有形,一草一木皆有韵,一花一叶皆为美。自然之美,悦于目,会于心,怡情悦性,滤掉人生的些许丑陋和烦忧。

五

魏晋风流,率性,适性,绝对的审美人生。

王子猷暂寄人空宅住,便令种竹。或问:“暂住何烦尔?”王啸咏良久,直指竹曰:“何可一日无此君!”

这就是审美人生,宁可不怕麻烦,房前宅后不种上竹子就觉得心里空荡荡的,在这里王子猷追求的是一种审美享受和精神愉悦,看淡的是外在的物质享受和喧闹。

嵇康临刑东市,神气不变,索琴弹之,奏广陵散,曲终曰:“袁孝尼尝请学此曲,吾靳固不与,广陵散于此绝矣!”人之将死,气静神闲,还弹曲自娱,且担忧的不是自己的性命，而是一支乐曲的传承，这是多么深广的人生寄托！

"纵浪大化中"的陶渊明更是以审美的心胸从事现实的事业，在人间烟火中固守生命的诗性。他既有徘徊丘垄、带月荷锄、邻里对酌、共话桑麻的普通人生活，更有花竹之乐、清琴之娱、黄唐之想和独余之慨。真是"心远地自偏"啊！"采菊东篱下，悠然见南山"，达到了忘适之适的境界。

他们返身内视，睥睨外物，关注自身生命的不断提升，更关注诗性人生的实现，完成人生的审美化。

审美活动是在外在对象身上看到了人的本质力量而产生的审美愉悦。其目的是不断向彼岸的超验世界跨越。

六

超越，是人生的本质所在。

西西弗斯在不断地推石块上山的过程中达到了对自我的超越；夸父即便付出生命的代价也要追赶天地日月，因为那追不到的太阳永在前方，自信永在心中。

知其不可为而为之是一种生命永恒超越的自由精神。人，只有超越自我才能超越万物；人，也只有凭借自身才能获得自身的超越。

现实的超越就是创造你现实的自由，超越展现的是无限宽广和深远的地平线。

超越，走向审美化的人生……

2016 年 10 月 31 日

大马哈鱼是怎么一回事

大马哈鱼，是一种怎样的鱼呢？

洄游，是大马哈鱼最主要的特征。

大马哈鱼成年在海洋中生活，而鱼卵则必须产在遥远的淡水领域才能存活。为此，大马哈鱼不得不在再一次繁殖前，洄游数千里，回到自己的原乡血地产卵。鼠鲨，棕熊，瀑布……一路命运的折磨、死亡，就像是地狱和油锅，它们朝着出生的地方，日夜兼程。

一群大马哈鱼在淡水出生，随着春天的河流浩浩荡荡，从内陆的河流到阔达的海洋，从太平洋到大西洋。这生命的一圈循环，就像是游行，时间大概是四年。然后它们开始洄游。洄游之时，它们就完全停止了进食。这些鱼从河道逆流而上，充满悲伤，这些绝食后变成血红色的大马哈鱼，体力不断消耗，大多筋疲力尽，倒在了中途。它们会遇到断流，会遇到鸟和灰熊的捕食，最难的是会遇到那些"站立"的水。那些瀑布，就如铁幕，就像铁栅，跃不上去，就被淘汰出局，最后只有强者，只有钢铁战士才会被命运眷顾，到达它们的出生地。

这是作家耿立在散文《拒绝洄游的鱼》里描述的大马哈鱼洄游的真实情景。

然而作者并不是只写这自然界的一种表象，而是反转直抵"人心"，表达"拒绝"洄游的感受和立场，意即不愿意返乡，自有其痛苦的经历和悟证。

回故乡，我一头撞见的是故乡的苍凉。

文中还援引了诗人沈苇的诗：

> 继续赞美家乡就是一个罪人
> 但我总得赞美一点什么吧

那就赞美一下吧

家里仅剩的三棵树：

一棵苦楝

一棵冬青

一棵香樟

三个披头散发的幸存者

三个与我抱头痛哭的病人！

这是一个对故乡抱头痛哭的诗人，与耿立的拒绝洄游表达的是同一情感，只不过诗人的诗更情感满溢，更决绝一些吧。

随着年龄的增长，我对故乡的感受与他们有同有异。半个世纪的沧桑和人生烟云，苍凉之感是有的，回到故乡，我感受更多的是陌生、隔膜与无奈。年长的父辈大多已离世，连童年的玩伴也有几个早已病亡而去；部分土地荒芜着，街道里留守老人步履蹒跚，铁板一样的传统观念仍然固化着这里的一切，即使你是学校毕业的知识青年，不几年就从言语表达、思维方式到行为习惯俨然一位老农，同化作用在顽固地抵制着先进思想和观念，粗放甚至野蛮的东西尚有存留。

童年少年的美好永远在记忆里。世事苍茫成云烟，而我已非青少年。回不去的故乡，即使捧着浓浓的乡愁回去了，她已不是往日容颜，归来的我也已不是少年。

可我不会那么决绝，不会像耿立一样要拒绝洄游，我是要常回家看看的，即使那痛苦的记忆再次刺伤我，即使有不堪的人和事烦扰我，我也要洄游。

也许田间的一朵小花就会让我眼前一亮，也许一声清脆的鸟鸣就会唤醒我的灵魂，还有山里母亲那日渐苍老的面容……

2022 年 3 月 21 日

独处且安心

闭门皆深山，读书即净土。

看惯了世事的纷扰，听够了市声的喧嚣，世间事无非皆为利奔，或为名累，过多的庸常社交聚集耗散的是一个人的精气神，与道不同者饶舌影响的是一个人的价值判断和内心世界。遮蔽的生命犹如暗夜般漆黑，奔忙的身影无暇顾及生命真切的体悟。

独处吧！谢绝一些不必要的应酬社交，断绝一些所谓的圈子，回归自我，多和自己独处，倾听内心的声音，反刍世道人心，修炼自己的人格，过一种修篱种菊、云水禅心的自在生活。

以书为伴，何曾孤独！打开一本书，就是打开一个广阔的世界，神游这个美妙的世界，聆听先贤哲人的教诲，品味另一种人生的况味，增加你人生的智慧，用书涵养你浮躁的灵魂。腹有诗书气自华，书非独处不可读也。独处并非孤独，而是在阅读中品味书香，况我亦可静坐桌前，展笺挥毫，沉浸翰墨，点画时光！

写作是纯个体的精神劳作。于独处的安静环境中让灵魂悄然绽放，抒写内心的呢喃与旷野的呼喊。也许，生命的灵光一现就在独处的清寂之中。

学学德国哲学家海德格尔，他避居在家乡黑森林的山间小屋，在山畔小径独自散步，思考存在与时间的哲学命题；还有美国作家梭罗，在距离康科德两英里的瓦尔登湖畔隐居两年，自耕自食，体验简朴和接近自然的生活，以此为题材写成的长篇散文《瓦尔登湖》，成为超验主义经典作品。

独处得有一颗闲适之心，若无闲事挂心头，便是人间好时节。清空自己的思虑，凝神静心，于澄明清廓的心境中思接千里，神游八方，静观万物，观照社会人生，悟道修心。

叔本华说："只有当一个人独处的时候，他才可以完全成为自己，谁要是不热爱独处，那他就是不热爱自由，因为只有当一个人独处的时候，他才是自由的。"

独处是涵养灵魂、认清自己的最好方式。

我是一个喜欢独处的人。随着年龄的增加和阅历的增长，我越来越喜欢独处，在安静之中以平静的心态读读书，写写小文，研习书法，或者思考玄想，在找回自我中浸润生命的丰赡。

独处且安心。一个人为人处事能够安心多好。

苏东坡有言：此心安处为吾乡。

我以为"安"这个字太好了。这是我大半辈子人生悟出来的最可贵的要义。想想，就有"平安""安静""安心""安详"等字眼。这实在是人生最好的状态了。

平安二字值千金。想想人生，什么功名富贵，什么腰缠万贯，如果失去健康试试，如果有灾祸咋办？无病无灾，和顺平安才是福啊！只要平平安安的，人生就好。

内心安静是一种定力。安静的人不骄不躁，理智处事，灵魂是安妥的，内心波澜不惊，处变不惊，有一份沉稳内敛的力量，善于平衡化解内心的矛盾和冲突，还内心一个安静的世界。

如何才能做到安心？我的体会是虚静其心，知足常乐，宠辱不惊，控制欲望，珍惜已经拥有的，不奢求无法得到的，静读书以安其心，练书法以修其心，所谓修身养性是也。

安详，一个多么美妙的字眼。那是一个人历经沧桑后的豁达与老练，是一个人参透世道人心的禅意和化境，也是一个人哀物爱人的慈悲情怀。几时修炼到安详的境界，就算活通透了，活明白了。

2022 年 6 月 25 日

断　想

一

人的灵魂是有重量的。比如鲁迅的沉郁和犀利，《野草》里尽是对生存的诘问，对生命的追寻。史铁生的灵魂是重的，在《我与地坛》里，他思索和追问存在的价值，抒写对生命的感悟，深沉的思辨、存在之思在《病隙随笔》里更加凸显。生命苦难的体验，睿智的言辞和深入的思考，彰显人之为人的价值和光辉，展示出作家灵魂的力量，为人的存在如何朝向无限和不朽发出坚定的吁求。

二

我看那些山，一层一层的，就像一个一个的阶梯，我觉得有一天，我的灵魂踩着这些梯子会去到天上。

这是年轻僧人与"我"坐在一起讨论问题时的对话，也是作家阿来散文《离开就是一种归来》的一段文字。

"我的灵魂踩着这些梯子会去到天上。"这就是信仰的奥秘，生命的内在需求。

当我们看见那些一层一层的山时，眼里仅仅是山，是无法逾越的叹惋和退居，我们的灵魂蜷缩在庸常的生活里不得明朗和舒展。

是不是该学学年轻僧人的思维方式和灵魂指归，超越现实的障碍而把生命的皈依指向精神空间，让灵魂踩着山的梯子去到天上——生命的愉悦和诗意的人生。

三

某天，一朋友笑问我，你最近写的文章多，挣了不少钱吧？我苦笑一声，无奈作答：文不济贫啊，写文章能挣什么钱，要挣钱千万别写文章。我心想，你哪里知道读书写作的妙处，那是精神食粮，是自性自度的一种修行，是生命的寄寓和皈依。我是用写作在度我自己，而因于俗世间的心却在眺望诗和远方。

四

关于写景散文如何融入自然的醒悟，读过许多古代名家传诵千古的名篇，如柳宗元的《永州八记》，苏轼的《赤壁赋》，范仲淹的《岳阳楼记》，他们处江湖之上便寄情山水，借景抒忧愤之情，其兴趣还是在于人文政治，自然在这里只是一种媒介，而不是真正认知的对象。注视自然，认识自然，阅读自然，把自己的身心真正融入自然，并让自然来教育自己。这是我今后写景散文努力的方向。

五

在一个春光明媚的早晨，一束阳光倏地照进我的心房，桃花杏花在窗外的台地上开得正灿烂，我心里冒出这样一句话——人间美好！所有的忧郁和悲伤消失殆尽。是的，人间美好！美好人间！我还比较健康幸福地生活在这充满烟火味的人世间，春花，春景，野山，鸟鸣，轻风，白云，还有蓝天，蓝天下的关山，这美好灿烂的人世其实就驻在我们心间。让人间的丑陋都见鬼去吧，我要珍惜这美好的人间和人间的美好。

六

别忘了当你安享清风明月的时候，还有人在为柴米油盐和生老病痛而苦苦挣扎。

七

动辄"故乡的雨""故乡的炊烟""故乡的……"作为一个离开故乡在城市生活多年的人，少小离家老大回，儿童相见不相识，故乡风物多陌生，隔膜，巨变，沧桑，也许还有荒芜和留守老者的暮气和劳作的艰辛、生活的挣扎，哪来那么多田园牧歌式美好的图景，只不过是有些作者自我陶醉式的借景抒情罢了，而所写，无非是被人写了十百千遍的古老话题，庄子写过，陶渊明写过，王维写过，苏东坡写过，一般化田园牧歌式的苍白抒情、虚假情思我看还是不写也罢，以免倒人胃口。

现代性对乡土文明、乡土社会造成了冲击。乡土散文是不是该向哲学的深度挖掘，直面现代性条件下的乡土，追问日常生活的意义？

八

一个人内心的强大和灵魂的丰盈主要靠读书。黄庭坚曰，人不读书，则尘俗生其间，照镜则面目可憎，对人则语言无味。

九

文学是寂寞的事业，文学又是个人的独特体验和艰辛劳动。所以我不喜欢参加所谓的圈子和集体活动，所有的喧哗与骚动与文学无关。倒不如清静清静，潜心好好读些书，钻研些学问，认真搞点创作，用作品说话，以高质量高档次的作品赢得读者，为自己"立心"，为天地"立命"。

十

保持谦逊和低调，保持内心强大和日益精进，以孤绝的姿态从事文学创作，用作品说话是唯一的真理。

十一

人生的格局和境界是由人生阅历和读过的书撑大的，包括人生的苦难和小人的作梗，也许经历的一切都是宿命，也许给你使绊难为你的人都是来度你的。

十二

"天地万物与人原是一体，其发窍之最精处，是人心的一点灵明。"这是王阳明的话。一切在心，心正则明，心明则灵，干什么事只要动机纯正走正道，天会佑之。写作就是写心，写出这心的一点灵明，你的作品才会神完气足，有了神性。

十三

我常常在看老电影或回到故乡时，想到我们20世纪六十年代出生的人经历落差太大：六七十年代生产队时的饥饿贫穷，苦涩而又欢乐的童年，独特有趣的玩耍形式和与大自然亲密接触的生命体验；八十年代包产到户时的欣喜和参加农业生产劳动的艰辛快乐，刻苦学习升学考试、激奋的时代氛围和文艺气息；九十年代商品大潮和现代化进程的裹挟，新世纪的脱贫攻坚和乡村振兴下的沧桑巨变……

一代人有一代人的经历、命运和心路历程。当我把我的陈年经历说给女儿听，她们不爱听，说那是你们一代人的事，时代变了，我们和你们不一样。我想，当我老了，就把我经历的陈年旧事讲给外孙听，一如我当年听外祖母给我说"古经"一样，那样神秘而遥远。

我们终将离开这个尘世。生命的印痕是留在这个世界最后的标本，文字的书写是留存给这个世界唯一的生命佐证。

那就让我用笔写下吧，权当给孙子辈说"古经"，讲传奇。因为我的经历是独特的，生命体验是独一无二的。

若干年后，当孙辈读着我如今写的这些文字时，心里会感叹：哦，原来我的爷爷辈都这样生活过，全部的苦愁情怨都在其中漫漶。

十四

我自气定神闲。

气即元气，神则是人们口中常提到的"魂儿"。所以这里用这个词来形容人的一种精神状态，简单来说就是元气充足稳定，魂儿仍在原处闲暇着，形容一种悠然自在镇定的心境与状态。

勿躁。稳住。遇事泰山崩而不急，失意天地昏而无患。此气沛也，神在也。

整日营营然，惶惶然，于人于事患得患失，芝麻点儿事便暴跳如雷，面红耳赤、青筋突起、心跳加速甚而秽语伤人大打出手，岂不知气大伤身，躁则损神，何必哉！

余年轻气盛时，不胜压力，不通权变，临事心切急躁，爱发脾气，有时六神无主，唯踱步抽烟而已。

今阅历既多，年过半百，方悟到气定神闲之可贵。

静气乃人之修养、涵养也，闲适乃人之一种心境、心态也。风风火火未必早得胜果，闲庭信步尚可沐风观月。不愠不火，不紧不慢，控制脾气，笑谈了事，宽容人事，愉悦行事，蜗牛爬行，在俗世里做一个傻里傻气的读书人，写一些不痛不痒的小文章，聊度时光。

瞧，槛外浮云聚散无形观自在，门前深树错落有致秀天然。

我自气定神闲。

十五

动静相宜度人生。

世间有阴阳相谐、五行相生相克之说。我要说，人生动静相宜方为好。

吾性喜静而不喜动，好文章而身体弱。尤过五十后，中老年病就找上门来，先是久坐腰痛，腰肌劳损，继而眼睛老花，近又肩周炎难缠难治。痛定思痛，方悟到：一动一静谓之道。再不敢久坐不动、只顾埋头读书写作了，身体要紧。

得动起来了，从迈开双脚，到活动四肢筋骨，是为动。

现在，我每天早晨就骑自行车去小广场活动一番，拉伸胳膊，扭动关节，踢脚扭腰，周身发热舒活后就骑车回家。然后喝杯凉开水后就静坐书桌前，展纸蘸墨，静心书写，一点一画，把一颗心沉浸在方块字的万千笔墨中。

中午休息静养，晚上又拥书静读。此为静，万物静观皆自得，我在静写和静读中进入一个艺术审美的世界。

我喜欢拉二胡，手指要灵活，要不停地动，大臂带小臂，小臂带手腕，周身要动，识谱记旋律还得动脑，拉得实在太累了，就静下来读书。晚饭后又出去散步。

这就是我的一动一静、动静相宜的生活。这样才符合阴阳之规律吧！

2022 年 4 月 17 日

读书札记

品《雪国》

2022 年的春节是在大雪中度过的，大雪纷扬，飘落关山，别有一番禅味和诗意。我于清寂莹洁中手捧一册日本作家川端康成的《雪国》来读。

早年于师范求学时，痴爱文学，同学说日本有个叫川端康成的作家，获诺贝尔文学奖，作品很好，值得一读。在同学的强烈推荐下，我认真读了《伊豆的舞女》这部小说，了解到川端康成是新感觉主义作家，其文笔的优美和意味的深长深深吸引了我，他把日本传统文学的悲哀与冷艳的余情美与西方文学的人文理想主义完美结合，形成其文学之美。

《雪国·古都》一书买来已近十年了，以前只看过叶渭渠先生的"译者序"，小说还未认真读。最近因为涉笔小说创作的缘故，才在春节期间潜心品读了《雪国》一篇，读罢觉美，鉴评不敢，权做读后之感吧。

之一，镜子中的日本美女形象。川端康成先生以描写细腻见称，又善于运用意识流、象征和暗喻手法。镜子中两个女子的形象显现朦胧之美、东方女性之美。一次是岛村第二次从东京坐火车去雪国温泉客栈时，看到对面坐着一位姑娘——

……当他无意识地用这个手指在窗玻璃上划道时，不知怎的，上面竟清晰地映出一只女人的眼睛。……映在玻璃窗上的，是对座那个女人的形象。外面昏暗下来，车厢里的灯亮了。这样，窗玻璃就成了一面镜子。……玻璃上只映出姑娘一只眼睛，她反而显得更加美了。

岛村把脸贴近车窗，装出一副带着旅愁观赏黄昏景色的模样，用手掌揩了揩窗玻璃。

……车厢里也不太明亮。窗玻璃上的映像，不像真的镜子那样清晰。没有反光。这使岛村看得入了神，他渐渐地忘却了镜子的存在，只觉得姑娘好像漂浮在流逝的暮景之中。

这当儿，姑娘的脸上闪现着灯光。镜中映像的清晰度并没有减弱窗外的灯火。灯火也没有把映像抹去。灯火就这样从她的脸上闪过，但并没有把她的脸照亮。这是一束从远方投来的寒光，模模糊糊地照亮了她眼睛的周围。她的眼睛同灯光重叠的那一瞬间，就像在夕阳的余晖里飞舞的妖艳而美丽的夜光虫。

原来火车窗玻璃镜中映现的是一个叫叶子的姑娘，她在护理一个叫行男的病人返回温泉客栈。

在这里，作家运用意识流手法细腻刻画了人物的心理活动和内在精神。后来在温泉客栈雪天的早晨，对驹子的描写也采用了同样的方法，又是镜子，雪中的镜子——"雪闪耀出雪白的光，在雪中浮现着她那鲜红的脸蛋。那是无可比拟的洁净美好。也许是旭日东升了，镜子里的雪越发耀眼，活像燃烧的火焰。浮现在雪上女子的头皮也闪耀着紫色的光，更增添了乌亮的光泽。"通过镜中非现实世界的、虚幻的影像，我们看到了一个充满激情、洁净美好的驹子。

之二，雪及其他。所谓雪国，当然有雪了——大雪，日本美丽的雪景。请看："夜空下一片白茫茫。那边的白雪，早已被黑暗吞噬了。这是一幅严寒的夜景，仿佛可以听到整个冰封雪冻的地壳深处响起冰裂声。没有月亮。抬头仰望，满天星斗，多得令人难以置信。星辰闪闪竞耀，好像以虚幻的速度慢慢坠落下来似的。繁星移近眼前，把夜空越推越远，夜色也越来越深沉了。县界的山峦已经层次不清，显得更加黑苍苍的，沉重地垂在星空的边际。"这是一片清寒、静谧的和谐气氛。"雪国"的雪之大、之厚令人惊叹，"只要一连下两天雪，马上就积上六尺厚。倘使连着下，那边电线杆的灯也要埋在雪里啰。""听说前面那条街的中学，学生们在下大雪的时候，一大早就裸着身子从宿舍二楼的窗口跳到雪地里。身体一下子完全没进雪里，看不见了。他们像游泳似的在雪中划着走。"

除雪之外，柿子树也是作家描写的美好形象之一。"右边是覆盖着白雪的田野，左边沿着邻居的墙根种满了柿子树。""窗外，夕阳洒在熟透了的红柿子上。"柿子树的描写带给人一种雪中映红的诗意美感。

芭茅。芭茅展现了蓬勃壮丽的生命美。芭茅是一种如雪般银白的野花。小说强调了芭茅洁白的颜色和旺盛的生命力，它是活着的雪。作者将盛放的芭茅比作"倾泻在山上的秋阳"，它那苍劲挺拔的气势充盈着旺盛的生命力，带给我们一种充满生机的喜悦之情，进而产生对生命的感动和赞美。芭茅的顽强生命力和雪的稍纵即逝形成了鲜明对比：一方面，我们能够体会到活着的雪（芭茅）的生命美；另一方面，通过对比，又深化了普通的雪惹人怜惜的瞬间美。

绉纱。绉纱蕴含着一种无可奈何的悲凉美。绉纱是人工的雪，凝聚着纺织工人们毕生的心血。《雪国》中的纺织工人们是"世世代代被埋没在雪里的忧郁的人家"，靠生产绉纱维持生计，他们将自己的青春消耗在纺织品上，付出了大量的手工劳动和心血，供富人消遣。这种真挚之情未能得到应有的回报，他们的付出是徒劳的、悲哀的，充满无可奈何的牺牲精神。

之三，**性格之美**。《雪国》中描写了两位美丽的女性——驹子和叶子，而这两者又是灵与肉的统一体，她们都为行男做出自己的牺牲。驹子因替师傅的儿子行男治病，而成为艺伎，沦落风尘。然而她有自己生活的信念，极力寻求生存的价值。她坚持写日记、看小说、做笔记、练三弦琴，对爱情有着美好的向往和执着。但是由于不幸的遭遇，她的灵魂发生了扭曲，形成了复杂矛盾的性格。一方面，她依然保持着乡村少女朴素、单纯的气质，即使生活再艰难，她也在隐忍着不幸的折磨；另一方面，她在艺伎生涯里充当别人的玩物，受人无情践踏，不可避免地流露出烟花女子那种轻浮放荡的性格。但她渴望过一种"正正经经的生活"，对岛村的感情是真挚的，不夹杂"肉欲"，既纯洁又坚韧。驹子的身上有着哀与艳的结合，是时代映射下的悲剧矛盾体，这是一种注定的无可挽回的美的破灭。叶子是作为驹子精神的一面存在的，她同样美丽善良，是岛村所幻想的对象。然而，最后却葬身火海，成为没有生命的木偶。驹子抱着叶子的身体，说着："这孩子，疯了，她疯了。"其实驹子这句话是对自己说的，因为她对生活的所有信仰和憧憬随着叶子的死亡而化为了虚有，她做出的所有努力在一瞬间变得毫无意义和价值，她的精神世界崩塌了。雪国世界里这种生命的痛苦和悲哀，是整个大时代中女性命运的真实写照。驹子和叶子个人的悲剧，是整个时代悲剧的折射。而岛村作为一个外在因素，由于对驹子爱情的不重视、不珍惜也加剧了驹子的悲哀感。驹子对岛村一往情深，岛村却对驹子自私冷漠，同时又徘徊在叶子的美丽中。两者地位、爱情观的不平等也是造成驹子不幸的另一个原因。男权世界对女性的伤害，同样是时代在发展中慢慢积淀下来的悲剧，《雪国》中女性的悲剧是时代悲剧的一种折射，同时也体现了作者对弱小群体的同情和怜悯，对整个人类命运的人文关怀。

之四，美丽的银河。小说结束的时候，已经是冬天了，北方的山村格外清寒，大雪就要封山了，岛村要离开这里，驹子前来送行。偏偏就在这时，村子里发生了火灾，岛村和驹子急急地向火场跑去，但川端的笔触却指向了晴朗夜空中的银河——

啊，银河！岛村也仰头叹了一声，仿佛自己的身体悠然飘上了银河当中。银河的光亮显得很近，像是要把岛村托起来似的。当年漫游各地的芭蕉，在波涛汹涌的海上所看见的银河，也许就像这样一条明亮的大河吧。茫茫的银河悬在眼前，仿佛要以它那赤裸裸的身体拥抱夜色苍茫的大地。真是美得令人惊叹不已。岛村觉得自己那小小的身影，反而从地面上映入了银河。缀满银河的星辰，耀光点点，清晰可见，连一朵朵光亮的云彩，看起来也像粒粒银砂子，明澈极了。而且，银河那无底的深邃，把岛村的视线吸引过去了。

这些火星子迸散到银河中，然后扩展开去，岛村觉得自己仿佛又被托起漂到银河中去。黑烟冲上银河，相反地，银河倏然倾泻下来。喷射在屋顶以外的水柱，摇摇曳曳，变成了朦胧的水雾，也映着银河的亮光。

驹子拖着艺伎那长长的衣服下摆，在被水冲过的瓦砾堆上，踉踉跄跄地走过去。把叶子抱回……驹子发出疯狂的叫声。岛村企图靠近她，不料被一群汉子连推带搡地撞到一边去。这些汉子是想从驹子手里接过叶子抱走。待岛村站稳了脚跟，抬眼望去，银河好像哗啦一声，向他的心坎上倾泻了下来。

川端以银河作为意象，象征叶子这位雪国精灵"美而悲"的湮没和消亡，正是川端表现出的日本"物哀"之美———一种独特的东方审美观。

古都人情美

美丽少女千重子和朋友真砂子相约去北山看杉树。

"人世间怎么会有这样的美人儿啊！"真砂子在上坡道时感叹道，"千重子，我是说你呀！"

"素雅的和服万绿丛中把你的美貌衬托得更加迷人啦。你要是穿上华丽的衣裳，会更加漂亮的……"

千重子和真砂子游览了神护寺和高山寺，就来到清泷川岸边陡峭的杉山，笔直参天的杉树整齐地耸立着。

首先是真砂子发现了一个从杉山上走下来的女子很像千重子。很像。简直长得一模一样。像异母姐妹啊！千重子不信或者半信半疑。真砂子还拉她跟上去到杉山人家去瞧瞧，观察一番，看到了杉山人在干活儿。她俩一直走到这个小小村庄的尽头，然后再折回来。

回到家的千重子又勾起了关于自己身世的猜想。杉山村那个像她的女子，在她心里总有抹不去的回想。

千重子不是阿繁夫妇从赏夜樱的圆山公园抢来的，而是被人扔在店铺门口，太吉郎把她抱回来的。阿繁再没有生孩子，千重子作为太吉郎的独生女，得到抚育和宠爱。

直到过祇园节时千重子去祇园社参拜时发现一个在做七次参拜的姑娘，觉得好生面熟。

"你在祷告什么？"

"我希望知道姐姐的下落……你就是我的姐姐。是神灵让咱们见面的。"她就是那北山杉村的姑娘。

接下来是姐妹试探性地询问和相认。千重子才得知亲生父亲很早在砍杉树枝时去世了。那时千重子刚出生。不久她母亲也过世了。

北山杉村的姑娘叫苗子。她说她是在母亲的故乡生的。

姐妹相认，都相邀到各自的村子或铺子去一趟。苗子发誓说不会把今晚相逢的事告诉任何人。也许只有祇园神晓得。苗子已觉察到她俩是孪生姐妹，但鉴于彼此身份太悬殊不想让人知道。

千重子一阵心酸。

作为读者的我也动容。日本的"物哀"审美里蕴藏的人情美感人至深。

姐妹俩临别时在虔诚地祷告。

然而就在这个祇园节上，秀男误把苗子当成千重子了，不住地问给千重子织的腰带怎么样，说要按照自己的构思精心再织一条。

歪打正着。小说的结尾果然是苗子和秀男情投意合。这里面有姐妹俩对于对方的情感走向的揣度和对于爱情的朦胧追求。

后来秀男果然把设计好的腰带图案拿给千重子看，千重子却让秀男织好后送给北山杉村的苗子。

为此，千重子又去了一趟北山杉村见苗子，姐妹俩在杉树林交谈，正逢雷阵雨，是苗子覆身遮掩着姐姐不让她淋湿。骨肉之情在这里表现得淋漓尽致，千重子一再邀请妹妹去她家，又告诉她秀男织腰带并亲自送来的事。

"二十年前你早是我的孩子了。"当千重子回家后把去北山杉村见妹妹的事说给母亲时，阿繁表现出了极大的宽容和温情。

　　千重子真是遇到了一对好心父母。养父太吉郎视千重子为己出，为她费尽心思设计漂亮的腰带，寄托着对女儿满满的爱。当千重子去嵯峨山中的尼姑庵中找父亲，送去买来的森嘉烫豆腐，父亲说："哦，好极了……吃森嘉豆腐，我固然高兴；可千重子来了，我更高兴啊……"

　　爱女之心跃然纸上。日本人的人情之美！父亲太吉郎还说过，等女儿千重子举行婚礼，他要给女儿设计一件花色鲜艳的华丽和服。在千重子询问她的出生和领养经过时，养母阿繁满是浓浓的母爱，总以千重子的快乐和幸福为准，绝不伤害她的自信和自尊。千重子做噩梦惊醒，养母就陪她一起睡。

　　当养父母知道千重子和她妹妹的情况后，更了解她的心思。当千重子提出让她妹妹苗子来家过一夜的要求时，父亲说，何止过一夜，我不是说过收养她也可以吗？多么善良的父母之心，人间大爱！

　　爱情真是奇妙！太吉郎看上好友织布商宗助的儿子秀男，意为女儿入赘为婿，一对年轻人也有些亲近。可祇园节秀男与孪生妹苗子的相逢误认，千重子也想让妹妹得到幸福，于是秀男最终和苗子走到了一起。而千重子和青梅竹马的发小水木真一无缘，却与水木真一的哥哥水木龙助在父母的撮合下走到了一起。

　　在一个纷纷扬扬飘雪的夜晚，孪生姐妹千重子和苗子相聚在织布批发商太吉郎的家里，姐妹相拥同睡一张床，人间亲情暖三冬。

　　总爱读川端康成的作品，他的作品渗透着日本人情味的"物哀"美和新感觉派细腻精到的文字，把人带入淡淡的哀愁和温情的优雅里。人情美、自然美和民俗美在川端的笔下涓涓流淌，令人沉醉。

　　这是壬寅初夏，我手捧日本作家川端康成的小说《古都》来读，虽然天气炎热，但是书中的文字自带清风和凉爽，使我在京都的风俗画面上品味孪生姐妹千重子和苗子悲欢离合的故事，抚触到日本的人情美和传统美。

2022 年 5 月 22 日

关于"澄怀味象"

2010年4月，我调到县委党校工作，6月邀请县上五位知名书法家为学校办公楼道和办公室写了十多幅书法作品，意在美化办公环境，增加人文意味。我的办公室由县一中的书法家罗文旭提笔书写"澄怀味象　澡雪精神"八个遒劲大字。此八字实为我构思命笔，亦为我之心声、情怀之写照也。

此后常有人来我办公室，总要欣赏八字书法条幅，会意者相视一笑，不解者疑惑半天。待我边念落款小字边解释，来人豁然领悟，连声道："妙，妙!"龙年正月无事，女儿帮我建起博客，问我博客名，我随口说出"澄怀味象"四字，女儿愕然，写上后百思不解其意，缠着我一定要说出个所以然。

女儿学理工，加之年龄尚小，肯定不会理解其中的奥妙。遂连夜写此文给女儿交卷。

我为文，涉猎甚广，随着年龄的增长，喜读哲学美学类书籍，中国的老庄之学、孔孟之道，外国的弗洛伊德、萨特、海德格尔，尤其几年前读过的潘知常先生写的《中国美学精神》一书，感觉确实是美的盛宴，精神的享受。

"澄怀味象"就是在潘先生的书中领悟到的为文精髓。"澄怀味象"是魏晋南北朝时期的画家宗炳在《画山水序》中提出的主张，认为宇宙万物混沌一片，其中的生命气韵卷舒取予，好似太虚片云，寒塘雁迹，空灵而自然。作家、艺术家欲使自己的内心之神与宇宙万物之神相融，就必须"澄怀味象"，使"万趣融其神思"。

晋代大书法家王羲之说过"争先非吾事，静照在忘求"。意为在人生"忘求"的一刹那，创作的灵感就会降临，真是渗透了万古诗心。

刘勰在《文心雕龙·神思》中指出"陶钧文思，贵在虚静，疏瀹五藏，澡雪精神"，葛立方在《韵语阳秋》中说"诗思多生于杳冥寂寞之境"，道出了作家创作中的心境秘籍和审美态度问题。对于作家艺术家来说，必须先加强人格修养和文化修养，然后再遗去机巧，意冥物化，才能最终升华为酣畅淋漓的创作兴会。

"天地与我同根，万物与我一体"，此为《五灯会元》中的话。《五灯会元》还有这样的话："若也于己无事，则勿妄求。妄求而得，亦非得也。汝但无事于心，无心于事，则虚而灵，空而妙。"这就是"虚静"——最高的生命存在。只有"虚而灵，空而妙"，生命和世界才在我们眼前焕发出美丽的光彩。

"虚静"状态强调无欲无我，"澄怀味象"。这就必须"胸中廓然无一物"。无欲无我，正是为了把审美目光集中在对象的形式上，真正做到对"象"的世界的玩"味"，从而激发创作灵感。

总而言之，"澄怀味象"即达至澄澈的空明的心境来看待物象，潜心创作，娱情于纯净创作中的一种悠然自足之人生态度，是人们审美心态极其生动的描绘！

此番引经据典，云里雾里，不知能解女儿心中疑惑否。

2012 年 1 月 26 日

好好活着

写下这几个字，有人会笑着说：这世界谁不优游乐哉，好好活着，难道要去死不成？其实，活归活，可要活出个分量来，像印度文豪泰戈尔所说的"当我们要告别这个世界的时候，可以自豪地说我已经爱过了"，一个"好好活着"的承诺，一个"爱过了"的无悔，分明已界定了人生的一种境界。

活着，并不容易。

我们每个人都是在母亲的痛苦呻吟中用哭声宣告来到这个世界的。自剪断母腹脐带的那一刻起，又一条无形的缀满苦乐年华的绳子把我们同这个世界拴在了一起。此后的岁月，有憧憬，有失败，失望过也成功过，亦哭亦笑，在哭哭笑笑中圆满着各自的人生。也有"少年不识愁滋味"的幼稚，可稍稍成人就得为前程而一搏高下，中年时为生活为工作为家庭而忙忙碌碌，满以为知天命之年可以静享一番人生，却不知"老来自有老来难"，好不容易把娃们拉扯大，儿女婚姻大事又摆上了议事日程，于是又不得不省吃俭用，把一颗心摊在儿孙们身上，难则难也，末了还不是深叹一声"大概人生的滋味就这样吧"，依然精精神神地活人。

活着，就意味着责任；活着，贵在承担。

我相信造物主在人出生时均撂给每个人一根扁担的。只不过有人勇于承担，有人根本不愿意使用罢了。你看那尘世上少数纨绔子弟公子哥儿，把人生泡在了吃喝玩乐之中，肩上压根儿就不曾有担子，如此人生谈何分量？还有的人想荷担远行，可毅力耐力不够，终哀叹人生，更有心生邪念妄想不劳而获者根本就不懂活着的意义，害人自焚，不能活得好。

佛家有语云"担得起"。生活也全在于"担得起"这一要义。

我们大可不必沉溺于外物名利之雾而迷失了自己，亦不必在风浪的颠簸中屈服于苦难，更不必在纸醉金迷中游戏人生。

看看泰山挑夫吧，比比竞技场上的运动健儿，或者想想张海迪，想想土地上的农民。担起来吧，从容上路，遇沟越沟，逢岭翻岭，把亲友抚慰的目光化作爱的彩虹，小看成败得失，品味一路的风景。人生无处不明媚。

1996 年 9 月 28 日

守望生命

破土而出的嫩黄的春芽，清晨第一声清脆的鸟啼，一片黄叶翩然落地，寂寥的天际数只寒鸦凄清的身影，风雪交加中独放一隅的梅花，还有那岁寒而不凋的青松，山坡上默默自开自落的无名小花，甚至新生儿呱呱坠地的啼哭，秋阳下一对老人晒暖阳的悠闲，更有"风萧萧兮易水寒，壮士一去兮不复还"的悲壮，还有"衣带渐宽终不悔，为伊消得人憔悴"的执着。生命，多么美丽的字眼！这世界因有生命的存在而生机勃勃、异彩纷呈。

然而，并非一切美丽的东西就长生不老。我们的生命曾一度绚丽过，也荒芜过。当寒流袭来的时候，花残草败也是常有的事。野雀子每每因经不住猎人的诱惑而误入网罟。这世界有太多的诱惑，太多的诱惑又使一些生命失却了那份纯真的美丽，因蒙上了太多的杂尘而变得暗淡无光。生命本是一方晴朗明净的天空，生命本是一畦散发着花草香味的园圃。

守望生命，我们就可以随时随处感受到天空下阳光的照耀，就可以不以物喜，不以己悲，以一颗慈悲的平常心领略花朵绽放的美丽，谛听天籁地籁人籁清纯的韵律，然后尽力生长，让生命之树为多彩的世界平添一抹新绿。造物主赐给我们以生命，原本不是让我们肆意糟蹋的。在这短短的生命历程中，我们要做的事实在太多，要遇到的挫折甚至苦难也不少。

生命犹如一驾马车，在风雨兼程的赶路中不时遇到风景，但你却不能停下来坐观。守望生命，就是当好车夫，遇沟越沟，逢岭翻岭，高兴时喝唱几句以壮豪气，道路不平时谨慎驾车以防不测，但你万万不可因高兴而骄气十足，不可一世，亦不必因遇阻荒野而垂头丧气，一蹶不振。赶车，是唯一的选择。

孟子曰：吾善养吾浩然之气。守望生命，贵在守住一份真诚与正直，一如野外的树守住脚下的土地。守住生命，更须有拒外物诱惑于门外的勇气。

守望生命，就是守住幸福与美丽。守望，绝不是观望，而是要竭力发挥生命本身的潜能，自性自度，自利利他，留一道闪光的轨迹在人间。

愿生命之树常青！

1995 年 9 月 26 日

你醒了吗

"你来了吗？"

在西安的西大街，有一座建于明洪武年间的城隍庙，是天下三大"都城隍庙"之一。牌楼背面有"你来了吗"四个贴金大字。其意为告诫人们要拷问自己的良心，在这里什么事都隐藏不住，要经常检点自己。

"你饿了吗？"

"饿了吗"是在线外卖交易平台。大家都知晓。

"你醒了吗？"我今天要问。

"盼望着，盼望着，东风来了，春天的脚步近了。一切都像刚睡醒的样子，欣欣然张开了眼。山朗润起来了，水涨起来了，太阳的脸红起来了。"这是朱自清先生散文《春》里的句子。

"一切都像刚睡醒的样子"。多么富有生气和明媚的样子！

这是公历二月的最后一天，春天的脚步正向我们走来。大地回春，万物复苏，我要问，在这美好的春天里，你醒了吗？

苏醒，一个多么美好的词语。像动物冬眠一样，我们的灵魂也有休眠期。因为"浮云遮望眼"，太多的物欲和消费娱乐时代的喧嚣，我们的生命会不会被遮蔽？灵魂会不会在沉睡？蒙尘的心灵被功利折磨得并不轻松。"天下熙熙，皆为利来；天下攘攘，皆为利往。"一个本该鲜活灵动的生命陷于、累于物的泥淖，一个有趣而高贵的灵魂日渐麻木昏睡。

醒醒吧，从物质的缧绁中解脱出来，你的灵魂才能觉醒。所谓"抱朴守拙"是也，简单生活，物质极简，精神高配。

读书吧。博尔赫斯说，读书是唤醒沉睡的精灵。在读书过程中让自己的灵魂与先贤哲人对话，唤醒沉睡的自我。书籍带我们进入另一个世界，可获得美的享受，思想的启迪，智慧的积累，唤醒并激活沉睡的灵魂，人的内心进入澄明之境，这时候"我"之为"我"，我们会看到一个清醒的自己！

走进大自然，无比绚丽美妙的景观会唤起你对美的认识，对自我的认同。蓝天白云，旷野的风和树，田里的庄稼和花，还有流水声、鸟鸣声、小昆虫嗡嗡嘤嘤的叫声，大自然会激活你麻木的感觉，唤起你对美好事物的爱欲，你觉得你也是大自然的一部分，和山水草木一样充满葳蕤和蓬勃之气。你的灵魂和这生机勃发的春天一样丰盈而鲜活！唤醒的灵魂就是一株草，一朵花，一棵树，一片流云，甚至一声鸟啼……

万物皆有灵。海德格尔说：唯有"人被许以仰望的神性，他那向上的目光跨越了由天空和大地所形成的那个'之间'。这个'之间'被给予人的栖居"。只有灵魂充满了正能量和圣洁之气，人才能神完气足地生活在人世间。人只有唤醒自己的灵魂，被自己内在的光源所照亮，才能成为小小的发光物。

瞧，春水荡漾，山河一新，草木萌动，鲜花绽放枝头。在这生机勃勃的春天里，让我们的灵魂苏醒，让生命怒放吧。

2022 年 2 月 28 日

修炼自己

"五色令人目盲，五音令人耳聋，五味令人口爽，驰骋畋猎令人心发狂，难得之货令人行妨。是以圣人为腹不为目，故去彼取此。"这是老子《道德经》第十二章中的一段话，意思是：缤纷的色彩，使人眼花缭乱；嘈杂的音调，使人听觉失灵；丰盛的食物，使人舌不知味；纵情狩猎，使人心情放荡发狂；稀有的物品，使人行为不轨。因此，圣人但求吃饱肚子而不追逐声色之娱，所以摒弃物欲的诱惑而保持安定知足的生活方式。

身处五色、五音、五味、五彩缤纷熙来攘往喧嚣的人世间，如何不被外物所迷，不被名利所惑？我的做法是——

修炼自己。

如何修炼自己？

首先得保持知足常乐的心态。在物质上"极简"，勇于断舍离，在做减法中追求增值的人生；只要有一份工作，工资能维持生活就好。"广厦千间，夜眠仅需六尺；家财万贯，日食不过三餐。"珍惜拥有的，不奢望没有的，在粗茶淡饭中品咂生活真味，在人间烟火里熏染凡人快乐。

其次是顶级自律。管控欲望，淡泊宁静；守住底线，不胡作非为。纵情声色犬马，只顾吃喝玩乐，终将毁掉人生的价值。绝不可无所事事，虚掷光阴，而是有所寄托，发挥爱好，每天有事干，多干修身养性的雅事，多干利国利民的好事，多干助人纾困的善事。

行走人间，在柴米油盐酱醋茶的日常烟火气中修心悟禅，道在我心，人间温暖，悲悯为怀。在旅途中或寄情山水中洗心除垢，天机清妙。

品味书香，远离铜臭。让心神游万古，思接千里，聆听圣贤之哲言，体味审美之妙趣。

翰墨寄情，静心写字。读古人之碑帖，悟书法之艺道。练字亦练心，沉静复沉稳。

看庭前花开花落，荣辱不惊；望天上云卷云舒，去留无意。

修炼自己，做一个有修为的人；修炼自己，做一个有良知的人；修炼自己，做一个高尚的人，一个纯粹的人，一个有道德的人，一个脱离了低级趣味的人，一个有益于人民的人。

2022 年 9 月 15 日

书法练的是心

正儿八经练书法不觉已有两年多了，由最初的兴之所至，到慢慢悉心揣摩，由最初的胡乱临帖、逢帖必练，到如今的专攻一家，独守一帖，方悟到练书法是个逐渐熟悉笔性和达到控笔能力的过程。练字，其实最重要的是练心。

都说毛笔书法美，好看，殊不知先人发明的毛笔实实不好使，你想要用一个圆锥形的柔软而有弹性的毫锋写出有质量的线条，实在是难。开始扭扭捏捏，战战兢兢，写出的字弯弯拐拐，轻轻飘飘，哪有美感？顿觉兴趣大减，信心尽失。可古人说，书法唯一的捷径就是临帖苦练。那就以古为徒，临池不辍，渐渐地，有了感觉，写出的字有了眉目，才觉得一个练字多么重要啊。

我以为，练字首先是熟悉和掌握笔性的过程。笔锋是如何分布的，锋在哪里，肚在哪里，如何顿笔驻笔，如何聚锋散锋，等等。最关键的是对笔锋的合理运用和把控，就一个简单的"中锋用笔"就得反复训练，甚至得回溯到篆书中去寻根练习；还有铺毫，咋铺？铺多少？轻了，笔画太细，飘，重了，笔画太粗，有时成了墨猪，根据字形字体，锋毫得铺开几分之几，这得在长时间的练写中体会和把握。

我以为，开始练写的一两年是练习控笔的阶段，尤其是悬腕书写。控笔就是要达到"手笔相应"和"心手相应"的目的，让毛笔听话，做到得心应手。这也需要刻苦地训练和体会，一天练得手酸，站得腿困，时间长了就会有效果。

书法练习练的是笔法、结字、墨法和章法，这是对的。我以为，更重要的是练心。

一是练耐心。书法练习是慢功，不是一蹴而就的事，急不得，需要几年甚至几十年的时间。心浮急躁是万万要不得的。

二是练专心。笔墨铺开，杂念俱消，俗务尽抛，心无旁骛，潜心研习，方能领悟书体之美之妙。

三是练静心。书写环境安静，书者内心宁静才能进入书写最佳状态。所谓有心如止水的心态，无喜无忧，平静安详，放松闲适，内心越平静自由越能把字写好，越轻松自然越好，力戒过度紧张用力。如果心有不平和杂念，字必带"戾气"怪形。

2022 年 3 月 20 日

头燃如火

近日练写毛笔字，偶读"快手"上一书友写有斗方曰：

当勤精进，如救头燃，但念无常，慎勿放逸。

不辨其意。遂往"百度"搜索，方知是普贤菩萨警众偈。前面还有几句：

是日已过，命已遂减，如少水鱼，斯有何乐。大众当勤精进………

意思是，这一天已经过去了，寿命也随之减少了一天，如同水越来越少的鱼，又有什么快乐可言呢？人们应当拼命地勤奋努力地向前奋斗，如同去熄灭头上燃着的火一般，常常观察自己的起心动念，提醒自己千万不要懒惰安逸。

"如救头燃"。头上燃着火。读这样的文字，想到此情景，心里直惊悚，不觉后怕得渗出汗来。

是的，我们每人头上都燃着一团火——生命之灯火！菩萨是为了警醒众生而形象迫紧的比喻。

年轻时精力旺盛，人生还长，尚不觉得头上有一团火在燃烧。及至中老年，像我这等五十有四的年纪，白昼为俗务琐事而忙忙碌碌，浑浑噩噩，倒不觉得这团火燃得怎样旺烈。有时夜深人静就会"后顾前瞻"，回想人生，走过的路磕磕绊绊，有得有失，有喜有忧。智者说，三十岁以前不要怕，三十岁以后不要悔。何况我已年过五十，后悔是来不及了，也没有任何意义。那就前瞻吧，这是一个很令人尴尬的年龄，离死，尚远；消沉，不甘；奋斗，力欠。不过掐指算算往后的年岁，是人都会想到"死亡"这个令人害怕的字眼，一个可怕的催火者。想到独一无二的你将在这个尘世消失，化作一缕云烟，呜呼哀哉！

还是头顶那团火在无情地燃烧，在催！想到头顶有团燃烧的"催命火"，你就再也不敢因懈怠而浪费生命了。人在世间走一遭，尽管生命短暂，头上一团火会把人燃尽，但总得为世间留下些许"痕迹"才安心吧！难怪佛家开出"如救头燃"的良方是"当勤精进，慎勿放逸"！

比死亡更可怕的是懒惰无为、放纵安逸！我也把警偈书写悬挂于书房，用以自警。遂想，与其任由头上的火熄灭，不如把头上一团火举成火把而拼命奔跑，在不息奋斗中应对生命之无常！

时常想到头顶有一团火在燃烧。救火吧，朋友，一如你我！

2020 年 4 月 17 日

雪夜思绪

"人类一思考，上帝就发笑。"米兰·昆德拉在《生命中不能承受之轻》里告诉我们：因为人们愈思索，真理离他愈远；人们愈思索，人与人之间的思想距离就愈远。

记得一个作家还说过，农民靠本能来生活，知识分子靠思考来生活。

我是一个读书人，也算个小知识分子。那么不读书、不思考还算活着吗？

读书、练书法之余，就喜欢瞎思考，思接千里，咀嚼先哲慧语，打捞记忆碎片，反思人生……不由自主地爱思考。那就任由思想的翅膀在这浩瀚旷远的雪夜飞翔去吧。

要过年了，雪花在静静地飘落，夜色浩大，屋后蒋家塬头的树木上满是雪光的银白。汹涌的夜色遮盖不住我孤独而清寂的心房。一如我童年半夜听到山寨河水的清响，掠过心房的是人世间的绝唱。哦，因了这响声，我感觉我还认真地活在人世上。

雪夜读书，把思绪交给一片雪花，在清冷的空中随风飘舞……

能静静地感知一片雪花的风情，能在雪夜里把一颗心交给《世说新语》，在魏晋风流中感知古人的风骨、风神和风雅，我也就成了一个玉树临风的人了。我老吗？原来年轻抑或老只是一个生理概念，一个物理现象，更重要的是一个心理现象、心态问题。

人生无目标无方向无追求才轻如飘蓬，才显老；如果心中有诗和远方，手中有书和笔，脚下有追求的跫音，那么人生就会充满激情，生命方显年轻有活力。人生总得干些事，不能一直买菜抱娃捡鸡蛋。庸常的生活使人麻木，风雪中的行走使人清醒。

在追梦的路上继续前行，忘记年龄忘记身体忘记荣名，以雪花的姿态炫舞出人生别样的风采。

千万别急。急躁是一个人年轻时最容易犯的心理病，浮躁是我们这个时代的通病。静，是一个人修炼的一种境界，就像这随风飘落的雪花一样，不徐不急，随缘适性，飘飘洒洒，飘逸而灵动，妆点此山河，自有我来也！

平时安静，遇事冷静，独爱清静，静中读诗书，静中观万物，静中求心安。吾心安处是故乡。

山静松声远，秋清泉气香。

一颗静心观世界，半盏清茶悟人生。

习静心方泰，无机性自闲。

道心静似山藏玉，书味清如水养鱼。

静对古书寻真趣，眼放长空得大观。

心清自得诗书味，室静时闻翰墨香。

崇尚大智若愚、大巧若拙的为人智慧，最不爱与心机太重、心眼过多的浮滑之人交往。

喜欢独处。在孤独中品味诗书的精言要义，在孤独中和自己的灵魂对话，学会享受孤独，以拒绝公共观念和庸常价值的淹没和干扰，做一个内心强大的人，在充满正能量的灵魂叙事中书写世道人心，抒写内心的冲突和挣扎。

人情练达即文章，世事洞明皆学问。这话是曹雪芹说的，可以说是小说创作的经验之谈。小说表现的是人情世故，反映的是世道人心，用来表现的材料是世事和生活知识。多体察社会，体验生活，考证事实，积累素材是小说创作的必要准备。

心有怨恨和不平是导致人生观错误的根源。这世上的事最讲究"平衡"二字。

宽恕世界，宽恕人生。你此生干过的事、遇到的人都是命中注定的。不要抱怨你的出身、家境以及生命中遇到的人和事。

《简爱》告诉我：选择读书、道德自律和内心丰盈，对一个人来说是多么重要。

感激生命，感恩生活，用悲天悯人的情怀观照人生。让自己低到尘埃里，坚韧地活在尘世上，以不老的心态从事我的文学事业。老夫聊发少年狂，门前流水尚能西，莫教白发唱黄鸡。

2022 年 1 月 28 日

关于写作的一些思考

之一，文学的美妙之处，在于除了反映社会现实，还可以创造出一个不被现实所污染的心理现实。那种来自艺术和梦想的非凡力量，独立而富有尊严。在工业文明、消费主义和娱乐至上的浮躁时代，文学受到了冷落，只有对文学怀有宗教般的热爱和虔诚情怀的人才能坚持下来。

之二，写作者要怀有宗教般的情感，怀有敬畏之心，以悲天悯人的情怀观照世道人心，才能写出大境界、高品位的作品。要在万事万物面前保持孩童般的卑微，满怀好奇和想象，并相信奇迹。兰波说过，诗是通灵的。其实，一切文学可能都具有神性。而写作，就是开采自己人性里的神性，乃至混杂其中的兽性。写作者的价值就是在写作过程中，被自己内在的光源所照亮，成为小小的发光物。

之三，写作是一种灵魂参与的精神活动，也可以说是个体的自我救赎。创作每一篇作品都要有精神的注入和灵魂的书写。

之四，作家应坚守独立精神、怀疑立场和边缘位置，尊重自己的内心，不是装腔作势，更不是哗众取宠；写作是个体的独立思考和劳作，不是靠圈子和媚俗来完成。吾将以孤绝的姿态进行写作。

之五，"读万卷书，行万里路"，是对一个写作者的要求。杨绛说："丰富自己，胜过取悦别人。"不断汲取知识营养的人，人生也会越来越厚重。你读过的每一本书，学过的每一种知识，都将成为你乘风破浪的底气。清代学者沈德潜在《说诗晬语》里说，有第一等襟抱，第一等学识，斯有第一等真诗。一个人真正的高贵，在于灵魂的丰盈。心里藏着诗意的人，永远都能把生活过得热气腾腾，诗意地栖居是一件多么幸福的事情。行走，远胜过闭门造车。苇岸为了写二十四节气，每天于北京郊区田野蹲守观察十多个小时。我呼唤"旷野写作"，早有计划多去关山及村社跑跑，写写大自然，写写村民乡亲，皆因俗务耽误了。这下该学学罗六元，实施这个计划了，写一本《关山笔记》类的散文集。

之六，我的散文写作是远学张岱，中学汪老，近学人邻。张岱的《夜航船》《陶庵梦忆》可以说是中国散文之精品。有张岱文字的浸润，那是一种有趣的美差。被誉为中国最后一位士大夫文人的汪曾祺，其散文老辣蕴藉，天真自然。他说过："我是希望把散文写得平淡一点，自然一点，'家常'一点"。人邻是甘肃的一位作家，他的散文集《桑麻之野》是让我读得上瘾的佳作。其散文呈现出了诸多综合性美学特征，如简单与枯涩、意趣与怀疑、智慧与苍凉。作家对散文"形与神""散与聚"进行了苦心孤诣的探索，有意忽略全方位的"描述"，而强调在散文创作文法实验中片断化的印象及其拼贴，以及"减负"的为文之道，让我们直抵事物的核心。

2021 年 12 月 29 日

关于散文写作的体悟

散文写作门槛低，在自媒体时代，似乎人人都能写作散文。然而，散文易学难工，要写出深刻性和情味来，就不那么容易。

本人写作大半辈子，多写散文，对散文写作有所体味，然所写多为应景的千字文，或即兴的抒情文，或小随笔，在主题的深度开掘和厚度上尚有欠缺。前段时间硬啃了著名评论家谢有顺的《散文的常道》一书，今年又参加了《飞天》名刊名家平凉改稿会暨文学骨干研修班。谢有顺书中阐述的，改稿会上老师讲的，我自己参悟到的，就让我对散文创作有了再认识。

之一，散文中必须有"我"。散文是一种最具个人色彩的文体，表现的是作者独特的发现和生命感悟。作家红孩说过，"散文是说我的世界，小说是我说的世界"。散文无"我"则无魂。余光中在《散文的知性与感性》一文中说："在一切文体之中，散文是最亲切、最平实、最透明的言谈，不像诗可破空而来，绝尘而去，也不像小说可以戴上人物的假面具，事件的隐身衣。散文家应当维持与读者对话的形态，所以其人品尽在文中，伪装不得。"所以，在我看来，那种没有自我注入和灵魂叙事的散文，就不是真正意义上的好散文。世界千差万别，个人千人千面，散文的面目只有呈现出独一无二的"这一个"，才有独创价值和审美。那种被人惯写嚼烂了的题材，那种遮蔽生命独特体验的公共话语，那种令人生厌的"假、大、空"，绝不是现代散文的脸面和内涵。那种内心的呢喃和灵魂的独白才是"自我"的，感人的。"一切景语皆情语"。不要只为写景而写景，隔膜于自然之外的"第三者"视角的写景只能是空中楼阁。把自己融入自然，亲近自然，进而认识自然，体悟自然，顺应自然，一切景皆是作者心灵观照之景，自我灵魂注入的情感之景。摄像机式的复录和导游解说词般机械介绍就不是好的散文了。

之二，散文选材的现代性。在现代化高度发达的今天，那种田园牧歌式的抒情早已过时了，故乡的炊烟呀，故乡的小河啦……家乡或故乡在现代化进程中有哪些阵痛和隐忧，"我"审视乡土的新发现和哲学思考是什么，这才是乡土散文所要表达的。散文要追问世界、人生和生命，只有追问存在，追问日常生活的意义，散文才具现代性和深刻性。在这方面，我的写作是欠缺的。

之三，散文要善于用细节表现人物和事件。那种宏大的叙事绝不会感人，只有具备鲜活的细节描写和丰满的人生经验，散文才会有血有肉，有嚼头。细节从何处来？来自作者对生活细致深入的观察和感知。如何把散文写得生动感人？走向田园和旷野，感知风，沐着雨，抬头看高远的蓝天，俯身亲近泥土，细嗅蔷薇，观察一只蚂蚁的爬行和心思，抑或溪水濯足，与老农拉话，你直觉到的将是鲜活的物象和生动的情景；打开你所有的感官，让你的所有感官参与这个世界，让视觉、听觉、嗅觉、味觉充分感知、体味，然后捕捉细节，精妙描写。见到的才是最真实的体验。真实的生命体验才能写出气韵生动的好散文来。

之四，散文贵在真诚。索尔仁尼琴况："一句真话能比整个世界的份量还重。"真情实感是散文的生命，也是写作人进入散文创作的不二法门，亦即真情实感是衡量一篇散文能否打动人心的标准，因此散文越真实越好。让内心的声音呈现，把自己的灵魂晒出，做到不矫情，不虚饰，不作态，不卖弄，才能写出好散文，文章才能引人入胜，散发魅力。古人云"感人心者，莫先乎情"。只有倾注了作者充沛感情的文章才能使读者走心动情，而且这里的"情"是绝对的真情，来不得半点虚伪和矫饰。为文贵在真诚，袒露的是作者的心迹，写的是心，所谓天地人心，就是要写出作者的心灵世界，散文身后要站着一个真实真诚的人。作者只有把心交给读者，才能在文章中灌注强大的生命气息和丰盈的灵魂，才能最终感动人，感染人。

之五，自然书写，直抒性灵。摒弃发表获奖、出名成家之妄念，你经历了什么，感悟了什么，想到了什么，把内心的真情实感很自然地表达出来，就像和邻居或朋友聊天一样，写"大白话""平常话"，也不在乎如何刻意布局谋篇，如何辞藻华丽。如苏东坡所说："吾文如万斛泉源，不择地皆可出……所可知者，常行于所当行，常止于不可不止，如是而已矣！"我的体会，越放得开，越写得轻松自然，不经意间写出，说不定在读者看来还是一篇美文哩。这方面可读读汪曾祺的散文随笔。

　　之六，散文是要做"减法"的。我最不喜欢那种老套的游记写法，某月某日几点几分，在哪里吃饭，乘的什么车，先到哪里看的什么景，再又去哪里怎么游，记述中完全没有作者的发现和洞见，与一架摄像机何异？我觉得人邻的写法值得借鉴，他的散文有意忽略全方位的"描述"，而强调在散文创作文法实验中片断化的印象及其拼贴，以及"减负"的为文之道，让我们直抵事物的核心。短些，再短些。时下一些散文冗长啰唆，缺乏人情味，读之费力，味同嚼蜡。信息时代，人人忙碌，谁还有耐心读长篇累牍。何不几百字，或一千多字，像一幅水墨画，淡淡几笔勾画出有意味的意境或启人的哲思。近读《东坡小品》，精短隽永，文笔优美，妙思睿智，如饮甘醴，沁人心脾。

2022 年 12 月 12 日

远去的书信

书者，信也。书信是人们用于交流信息、表达情感的一种古老形式，可随着现代科技的发展，手机短信、QQ和微信成为人们传递信息、联络感情的便捷途径。快捷是快捷多了，却少了那种纸质书信的温馨和意味，还有文采。旧时文人书信，文采斐然，放进去的是活生生的自己，有真感情，有温度，人格跃然纸上。

我最爱读古人的书信。有两封书信不能忘怀，一封是司马迁的《报任安书》，另一封是嵇康的《与山巨源绝交书》，这两封书信可以说响彻几千年中国文化史，每每读来令人荡气回肠，袒露的是一个人的灵魂，抒写的是或悲或喜的心曲，凸显的是坚韧不拔、不与世俗同流合污的高洁人格。

任安是司马迁的好朋友，曾任宜州刺史、北军使者护军，他曾写信给司马迁，要他利用担任中书令的机会，"推贤进士"。隔了很长时间，司马迁才回了这封信，而这时的任安已因事下狱。信中，司马迁历叙自己的身世遭遇和受到宫刑身陷囹圄写作《史记》的初心，抒发了自己内心极大的悲愤和痛苦。面临判刑被杀的境遇，是苟且偷生还是有所作为，他把生死看得相当清楚，"人固有一死，死有重于泰山，或轻于鸿毛"，明确表示只要能够完成"究天人之际，通古今之变，成一家之言"的《史记》，虽万死而不辞。这封信把司马迁的心曲表现得淋漓尽致，读之有一股充塞天地之间的凛然之气，感情是那么的真挚热烈。这才是人世间绝好的书信啊！

朋友推举自己在朝廷当官，不去也就算了，还要写信和他绝交，这就是魏晋人的风骨和个性！此人就是"竹林七贤"之一的嵇康，这信就是《与山巨源绝交书》。山巨源，名涛，他由选曹郎调任大将军从事中郎时，想举荐好朋友嵇康代他的原职。没想到嵇康在回信中拒绝了山涛的荐引，指出人的秉性各有所好，申明自己赋性疏懒，不堪礼法约束，"性有所不堪，真不可强"。

此信奋笔直书，说理透辟，文辞犀利，凸显了一位不与世俗同流合污具有鲜明个性的孤傲士人形象。

还有沈从文的《湘行书简》。一个人离开妻子，边旅行边絮絮地写信，是一件多么幸福的事情。《湘行书简》是 1934 年 1 月沈从文从青岛重返湘西凤凰老家探望重病的母亲，从桃源坐船，沿沅江逆流而上至今天的沅陵县时，在江中小船上写给妻子张兆和的一沓书信。

这一段山水，当年沈从文的小船却在沅江中走了整整一个星期。那是怎样令人焦灼的一段旅程啊。那是南方冬天里最阴冷的日子，有几个日子天空还正落着雪粒子，沈从文的小船行走在河中，河水流动带来冷风，寒冷就更甚了。在小船的两端，一头是新婚的妻子，一头是阔别十多年的家乡同病重的母亲，想沈从文的心中，该是怎样的激动和焦灼，真恨不得一步就能跨到家中，可那小船却偏偏行走得像蜗牛。天气又那么冷，想要看看两岸的风景，就得到舱板上来吹冷风。而缩在船舱里，就没什么可看的，只有水声可以听了。船上生活设施简陋，想要洗一个热水澡也根本不可能，活动范围又狭窄，除了吃饭睡觉，真没有别的事情可以干。然而睡觉也是受罪，因为冷，沈从文睡觉时根本连外衣都不敢脱，好几次冷得睡不着，又干脆爬起来继续给张兆和写信。那水中度过的单调漫长的每一天，对他都是煎熬，要应付这种煎熬最好的方式，也许就只有写信了。他早上爬起床就开始写，上午写，下午写，晚上也写，多的时候，一天写了五六封。他一旦拿起笔，那些冷，那些苦，就全都忘了。他的心是那样温柔而热切，两岸醉人的山色，流动的江水，欸乃的水声，水手们苍凉质朴的生活，无不在他心里涌起感动，感动得他想要哭。他说："山头夕阳极感动我，水底各色圆石也极感动我，我心中似乎毫无什么渣滓，透明烛照，对河水，对夕阳，对拉船人同船，皆那么爱着，十分温暖地爱着……"

"不，三三，我错了。这些人不需要我们来可怜，我们应当来尊敬来爱。他们那么庄严忠实地生，却在自然上各担负自己那份命运，为自己，为儿女而活下去。不管怎么样活，却从不逃避为了活而应有的一切努力。他们在他们那份习惯生活里、命运里、也依然是哭、笑、吃、喝，对于寒暑的来临，更感觉到这四时交递的严重。三三，不知为什么，我感动得很！这时节我软弱得很，倘若我们这时正是两人同在一处，你瞧我眼睛湿到什么样子。"

多么好的书信，多么好的人啊！唯有沈从文，才是这个世界真正的赤子，他胸怀悲悯，真诚地爱着这人世的苍凉和悲欢，为我们营造了一个澄澈透明、温暖善良的纯美境界。

最近读明清小品文集萃，常有古人书札，只言片语，极尽真挚，情义深厚。方孝孺的《答许廷慎书》，信中娓娓而谈，真切坦诚，除称赞许廷慎的人品外，还倾吐了对社会人生的积郁，其愤激不平之心，寓于婉转醇厚的文字之中。唐寅的《与文征明书》表露了他内心的痛苦和"士也可杀，不能再辱"的悲愤及忍辱苟活的原因，与司马迁的《报任安书》有异书同旨之妙。《答毛宪副书》是王守仁写给毛伯温的书信，毛伯温当时任都察院左副都御史，而王守仁被贬为龙场驿丞，太守派人至驿，来人仗势对王守仁加以凌辱，当地少数民族人士激于义愤打了这个差人。太守把这件事上告到都察院，副都御史毛伯温派人传信给王守仁，喻以祸福利害，劝他向太守谢罪，王守仁就写了这封回信。信中表示了与毛宪副（即毛伯温）不同的祸福利害观，坚持了为忠信礼义的信念献身的精神。

周北渚是边贡的好友，在地方为官，借边贡之子赴京之机，托其带一封书信给边贡，求他在京城为自己疏通关系，以便提拔，边贡写了《答周北渚书》予以回绝。边贡在信中讲了赢医、天师和为鬼辟符咒的故事，晓之以理，"于执事者何能为"，婉言拒绝了他的要求。朋友嫁女，按世俗常规，应该馈赠珍贵礼品，而唐顺之只送安子介一床布被，且以质朴节俭相劝勉。这就是唐顺之的《与安子介》。在书信中，作者巧妙比喻，处处以布被之质朴和绫绮之华贵进行对比，强调质朴之美，强调相互为用，强调在富贵之中不要忘记节俭。

古人书信与书法完美结合，精致素笺之上笔走龙蛇，温润致语情谊深厚。读这些书信，是一种美的享受和情的传递，多么温馨和美丽！

王羲之的"平安三帖"均是写给朋友的书信，内容均是生活琐事，风格平和优雅。《平安帖》除了向对方报告平安，还因对方不能参加朋友聚会而感到遗憾，《何如帖》表达的意思是向对方问好，《奉橘帖》内容是奉送给对方三百只橘子。书法温文尔雅，有庄重平和之美。

还有唐朝书家杨凝式的清秀洒脱的书法信札《韭花帖》，叙述午睡醒来，恰逢有人馈赠韭花，非常可口，遂执笔以表谢意。

读着这些古代先贤的书信，字里行间透露出他们的个性和人品，无不给人以启迪和浸润。

好久没有写过一封信了。记得还是我读平凉师范时给家人写信，一个初次远离家乡求学的青年，每周都会给家里寄一封信回去，向家里人述说学校的生活、读书、身体和思乡之情。家里也会隔一段时间来一封信。那是如见家人的一种温暖和亲切。以后就再也没有写信了。先是手机短信互致问候，继而有了微信，还可视频，可总觉得少了点什么。哦，不就少了桌铺信笺、执笔倾吐心曲的那份坦诚和美好，少了那种如见其面、娓娓而谈的温情和牵挂……

久违了，那些有温度、有人情味的书信；远去了，那些笔管润墨、素笺飘逸的书信时代。

2018 年 1 月 17 日

斯人已去文气存

我国著名作家李国文于 2022 年 11 月 24 日去世。心悼忧念之余，想起不久前读到他的散文来，真好！

我读李国文的文章不多，对作家的了解也甚少。是今年缘于我读评论家谢有顺的《散文的常道》一书中对李国文散文的推崇和分析评论，我才购买了一本《李国文散文精选》来读，果然文美。细细读完，如吃了一顿鲜辣过瘾的火锅。

谢有顺论述当下散文创作存在的数量膨胀而缺乏开创一种新的发现方式和心灵奇迹的创造，故作姿态以及太多人工斧凿的问题，提出好的散文应当对人类在精神探索的内在挺进上有所助益，应有松弛、自在的神韵。他说，李国文的散文不仅自在，而且老辣，见修养，也见性情，貌似随意，其实是一种气定神闲后而有的潇洒，有"散"的神态和韵味。李国文"尽意"的文字，深得"笔力曲折"的个中三昧。

谢有顺说，李国文散文集中有一组非常著名的文章，分别叫《舌头的功能》《鼻子的功能》《头发的功能》《屁股的功能》，着眼点虽小，但作者纵横古今，大胆设论，以小见大，意在言外，读之真叫人拍案叫绝。以《舌头的功能》为例，作者先说舌头的功能，一是吃，二是说，好吃不好吃，会说不会说，全由舌头决定。说到吃，首先想到讲究口福的官：应当承认，中华民族饮食文化的发扬光大，很大程度上依赖于五千年来这班能吃、好吃、善吃、懂吃的大小官僚们的嘴巴。而要评功论好的话，那极善品味的舌头，应当是中华美食走向世界的功臣。一想到官员的舌头不辞劳苦地吃，才将中国菜吃成了世界水平，作者忍不住感叹："真是应该向他们的舌头道一声辛苦，向他们的舌头致敬。"反讽颇为"尽意"。接着，作者笔锋一转，说到明代名相张居正喜欢吃"鸡舌羹"，这舌头吃那舌头，吃得如此刁钻促狭，挖空心思，也算把食文化推到极致境地了。鸡舌并非凤髓龙脑，倒不难求，但是，得需要多少鸡舌才能烧出一碗羹来，那可就令人咋"舌"了。就是这个张居正，"不但善吃，同时也善溜舔，舌头的功能，在他这里，也算得到超常发挥了"。作者得出结论，"张居正，他的成功，由舌而起，他的失败，也与舌有关。""一言兴邦，一言丧邦，舌头要想抬爱什么人，贬低什么人的话，在嘴巴里转个弯即可，所以，打小报告的舌头，出卖朋友的舌头，煽风点火的舌头，添油加醋的舌头，几乎没有不得逞的。"看来陆龟蒙的"古来信簧舌"的感慨，确有几分道理。最后作者还说，要是舌头"一旦成为世界上最坏的东西时，老兄，给你提个醒，无论对自己的舌头，还是对别人的舌头，无论对当面的舌头，还是对背后的舌头，都得十分小心才是。千万千万"！这真是一篇"意之所到，则笔力曲折，无不尽意"的好散文。通篇旁征博引，"据事以类义，援古而证今"（刘勰《文心雕龙·事类》），看似散而漫之，实则如行云流水，把舌头的物质功能（吃）和人文功能（说）表达得淋漓尽致，对现实的讽刺也入木三分。类似的篇章，在李国文的散文里，还有不少。李国文的散文主旨明确，情与思交织，洋溢着潇洒自然的神态。

李国文的散文内容宏富，神游千古，语言精练老到，融学识、性情和卓见于一体，令人喜爱。我还读了"选集"中他写"中国文人——生死行藏"中的诸篇章，《孔夫子人在窘途》《屈原的非正常死亡》《"建安七子"的生活环境》《另一面韩愈》《苏东坡的底气》《徐渭的焦虑》等，其中《嵇康和阮籍的活法》读后令我印象深刻。我钦佩作家文史学养的深厚，正史、野史、文人轶事信手拈来，巧妙融会，发散情理，启人心智。读这样的散文确实是一种享受。

不唯此，李国文的小说更是厉害。小说代表作有《月食》《冬天里的春天》《空谷幽兰》等，其中《冬天里的春天》获首届茅盾文学奖，《月食》获全国优秀短篇小说奖。可惜他的小说我未曾读过，以后定要读读了。

谢有顺有言：刘熙载在《艺概·文概》中说，《庄子》散文的构思是"意在尘外"，我看李国文的散文也是"意在史外""意在言外"。这个"意"，就是李国文散文中的气。他在文中一再提到"文人风骨",指的不仅是精神上的刻度,也是文章的气势。"文以气为主"(曹丕《典论·论文》),"文者气之形"(苏辙《上枢密韩太尉书》)。我愿意把李国文的散文看作当代散文中"气盛言宜"的典范,是那种颇见风骨的"意"和"气"。

斯人已去,文气犹存。也许,怀念一个作家的最好方式就是读他的作品吧。

2022 年 11 月 25 日

与苏子书

这是您生活的九百多年后，晚生在陇东夏日的午后与您神交相遇，给您写下这封书信。作为文学晚辈来说，我真该称您一声先生的。不管从您行云流水般高品位的诗文，还是您与山川万物相亲相融的大胸襟，您对待坎坷命运的超然自适，均觉您是用天地大情怀书写大生命的人。

瞧，您来了。一袭长衫飘飘，有仙者风度；有时又粗衣短褐，俨然山野村民；您兴之所至，自驾一叶小舟夜游江河，何其潇洒自在啊！您和子由兄弟俩举杯对月，畅叙人生……

真羡慕您降生在风景秀丽的四川眉山小镇，真庆幸您出生于一个文学传统和氛围特别浓厚的家庭。

我看见您趴在祖父书架上翻看那么多典籍的身影，听见您在私塾里抑扬顿挫的读书声，以及回家后父亲在您读书声中陶醉的样子。当然啦，您也有小孩子的顽皮和兴趣，睁着一双眼睛在自家园子里偷看鸟窝，或者挖土玩耍，去村子赶集是您最快乐的一件事。您六岁进私塾读书，十岁就作出了《黠鼠赋》这样的奇文，写出了"人能碎千金之璧而不能无失声于破釜，能搏猛虎不能无变色于蜂虿"这样的警句。天才加勤奋才是您学问精进的法宝啊！海量的背诵经史诗文，甚至整本整本地抄写，您的手指都起了茧子。刻苦的学习和扎实的训练使您具备了参加科举考试的能力。父亲为您和弟弟子由完婚后，您撇下新婚不久的妻子王弗，踏上了进京赶考的路途。在汴梁城盘桓多日，您参加社交活动，终于到了殿试的日子，您那篇议论为政的宽与简的文章被当时文坛盟主欧阳修和同僚们激赏数日，您也以第二名考上了进士，那时您才二十岁。

正当您踌躇满志初登仕宦之途时，恰逢老母亲病故，您在老家居丧守礼了两年多时间。安顿好家事后，您父子三人启程进京任职。这是一次举家东迁啊，走水路，出三峡，登陆路，行程一千多里，您坐船壮游了三峡，饱览了三峡风光，您有诗吟曰：

入峡初无路，连山忽似龛。

萦纡收浩渺，蹙缩作渊潭。

风过如呼吸，云生似吐含。

坠崖鸣窣窣，垂蔓绿毵毵。

冷翠多崖竹，孤生有石楠。

飞泉飘乱雪，怪石走惊骖。

经瞿塘峡，过巫峡，船行至新滩，遭遇风雪天气，您以诗记之：

缩颈夜眠如冻龟，雪来惟有客先知。

江边晓起浩无际，树杪风多寒更吹。

青山有似少年子，一夕变尽沧浪髭。

方知阳气在流水，沙上盈尺江无澌。

随风颠倒纷不择，下满坑谷高临危。

江空野阔落不见，入户但觉轻丝丝。

沾裳细看若刻镂，岂有一一天工为。

霍然一挥遍九野，吁此权柄谁执持？

………

江上，您一路航行一路歌诗，及至弃船登陆，您兄弟二人已作诗一百多首。到达江陵后，您遂乘车起旱，奔向京都，其间诗歌吟唱也没有间断，《野鹰来》《上堵吟》，那都是极好的诗。

那是仁宗嘉祐六年，您被任命为大理评事、签书凤翔府判官。

人生到处知何似？应似飞鸿踏雪泥。

泥上偶然留指爪，鸿飞那复计东西。

　　这是您给弟弟子由的和诗。公务之余，您常常外出去山中游历，有时举杯对月。那年旱象严重，您急切切去太白山道观求雨，还专门写了祈雨文。不几日老天果然下雨，农人欢声遍野，您把后花园的亭子改为"喜雨亭"，并挥笔写成了《喜雨亭记》。后来妻子和老父相继去世，您千里迢迢把灵柩运回眉山老家安葬。您与妻子王弗相濡以沫，感情深厚，二十七岁的妻子去世后，您写下了那首感人肺腑的词《江城子·乙卯正月二十日夜记梦》：

　　十年生死两茫茫，不思量，自难忘。千里孤坟，无处话凄凉。纵使相逢应不识，尘满面，鬓如霜。

　　夜来幽梦忽还乡，小轩窗，正梳妆。相顾无言，惟有泪千行。料得年年断肠处，明月夜，短松冈。

　　公元 1068 年，您再次抵京任职，从此就再也没回过故乡眉山。那时候，王安石变法已经酝酿和拉开帷幕，变法派和反变法派两大阵营明争暗斗，政治旋涡涌动，您和司马光、范镇一道，是站在反对立场上的。不过，您总体是主张改革而反对因循守旧的，只不过与王安石的分歧在于变法的理论和方法上啊，您说是吧！在这场波涛汹涌的政治较量中，您没有一丝一毫的圆滑和世故，文人耿直敢言的秉性表现十足，您几次上书直谏推行青苗法和不顾民意靠专断权威压制百姓的弊病，尤其您的《上神宗皇帝万言书》，洋洋洒洒，论争和推理分析雄辩有力，显示出您深厚的学养和大无畏的精神。尽管这样，三十六岁的您还是在郁郁不得志中前往杭州任通判。

　　风景秀丽的杭州使您感叹"故乡无此好湖山"。杭州的美和温润暂时安放了一颗苦闷的心，给予您创作的灵感。您泛舟于西湖之上，流连于山水之间，论道于寺庙之内。

水光潋滟晴方好，山色空蒙雨亦奇。

欲把西湖比西子，淡妆浓抹总相宜。

您的神笔把西湖写得那么美，这是表现西湖最好的绝句。您是一个多么热爱大自然的人啊！您与大自然、春夏秋冬、雨雪、山峦沟壑亲密相处，获得了人生健康积极的力量。那是重阳节前一天的晚上，您独自泛舟湖上，去孤山访问两位僧人，凝视山顶有美堂窗内射出的灯光，您诗情涌动：

霭霭君诗似岭云，从来不许醉红裙。

不知野屐穿山翠，惟见轻桡破浪纹。

颇忆呼卢袁彦道，难邀骂座灌将军。

晚风落日元无主，不惜清凉与子分。

然而，纵情山水之余，您心里一直没忘一方百姓的安乐，因无力还债、贩卖私盐正待审判的囚犯，蝗灾还在蔓延，盐渠尚待疏浚，还有饥馑的灾民……您得去调查，去调节，去解决。您有诗道出心思：

百年三万日，老病常居半。

其间互忧乐，歌笑杂悲叹。

颠倒不自知，直为神所玩。

须臾便堪笑，万事风雨散。

自从识此理，久谢少年伴。

杭州任期已满，您呈请调任山东密州太守。中秋夜，您想起在山东齐州的弟弟子由，一首《水调歌头》的词寄托了您多少思念和豪情：

明月几时有，把酒问青天………但愿人长久，千里共婵娟。

不久您调任徐州，鉴于洪水泛滥，城池差点被淹，您发动民众疏浚水道，加固城墙，后又在外围城墙上修建一座"黄楼"，以示纪念和警示。

时间到了公元 1079 年，您又调任湖州。谁知，一场灾难正向您扑来。您一向是疾恶如仇，对于邪恶"如食中有蝇，吐之乃已"。于是，如李定、舒亶之辈在您所上的表章和诗歌中拣词觅句，捕风捉影，污蔑攻击。您歌咏人民疾苦贫穷、捐税、征兵的诗句，关于农人青苗贷款，三月无盐吃，还有燕子与蝙蝠争论的寓言，都是他们罗列罪名的"证据"。在几个小人联名弹劾、众口一词的围攻下，您被捕入狱。临行，您还不忘幽默豁达，您想起了杨朴念过的他太太的一首诗：

且休落魄贪杯酒，更莫猖狂爱咏诗。

今日捉将官里去，这回断送老头皮。

您破涕为笑，是一种无奈的笑，苦涩的笑。一帮小人在狱中对您进行了种种迫害，押解途中，您曾想纵身江流，狱中您也曾想服药自尽，但想到自己的亲人和朋友，您还是挺着活下来了，活到了出狱的日子。正是旧年除夕，您又写诗了，"却对酒杯浑似梦，试拈诗笔已如神""平生文字为吾累，此去声名不厌低。塞上纵归他日马，城东不斗少年鸡"。真是积习难改啊，您爱诗爱得那么浓烈，尽管写诗给您惹了那么多麻烦和苦难。

贬居黄州期间，您由一个官员和文士变成了农夫和隐士。来到这个穷乡僻壤，您的生活极其拮据，您寓居定惠院，闭门兀坐，借酒浇愁，后来一家人移居临皋亭。"临皋亭下不数十步，便是大江，其半是峨眉雪水。吾饮食沐浴皆取焉，何必归乡哉！江山风月，本无常主，闲者便是主人。"第二年，老朋友马正卿为您请得城东营防废地十多亩，您垦辟之劳，躬耕其中，当起了真正的农夫。

> 去年东坡拾瓦砾，自种黄桑三百尺。
>
> 今年刈草盖雪堂，日炙风吹面如墨。

这块地就是"东坡"，您也就自称"东坡居士"了。

从野外的"东坡雪堂"到城中的临皋亭不到半里的泥土路，您往返走，成了一条"文学路"。您还喜欢夜游饮酒，城外的春草亭是您夜晚常去的地方。一次夜游您在江上的一条小舟喝酒，望着夜晚的天空，心之所至，唱词一首：

> 夜饮东坡醒复醉，归来仿佛三更。家童鼻息已雷鸣。敲门都不应，倚杖听江声。
>
> 长恨此身非我有，何时忘却营营。夜阑风静縠纹平。小舟从此逝，江海寄余生。

月夜泛舟，您妙笔生花，前后《赤壁赋》和《记承天寺夜游》都是绝世名篇，至今读之令人心旷神怡。

> 谁道人生无再少，门前流水尚能西。休将白发唱黄鸡。

谪居生活闲适、达观的心情中依然不失乐观、自信、积极的人生态度。您在黄州时曾钻研佛道，练过瑜伽甚至炼丹，但经过苦难磨砺锻造了您旷达乐观的性格，是您走出困境的坚强勇气。

转机又来了，公元1085年3月，神宗病逝，哲宗继位，5月您即命知登州，不久又受命为礼部侍郎，再升迁为中书舍人。然而您的人生之路并没有一帆风顺，"公自是不安于朝矣"。处在新旧党两方夹击中的您又陷入困顿。还是您文人耿介坦直的秉性没有改变，您对问题深入的思考，您的不人云亦云，您的"知其不可而亦为之"的精神，使您遭受沉重的排挤和打击。这也是历朝历代正直文人遭受的命运。

不得已，您又一次要求出任地方官，出知杭州，在这三年时间里，您为百姓做了许多实实在在的好事实事，深得百姓敬爱。后来就回朝做官。当又一次政治风云涌起时，您又被裹挟到政治斗争的漩涡之中，在这场实际蜕变为权力地位之争和个人仇怨报复的博弈中，不幸再次降临到您身上。您被一贬再贬，先是瘴疠蛮荒之地惠州，继而被贬到更加恶劣的海南岛偏远之地儋州，过着"食无肉，病无药，夏无泉，冬无炭"的艰难生活，您以强大的超然自得心态支撑着孤苦的生命，几多辛酸几多血泪！

当又一次您北归是机会来临，坎坷一生的您已疲惫不堪，老病交加了，您终于再也走不动了，病倒在常州，中国文坛一颗巨星陨落了。

悲夫，苏先生，可叹您一生遭际坎坷苦难，一颗受尽磨难却不屈不挠的灵魂。您天才般的文学艺术创作留给世人的是诗书画绝佳的精品，给后世学人以无尽的滋养，还有您的旷达超然，您的幽默诙谐，您的多才多艺、您的悲天悯人……

晚生与您神交相遇于陇东的关山脚下，读懂您，期盼用您丰厚的文学营养浇灌我。

2016 年 7 月 12 日

先生之风

先生，不但是一种社交礼仪的尊称，而且是有着丰富内涵和崇高精神的文化符号。

我一向对先生这个词心存敬畏，不敢贸然称普通人为先生，更惶恐别人以先生称我，尽管我也做过教师，年岁已至中老年。

我心目中的先生是在某一方面有大学问的德高望重而有风骨的人。譬如民国十大先生之蔡元培、胡适、马相伯、张伯苓、梅贻琦、竺可桢、晏阳初、陶行知、梁漱溟、陈寅恪。他们的人格风骨、思想情怀、学术成就莫不令人高山仰止，堪称楷模。

鲁迅先生，铮铮铁骨，如椽巨笔，凸现的是思想人格的魅力，书写的是时代的深邃文字，称之为先生，当之无愧也。

千万不要认为先生只是男性的专称，当然还有伟大的女性：宋庆龄先生、何香凝先生、杨绛先生、冰心先生等等。她们卓尔不凡，才华横溢，是女性的杰出代表。

古时人们把有学问的人或教学的人也称作先生，如私塾先生、教书先生。这些先生恪守礼制，清德高操，儒雅中不乏迂腐之气，长衫飘飘，之乎者也，清癯而有风神，更重要的是他们能坚守清操，德高乡贤，留一缕清风在人间。

农村人还把医生（大夫）称作先生，如果家中有人生病，就说快去请先生来瞧瞧。这里的先生是指在专业领域有本事的人。还有阴阳先生、账房先生等。

在我心目中，先生应该是这样的人：

首先是思想先进的人。他们或以"天下兴亡，匹夫有责"为己任，或以"位卑未敢忘忧国"自勉，是心怀天下，"穷年忧黎元"的"热肠之人"。

其次是学识渊博在某领域有建树的人。他们学贯中西，融汇古今，饱学多识，有一等的学问和识见，且在某一领域做出了重大成就和突出贡献。

第三就是有崇高风范。他们有伟大的人格和高尚的情操，在高度自律中完善自我，在服务大众中"为天地立心"，成为道德标杆和为人楷模。

我曾经在乡下教过书，按农村人的称呼也曾是一位先生，但只是一位小先生，自觉距大先生之学识与风范差之甚远。但心中对先生的渴慕不曾削减。

时下有人动辄轻用先生称呼别人，用于社交场合的尊称无可厚非，而有的人在先生的称呼面前欣然领受，甚至飘飘然。先生一词的特殊含义是什么？自己的思想、学识、风范配得上这一崇高的称谓吗？

我知道我还不配，相距甚远。那就继续追慕先生之风，继续修炼自己，不断朝先生的风向标努力吧。

当人书俱老甚至离开人世后，若是有人称我一声"先生"，我也就心满意足了。

2023 年 1 月 17 日

呼唤君子

君子如兰。君子就像玉石一样洁白无暇，君子像兰花一样清雅芬芳。

我们知道，"君"是古代帝王的尊称，帝王的儿子则被称为"君子"。

余读《史记》，对"战国四君子"印象深刻。他们是孟尝君田文、平原君赵胜、信陵君魏无忌和春申君黄歇。他们的共同特点是礼贤下士，广招宾客，门下食客动辄几千，养"士"以壮大自己的势力。其中信陵君魏无忌为人仁爱宽厚，士相归附，食客多达三千；从"窃符救赵"到"破秦居赵"进而威震天下，以致赵孝成王这样评价他："自古贤人未有及公子者也。""文章博综希中垒，醽醁风流半信陵"，我最喜此联。意思是对诗文的博通很少象刘中垒那样，英俊杰出文采飞扬如甜酒的韵味，堪比信陵君。君子如酒，风流曛人，君子乃贤人，品德高尚。

还有"戊戌六君子"：谭嗣同、康广仁、林旭、杨深秀、杨锐、刘光第。他们是维新志士，在戊戌政变时，惨遭以慈禧太后为首的封建顽固派的杀害。他们矢志变法，慷慨赴死的形象无愧为君子气节。

"谦谦君子，卑以自牧也。"这是《易经》中关于"谦"卦"初六"的"象传"，是说谦虚再谦虚，是君子以谦卑的态度，陶冶自己的修养。

君子不可只说不做，而应先做后说，以实际行动取信于人。

君子知敬畏，畏天命、畏大人、畏圣人之言。

君子不固执、不傲慢，而是心平气和、平易近人。

"天行健，君子以自强不息；地势坤，君子以厚德载物。"

"君子终日乾乾，夕惕若，厉无咎。"当具备智慧与德行的君子，已经显现，受到注目，就处于危险的地位。这时就必须时刻奋发，日夜警惕，不休不止的致力于德业的完成，谨慎小心，才能避免过失和灾难。如果骄傲自大，就会招致危险。

"君子一言既出，驷马难追"，是说君子最讲诚信。

"君子爱财，取之有道"。君子只要正道得到的财物，不要不义之财。在当下商业竞争激烈的现实境遇里，特别强调发财要在合乎道德与法律的基础之上，而不是不择手段，发"昧心财"和"贪腐财"。

"君子之交淡如水。"君子与人的交情淡泊如水，决无利益驱使的目的。可商品经济条件下利益交换已渗透人们的意识，这淡如水纯真的交往已少之又少，而"甘若醴"的交往甚多，以至有人大搞权钱交易、权色交易，酒场饭桌上的交往盛行。人啊，为了一己私利，活得多累呀！这白开水一样的交往重的是情谊和"心有灵犀"的理解，我信奉。

"君子慎独，不欺暗室。卑以自牧，含章可贞。"君子在独处时，即使别人看不见，听不到，也要谨慎不苟，为人谦虚，努力提高个人道德修养，绝不做违法背德之事。

"莲，花之君子者也。"皆因其"出淤泥而不染，濯清涟而不妖"。让生命化作那朵莲，让君子之风浸润你我他，这世间就会多些美好，少些丑陋。

孟子曰，富贵不能淫，贫贱不能移，威武不能屈。孟子又曰，吾善养吾浩然之气。此君子之精神乎？吾以为，在当下，多干修身养性的雅事，多干利国利民的好事，多干助人纾困的善事，即可为君子。

"君子坦荡荡，小人长戚戚"。何也？皆因君子光明磊落，不干违法违纪昧良心的事，所以就心胸坦荡，心神安宁，睡觉也踏实。试想那些贪腐之人和鸡鸣狗盗之徒因干坏事而忧心忡忡，怎能睡个安稳觉？有的甚至身陷囹圄，性命不保。我看还是当一个"正人君子"好。

中国的君子文化绵延几千年，其深刻的内涵及极高的为人准则，值得我们每个人深思之，践行之。商潮滚滚，消费娱乐时代，君子者寥寥。正因为缺失，我才大声呼唤：让我们做一回君子——翩翩君子和谦谦君子！

追思君子，追慕君子，当为我一生之努力！

2023 年 1 月 18 日

风度、格局及境界

风度、格局及境界，是为人作文的层级显现，是由表及里的更高要求。

说起风度，我们会用"风度翩翩"来形容某人，而我最推崇和欣赏的则是魏晋风度。

请看："眼烂烂如岩下电"，这是中书令裴楷品议安丰侯王戎时的话，形容王戎目光炯炯，犹如山岩下的闪电。眼睛是心灵的窗户，如此形容，人物相貌气质、风神姿态如立眼前，其风度可想而知。有人语王戎曰："嵇延祖卓卓如野鹤之在鸡群。"这是比喻嵇绍的气度卓卓不凡，如鹤立鸡群。

在《世说新语》中，形容和评论不同人物风度的语句还有：

"俊爽有风姿。"

"似珠玉在瓦石间。"

"面如凝脂，眼如点漆，此神仙中人。"

"飘如游云，矫若惊龙。"

"自然湛若神君。"

"轩轩如朝霞举。"

"濯濯如春月柳。"

在如此众多有风度的古人中，我最喜爱和钦佩的是嵇康，他风姿特秀，见者叹曰："萧萧肃肃，爽朗清举。"或云："肃肃如松下风，高而徐引。"山公曰："嵇叔夜之为人也，岩岩若孤松之独立；其醉也，傀俄若玉山之将崩。"嵇康的风度首先体现在他外在的美。他身长七尺八寸，仪态俊美、潇洒飘逸，是典型的高富帅。但是嵇康的美更体现在内在美。他待人真诚、心地善良、活得真实，给人以心灵美的感觉。嵇康的书法极好，琴弹得也好，琴声美妙，令人动容，一曲《广陵散》至今成了千古绝唱；他文采出众、文风犀利、立意高远、思想新颖。

真名士自风流。魏晋名士所表现出来的风度是侧重于个体生命内涵、个体精神意蕴的一种具有美的意味的外在表现形态，体现出"烟云水气"而又"风流自赏"的气韵，为后世人们所敬仰。

风度，是指一个人的言谈举止和神情姿态，是一个人综合修养的自然流露，风度只有通过修炼内功拥有实力的人才能具备。

杨绛先生说："当你看清了一个人而不揭穿，你就懂得了格局的意义；当你讨厌一个人而不翻脸，你就明白了释然的重要性。活着，总有你看不惯的事，也有你看不惯的人。茶不过两个姿态，沉，浮；饮茶人不过两种动作，拿起，放下。人生如茶，沉时坦然，浮时淡然，拿得起，也要放得下。"她还说："一岁有一岁的味道，一站有一站的风景。你的年龄应该成为你生命的勋章，而不是你伤感的理由。纵使眼里写满故事，脸上依然不漏风霜。你吞下的所有委屈，终将喂大你的格局。"

格局是什么？我理解应该是一个人的大视野和大肚量，是一个人的眼光、胸襟、胆识和境界的综合反映。你的格局大，你的眼光就长远，所谓"风物长宜放眼量"是也，你的胸怀就宽广，所谓"比天空更宽广的是人的心灵"，"海纳百川，有容乃大"，你就会有胆识，敢闯敢干，你就会有大情怀、大境界，你就会干一番大事业。

与大格局相对的则是"鸡肠小肚了"，井底之蛙，锱铢必较，气量短小，小打小闹，自我吹嘘，这样的人能行稳致远，有大作为吗？

诸葛亮的大格局恰与周瑜的格局之小形成反差，"小周郎"被气死的命运就输在格局太小上，他不但心胸狭窄，而且学识谋略远不抵诸葛孔明。

怎样才能拥有大格局？我以为：首先得学识渊博，多读书是撑大一个人格局的最好途径，所谓"腹有诗书气自华，读书万卷始通神"，学识、学养是喂饱一个人格局的最好美食。其次是阅历，你走过的路，经受的挫折和苦难都将变为宝贵的精神营养，喂大你的格局。第三就是选准人生方向，付诸行动，勇猛精进，善于创新。

"自家势力所及之境土，又，我得之果报界域，谓之境界。无量寿经上曰：'比丘白佛:斯义弘深，非我境界。'入楞伽经九曰：'我弃内证智，妄觉非境界。'"这是佛教对境界的阐证。

做人还有个境界问题。何谓境界？即一个人的思想觉悟和精神修养所达到的程度，包括思想境界和修为境界。佛家的境界是无欲无我的大慈悲境界，道家则是道法自然、天人合一的天地境界，共产党人是"全心全意为人民服务"的境界。个人修为的境界王国维早在《人间词话》里用古诗词形象的阐述了人生之"三种境界"。他说，古今之成大事业、大学问者，必经过三种之境界："昨夜西风凋碧树，独上高楼，望尽天涯路"，此第一境也。"衣带渐宽终不悔，为伊消得人憔悴"，此第二境也。"众里寻他千百度，蓦然回首，那人正在灯火阑珊处"，此第三境也。形象地说明人生规划的设定、执着地奋斗追求和收获的喜悦三个人生阶段。而我以为还有一个重要方面就是顶级的自律，高度自律的人才会有大格局、大境界。

如此看来，风度是一个人格局的外在表现，格局大者，风度就卓然，风度大者，格局必大，格局大了，境界也就会慢慢变大。

那就让我们从自身做起，从一点一滴做起，多读书以涵养学识，多历炼以增加智慧，多修为以提升境界，做一个风度翩翩，玉树临风，有大格局和大境界的人吧。

2023 年 1 月 19 日

后 记

苍茫笼远山，旧迹已无缘。人在尘世间，蹉跎泪潸然。

这是网上别人的诗。也许，这几句诗最能代表我此时的心绪。五十又八的人了，经历了世间的坎坎坷坷和喜怒哀乐，回望生我育我的关山，确实是一片苍茫，再也回不去了的关山故土，乡关何处？唯有泪两行……

娘说，我是从阎王爷那儿被遣返回到人世的。说我两岁半时大病一场，高烧不退，昏迷几天，娘深夜总听到屋旁碾场有似厉鬼哭嚎，分明是拉人来了。第二天，邻家和我同岁的小孩因意外而夭折，我却奇迹般地病好了，活了下来。娘说那是小鬼半路一看叫错了人，才把我放了回来，赶紧叫去了另一个小孩。

我知道这是娘的臆想，我却信。我是一个去地狱半路上逃生的人，从小就注定了苦难的运命。

我说过，我来到这个世间，只带着绳索和笔，我用绳索来捆山里的柴禾，我用笔来读书写作，以此来对抗命运，坚强而隐忍地活在人世间。

关山以她博大的胸怀接纳宽慰了一颗少年苦涩的心。我投身关山，砍柴，采药，牧马，割草，亦戏耍，追兔，采吃野果，濯洗于山溪，后来我知道是关山在度我；我又勤学，苦读，笔耕，终于走出了关山的视线，有了公干。

记得我和妻子谈对象时，因家境困难，我曾天真地向岳父承诺：我现在有了工作，拿工资了，不久日子就会好过的。岳父幽幽地说：我看你日子要过到人头里至少到四五十岁了。

是的，老人有人生经验，判断是准确的。

山乡教过学，又转行行政"刀笔吏"，钟情文学勤笔耕，始终未放弃对散文名家名篇的研读并不断习作，就有许多短制和随笔散章存放在电脑硬盘里，在专业杂志、报纸副刊和网络平台陆陆续续发表了一些散文和诗歌。而今，工作遂心、家事和顺、小康即安的我正应了老岳父三十多年前的预言，衣食无忧之后，就在读书写作和研习书法中追求审美人生了。

现实生活和个人经验是文学创作不竭的源泉和鲜活的素材。散文又是善于自我表达的"自由而散漫"的文体。我手写我心。我的散文多为打捞童年、少年之记忆，是一个人的情感内核和"心灵秘史"，围绕关山抒写的是一个"山之子"的赤诚和馈赞，回望故土的目光总是闪现尘世的记忆和一缕化不开的乡愁，关照现实赞美家乡的情愫亦会开出一坡如山花般的烂漫。

我是一个笨人，不会机巧，不善言谈，不够机敏，不会营务人际；我性格倔强耿直，又多愁善感。我知道"笨人自有笨活法"，勤奋好学、干事认真是我为人处世的两大法宝。我庆幸我这大半生从未放弃过读书，读书使我增长了智慧和对付人生的勇气；写作让我寄寓灵魂和克服庸常、无常的宿命。

在一次家事矛盾夹击中，娘说我是"铁肩膀"，撑得好。

是的，所有的苦难都是天磨。那些艰难困苦练就了我坚毅奋争的性格；那些吃过的苦、受过的罪，都是老天来度我的。

经过的事、读过的书，终将铭于生命的刻痕，融入血液之中。

从这个意义上来说，我又是幸福的。

是的，我应该感谢命运！生命中有一座关山就够了，读书和写作给予我的是无尽的滋养和命运的转捩，有一份称心的工作，妻贤女孝而家和人康，人生夫复何求？况我还能悠裕安静地读书写作。

我要感谢我的母亲——至今仍生活在关山脚下老家的母亲，是她一生的劬劳忍辱成就了今天的我！这如山的恩情需要我一生的报答！

我还要感谢我的妻子，半生的相濡以沫和她的操持家务、默契支持，才使我有大把时间来读书和写作。

我要特别感谢为我新书费心作序的甘肃省文联主席王登渤先生和原平凉地区文联主席、著名诗人姚学礼先生；还有为我作品集倾情推介的西北师范大学传媒学院院长、教授、博士生导师，中国当代文学研究会副会长，甘肃省文联副主席，甘肃省当代文学研究会会长，甘肃省电影家协会主席、作家徐兆寿先生，甘肃文学院荣誉作家、著名散文家杨永康先生，甘肃省文联副主席、甘肃省作家协会副主席、平凉市文联主席马宇龙先生；不吝题写书名的华亭市原政协副主席、书法家陈广范先生，他们扶掖后学、点石评介的学养学识和宽博厚爱的胸怀，是我永铭于心和感恩不尽的。

我应该感谢那些给予我生活和写作上关照、帮助和支持的亲朋好友。尤其是要感谢给予我文学创作以指导的老师们，感谢周围和我一道舞文弄墨的文友们的鼓励和温暖。

屈指算来，距离我 1995 年出版散文小说集《大山的馈赠》已过去二十九个年头了。我边工作边思考，边生活边感悟，且行且吟，有感而发，信笔写来，慢慢就积存了近二百篇散文，我从中整理、遴选、缮改、校对了其中的一百一十篇章而结集出版。其中不乏即兴的应景之作和不够完美不够深刻之处，恳请方家同仁不吝赐教指正。

在我临近退休的年龄，新书付梓出版，总算了却了我一桩文学的夙愿。

我想说，谨以此书献给养育我的关山故土，和那些如云烟一样逝去的岁月！

读书写作是俗世间最好的修行。老之将至，我将老有所学，笔耕不辍，在人书俱老的境界里圆满我的人生。

2024 年 6 月 16 日